トリックスター群像

中国古典小説の世界

井波律子

潮文庫

トリックスター群像
中国古典小説の世界

目次

装丁・本文デザイン――仁川範子
編集協力――水野拓央、パラレルヴィジョン

トリックスター群像

中国古典小説の世界

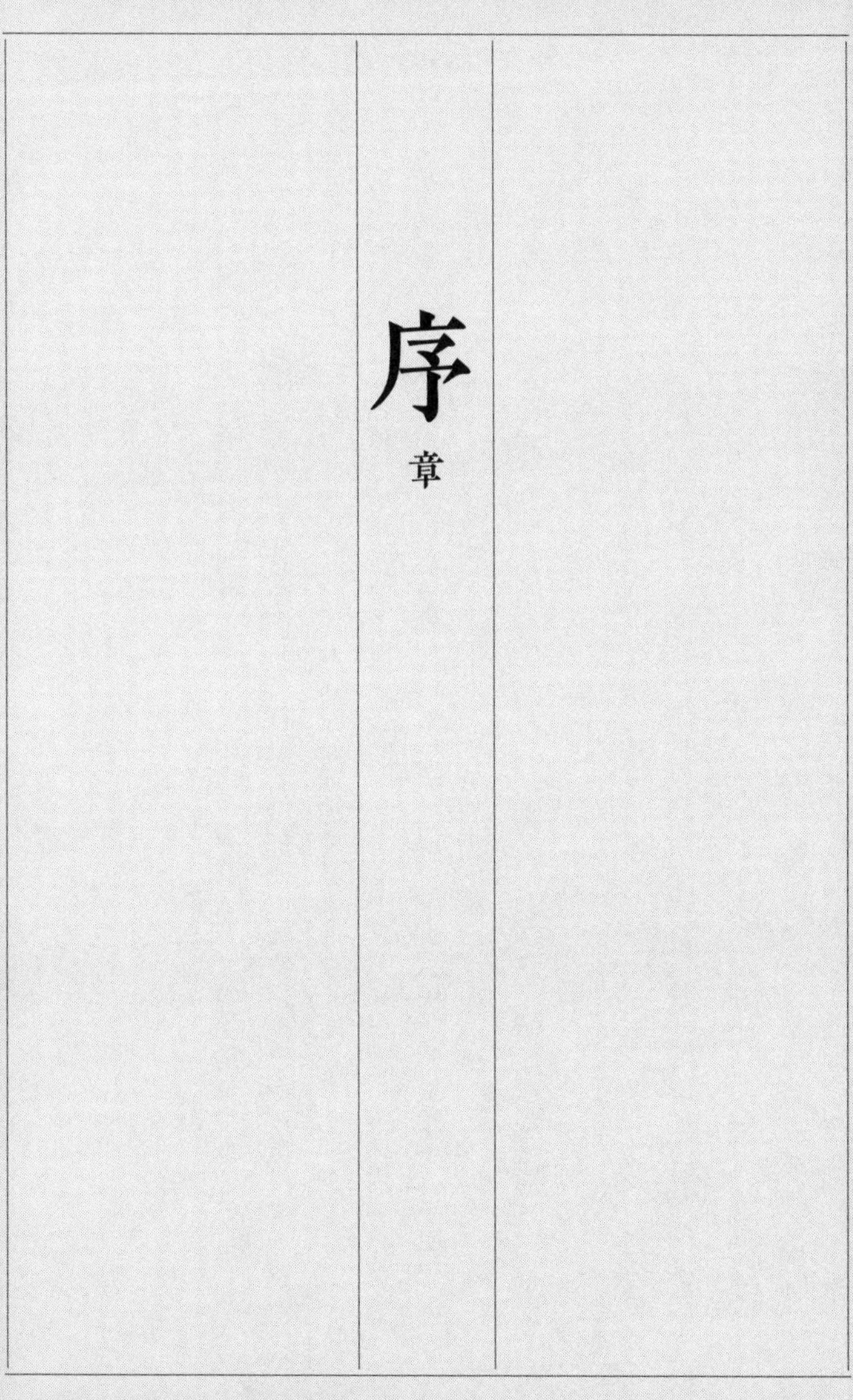

序章

トリックスターとは道化者、悪戯者、ペテン師、詐欺師等々の要素を合わせもち、ときには老獪かつ狡猾なトリックを駆使して、既成の秩序に揺さぶりをかけ攪乱する存在を指す。ヒーローではなくアンチヒーロー、正統派ではなく反正統派こそがトリックスターなのだ。こうした秩序を攪乱する存在としてのトリックスターは、中国古典長篇小説の物語構造において大きな役割を果たしている。以下、五大白話長篇小説『三国志演義』『西遊記』『水滸伝』『金瓶梅』『紅楼夢』の物語世界において、それぞれトリックスターがいかなる役割を果たしているかを検討し、トリックスター像の変遷を通じて、中国古典小説の流れをたどり直してみたいと思う。

これにさきだち、まず神話・伝説の世界から近世の戯曲・小説にいたるまで、中国のトリックスターがいかに描かれてきたか、そのさまざまな貌を探ってみよう。

中国神話のトリックスター

中国神話の世界における最大のトリックスターといえば、かの蚩尤に指を屈するであろう。凶暴で奸智に長けた蚩尤は、神話・伝説において中国最古の皇帝と目される黄帝と戦い、魔術を駆使して大暴れをした。「涿鹿の野」における決戦のさいには、蚩尤は魔術を使って濃霧を発生させ黄帝軍をとりこめた。しかし、このとき黄帝は常に南を指す仕掛けを備えた指南車を作って自軍を導き、絶体絶命の危機を脱して蚩尤を生け捕りにし、殺害したとされる。

この「涿鹿の戦い」の勝利者、黄帝が世界に秩序をもたらすコスモスの神だとすれば、蚩尤はこれに刃向かい、秩序をかき乱すカオスの神にほかならない。この蚩尤のイメージは後世の伝説では、ますます誇張されて怪物的になる。たとえば六朝時代の梁の文人、任昉（四六〇—五〇八）の著した志怪小説集『述異記』では、蚩尤をとてつもない異相・異形の持ち主とする。

（蚩尤は）身体は人間だが蹄があり、四つ目で手は六本ある。今も冀州（河北省）の人が地を掘ると銅や鉄のような髑髏が出てくるが、これこそ蚩尤の骨である。蚩尤の歯は長さ二寸、堅くて砕くことができない。秦漢の時代の言い伝えでは蚩尤の鬢の毛は剣や戟のようであり、頭には角があり、黄帝と戦ったさいには、その角で突くため、誰も立ち向かえなかったとされる。

この蚩尤に見られるように、並みはずれてけばけばしく、異様な風体・形相も、しばしばトリックスターの属性の一つとなる。

ちなみに、蚩尤は一説によれば、黄帝の異父兄弟で、黄帝と天下を二分し、南方を支配した炎帝の子孫だとされる。炎帝についてはさまざまな伝説が混在しており、黄帝が仁愛に満ちた神であるのに対し、炎帝は不仁な悪神であり、黄帝と天下を争い、「阪泉の野」もしくは「涿鹿の野」で決戦したという説もある。これについては、先述のとおり、蚩尤も「涿鹿の野」で黄帝と激戦したとされており、神話・伝説の長い伝承過程において、いつしか炎帝と蚩尤が混同されたとおぼしい。一方、炎帝悪神説とは対照的に、炎帝は南方を治める人身牛首の太陽神であり、火をつかさどり、人々に農耕を教えた仁愛深い神だったとする説もある。さらにまた、この炎帝を種々の薬草の効能を発見した

壁画に描かれた蚩尤
（図版提供：ユニフォトプレス）

神農（しんのう）と同一人物だとする説まであり、ますますもってそのイメージは複雑の度をます。

炎帝が善なる神であったか悪なる神であったかはさておき、黄帝が北方の神であるのに対し、炎帝が南方の神であったことは、まずまちがいないであろう。神話に見られるこうした二神並立の構図は、あるいは中国大陸の太古における北の国と南の国の並存・対立の構図をはるかに映しだしているのかもしれない。

さて、炎帝の子孫蚩尤が黄帝に叛旗をひるがえして滅び去ったあと、黄帝に果敢な攻撃をしかけた神がもう一人いる。炎帝の臣下だったとされる刑（けい）（形）天（てん）である。刑天については、失われた中国古代神話の痕跡を伝える『山海経（せんがいきょう）』の「海外西経（かいがいせいけい）」に次のような叙述が見える。

> 刑天は帝（黄帝）とここにいたって神の座を争ったが、帝は刑天の首を斬りとり、これを常羊山（じょうようざん）（炎帝の生地とされる）に葬った。そこで、（頭を失った刑天は）乳を目とし、臍（へそ）を口として、干（たて）と戚（まさかり）を操り舞いつづけた（戦いつづけた）。

東晋の隠遁詩人陶淵明（とうえんめい）（三六五―四二七）は、頭を斬りとられながら、なおも反逆のパトスをかきたて、黄帝に刃向かった不屈の刑天にいたく共感し、「山海経を読む十三首」の第十首でこう歌いあげている。

精衛銜微木　精衛は微木を銜んで
将以塡滄海　将に以て滄海を塡めんとし
刑天舞干戚　刑天は干戚を舞わし
猛志故常在　猛志　故より常に在り
同物既無慮　物に同じきも既に慮ること無く
化去不復悔　化し去るとも復た悔いず
徒設在昔心　徒らに在昔の心を設く
良晨詎可待　良晨　詎ぞ待つ可けんや

精衛の鳥は木片をくわえて、大海を埋め尽くそうとした。刑天は干と戚を手に舞いつづけ、はげしい思いをいつまでも捨てなかった。異形のものと化しても気にもとめず、肉体が滅び去っても後悔しない。ひたすら昔からの復讐精神を抱きつづける。

たとえ輝かしい明日など来なくとも。

付言すれば、「精衛」は炎帝の娘女娃（じょあ）の化身だとされる。女娃は東海で遊ぶうち溺死し、怨みをはらすために精衛の鳥に姿を変えて、木と石をくわえて東海に投げこみつづけ、いつか海を埋め尽くそうとしたという。女娃も刑天と同様、かなわぬまでも大いなる対象に刃向かいつづけたパトスの持ち主だったのである。陶淵明がこの詩で称揚する精衛と刑天という不屈の闘争者が、ともに炎帝系統だったことは、とりわけ注目に値する。

コスモスの神、黄帝と戦ったカオスの神々は、炎帝が人身牛首、蚩尤が四つ目に六本の手、刑天は首がなくて乳を目に臍を口にしたというぐあいに、なんともはなばなしくも奇妙きてれつな風貌の持ち主であった。この異形の神々が黄帝を相手にまわして大騒動を繰り返すことによって、中国の神話世界は根底から揺さぶられる。彼らこそまさしく神話世界の大トリックスターというべきであろう。

『論語』世界のトリックスター

中国の神話世界における大トリックスター、カオスの神々のうちでも、とりわけ強烈な毒性を発散しているのは蚩尤である。一方、中国古代のビッグスターのなかに、そうした毒性はまったくないけれども、ある集団のなかで、きわだってトンチンカンで調子がはずれており、その意味でつねに波紋を呼ぶ存在(一種の道化といってもよかろう)がある。かの儒家思想・儒教の祖、孔子の弟子の子路(しろ)がそうだ。中島敦の「弟子」は、孔子と子路の稀有の関係性を描いた傑作だが、ここには、孔子の愛弟子の優等生で、二枚目然ととりすました正統派ヒーローの顔回(がんかい)とは対照的な、騒然とした無骨なアンチヒーロー子路の姿がいきいきと描かれている。

たとえば、孔子が重病にかかったとき、心配でいてもたってもいられなくなった子路は神に祈禱したいと申しでた。すると、孔子は「丘(きゅう)(孔子の本名は孔丘)の禱(いの)ること久し」(『論語』「述而篇(じゅつじ)」)、すなわち「私はずっと祈っているよ(神々に恥じないように行動してきたよ)」、だから、病気だからといってことごとしく祈禱する必要はないと、子路の過剰な思いやりをきっぱりはねつけた。

総じて、『論語』世界における子路のイメージはこのように型にはまらないヤンチャ坊主のようなところがあり、いつも失敗したり、失言したりして、孔子に叱られたり、からかわれたりしている。このように、ときに喜劇的な子路の言動によって、『論語』世界は揺さぶられ活性化される。

ちなみに、『論語』において、孔子が笑ったという記述はほとんどない。ただ、孔子が子路の力んだ発言を聞いて笑ったという記述が、「先進篇」に見える。これは『論語』のなかでもっとも長い章なのだが、その冒頭部分に次のように記されている。

子路・曾晳・冉有・公西華、侍坐す。子曰く、「吾れ一日爾に長ぜるを以て、吾れを以てする毋き也。居れば則ち曰く、吾れを知らざる也と。如し或いは爾を知らば、則ち何を以てせん哉」と。子路は率爾として対えて曰く、「千乗の国、大国の間に摂まれ、之に加うるに師旅を以てし、之に因ぬるに饑饉を以てす。由や之を為むるに、三年に及ぶ比おいには、勇有らしめ且つ方を知らしむ可き也」と。夫子は之を哂う。

子路・曾晳・冉有・公西華が孔子を囲んで座っていた。先生（孔子）が言われた。「私がきみたちより少し年上だからといって、気をかねる必要はない。きみたちはいつも我々は認められないと言うが、もしかりにきみたちが世に認められたら、どんなことをやりたいのかな」。と、子路があっさり答えて言った。「戦車が千台しかない小さな国があり、両側を大国に挟まれて、軍事的圧迫を受けているうえ、飢饉に悩まされているとしましょう。私がもしそんな小国の政治を担当するようなことがあれば、三年の間に、国民に勇気をもたせるのみならず、正しい生き方がわかるようにしてみせます」。孔子はこれを聞いて笑った。

孔子は子路の力んだ言葉が勇ましすぎるのを笑ったのである。当然のことながら、『論語』には優等生の顔回に対して、孔子が「哂って」からかったという記述などはない。この「哂う」というのが、どんな笑いかたであったかについては諸説あり、歯茎が見えるほど大笑いしたのだとする説や微笑程度の笑いかただとする説等々がある。私見によれば、孔子と子路のざっくばらんな関係性からみて、前者のように、からからと陽性に大笑いしたと読むほうがしっくりするように思われる。

それはさておき、こうして孔子が子路の言葉を聞いて笑ったという記述があることからも、子路が『論語』世界、ひいては孔子の率いる原始儒家集団において、ときに笑いをよぶ喜劇性を帯びたアンチ・ヒーロー、トリックスターとして位置づけられていることがわかる。

ちなみに、孔子の高弟の伝記を収録した『史記』「仲尼弟子列伝」によれば、子路は本名を仲由といい、孔子より九歳年下だったという。孔子の弟子になる以前は、「粗野な性格で、武勇を好み、義理を重んじて正直であり、冠には雄鶏の羽をつけ、豚の皮を腰の剣の飾りにし、孔子に無礼な態度をとったこともある」というふうだった。雄鶏の羽飾りのついた冠に豚皮をあしらった剣とは、これまたずいぶんと派手なファッションである。察するところ、子路はもともと奔放不羈の男伊達、遊侠の徒だったとおぼしい。しかし、やがて孔子に心酔し弟子入りを許されたのちは孔子一筋、孔子を全身全霊をあげて敬愛し崇拝した。次にあげる『論語』「公冶長篇」の記述には、そんな子路の姿が如実に示されている。

子路、聞くこと有りて、未だ之を行うこと能わず。唯れ聞くこと有るを恐る。

子路は孔子から何か教えを聞くと、必ず実行に移そうとした。だから、（一つの教えを聞いて）実行に移さない間に、次の教えを聞くことをこわがった。

孔子自身、こうした荒くれ者の純情の化身ともいうべき子路を慈しみ、「敝れたる縕袍を衣、狐貉を衣る者と立ちて、而も恥じざる者は、其れ由なる与（ぼろぼろの綿入れの上着を着て、高価な狐や貉の外套を着た者のそばに立っていても、恥ずかしがらない者がいるとすれば、それはきっと子路だろう）」（「子罕篇」）と、何者も恐れない、毅然としたその生きかたを称えている。

毅然としているのはいいのだが、子路には思いこんだら命がけの暴走癖があり、これを心配した孔子は、「暴虎馮河、死して悔い無き者は吾れ与にせざる也（虎に素手で立ち向かい、大河を歩いて渡ろうとし、それで死んでもかまわないと思うような（無鉄砲な）者は私の仲間ではない）」（「述而篇」）などと言い、おりにつけブレーキをかけた。しかし、けっきょく、子路は仕官先の衛の内乱に巻きこまれ、一歩も引かない性格があだとなって非業の最期を遂げた。衛で内乱がおこったという情報をえた瞬間、孔子は「嗟乎、由や死せり（ああ、子路は死んだ）」（『史記』「仲尼弟子列伝」）と嘆いたとされる。

　子路を失った孔子は、「吾れ由を得て自（よ）り、悪言耳に聞かず（私が子路を得てからは、あなどりの言葉を耳にしないようになった）」（同上）と述懐した。腕っぷしの強い子路が誰にも孔子の悪口など言わせないと、あたりを睥睨（へいげい）しているさまが彷彿とする言葉だといえよう。

　非業の最期を遂げたとはいえ、遊侠あがりで思いこみのはげしい子路は根っから純情で陽性だった。だから、孔子に認められたいと懸命になればなるほど、トンチンカンな言動も多くなり、孔子の率いる原始儒家教団に邪気のない笑いをもたらした。

　先にあげた神話・伝説の世界における蚩尤に顕著に見られる秩序攪乱性と、原始儒家教団における子路に見られる笑いをよぶ喜劇性は、実は後世の中国における俗文学（戯曲・小説）の物語世界に登場するトリックスターの属性にほかならない。物語世界のトリックスターは、総じて凶暴だったり悪辣だったりする反面、どこか根本的に間が抜けていて滑稽なのだ。

歴史上のトリックスター

中国のトリックスターの原型は上記のようにはやばやと神話や『論語』などに登場するが、文学作品のなかに出現するには、まだまだ時間がかかる。もっとも、歴史上の人物を視野に入れれば、実在した秩序攪乱者としての大いなるトリックスターは文字どおり、枚挙に暇がない。

ぐっと時代がくだった十八世紀中頃の清代中期、曹雪芹が著した白話長篇小説『紅楼夢』第二回に、歴史上の「大悪人」、換言すれば大トリックスターを列挙した、すこぶる興味深い叙述がある。付言すれば、この場面に登場する冷子興は骨董屋、賈雨村はせっかく科挙に合格し官界入りしたものの、たちまち罷免され、揚州に流れてきた人物である。当時、揚州の塩政（専売の塩を管理する長官）をつとめる林如海は愛娘林黛玉の家庭教師を募集中だった。以下にあげる箇所は、賈雨村が林家の家庭教師となったあと、消息通の冷子興から林如海の家系や姻戚について詳しい話を聞くという文脈から派生した発言である。

冷子興は賈雨村がさも重大そうにいうようすを見て、さっそくわけを聞かせてほしいと頼んだ。賈雨村は言った。

「天地は人を生みだすが、『大仁』と『大悪』の二種類を除けば、あとは大差はない。『大仁』なる者は運に応じて生まれ、『大悪』なる者は因果な星のもとに生まれる。運に応じた者が生まれると世の中はおさまり、因果な星を負った者が生まれると世の中は危うくなる。堯・舜・禹・殷の湯王・周の文王・武王・周公旦・召公・孔子・孟子・董仲舒・韓愈・周敦頤・二程（程顥・程頤）・張載・朱熹らは、みな運に応じて生まれたものである。蚩尤・共工・桀・紂・始皇・王莽・曹操・桓温・安禄山・秦檜などは、みな因果な星のもとに生まれた者である。『大仁』なる者は天下を治め、『大悪』なる者は天下を混乱させるのだ」。

ここに列挙される因果な星のもとに生まれた「大悪」の筆頭に、蚩尤があげられているのは、いかにも興味深い。つづいてあげられる共工は一説によれば、黄帝の子孫で五帝の一人である顓頊と戦い、大暴れして不周山にぶつかったために、天の柱が折れ、地維（大地の四すみをつなぐ綱）が断ち切れてしまった。この結果、天は西北に傾いて、日月星辰がすべて西北に集まり、地は東南に傾いて、水はすべて東南に集まる羽目になったとされる。つまるところ、蚩尤も共工もコスモスの神である黄帝およびその子孫と壮絶に戦い、天地を大混乱に陥れた極め付きのカオスの神なのである。

つづく桀は夏王朝、紂は殷王朝を滅亡させた暴虐の天子にほかならない。以下、秦の始皇帝（前二五九―前二一〇）は周知のごとく、「焚書坑儒」をはじめ苛烈な統治政策を断行した専制君主。王莽（前四五―後二三）は前漢王朝を滅ぼし新王朝を立てた稀代のペテン師。曹操（一五五―二二〇）は後漢王朝の簒奪をもくろんだ「姦雄」。桓温（三一二―三七三）は東晋王朝を追いつめた貴族社会の反逆者。安禄山（七〇五―七五七）は唐王朝をゆるがした大反乱の首謀者。秦檜（一〇九〇―一一五五）は女真族の金王朝に内通し、忠臣の岳飛を死に追いこんだとされる南宋王朝の姦臣である。

ここには、古代の暴君から近世の姦臣まで、いずれも大々的に天下を騒がせた中国史上、極め付きの「大悪人」、大トリックスターが遺漏なくとりあげられており、なかなか的を射た選択だといえよう。なかでも、狡猾なのに惚れっぽい曹操、反逆者のくせに小心者の桓温、玄宗や楊貴妃に気に入られ、宮廷道化の役を演じた超肥満体の安禄山などは、まさしく出色のトリックスターである。

語り物世界のトリックスター

以上のように、長らく神話や歴史の世界でしか見られなかったトリックスター像が、フィクショナルな文学の世界で前面に出てくるのは、ずっと時代がくだった近世の宋（北宋九六〇―一一二六、南宋一一二七―一二七九）以降である。宋以降、盛り場で聴衆を前にした講釈師がおもしろおかしく演じる語り物が盛んになるが、そのなかに奸智に長けたトリックスターが大騒動を巻きおこす話がかなりみられる。

たとえば、十七世紀初めの明末、馮夢龍（一五七四―一六四六）によって編纂された三部の白話短篇小説集「三言」の一部、『古今小説（喩世明言）』（第三十五巻）に収められた、「簡帖僧、巧みに皇甫の妻を騙せしこと」に登場する主人公の悪漢、簡帖和尚は語り物の世界に忽然と出現した典型的なトリックスターである。ちなみに、これとほぼ同じ話が、「三言」にさきだつこと五、六十年、明の嘉靖二十年から三十年にかけ（一五四一―一五五一）、洪楩によって編纂された話本集（講釈師のテキストを編集したもの）、『清平山堂話本』に、「簡帖和尚」というタイトルで収められている。いずれにせよ、この簡帖和尚の話は、もともと宋代以来、語り物として流布してきたものである。ちなみに、簡帖とは手紙の意である。物語はざっと以下のように展開される。

ころは北宋。首都開封（かいほう）に住む皇甫松（こうほしょう）という役人に、楊（よう）氏という美しい妻がいた。楊氏を偶然みかけた簡帖和尚が彼女に一目惚れしてしまうところから、こみいった物語世界が動きはじめる。ちなみに、「簡帖僧」はその初登場の場面で、簡帖和尚の容貌といでたちを次のように描いている。付言すれば、簡帖和尚はいわゆる破戒僧であり、物語世界には常に僧侶の姿ではなく、普通人として登場する。

> 太い眉毛にドングリ眼、つぶれた鼻に歯むきだしの大きな口。頭には高々帽子をかぶり、幅広の袖に斜めの襟がついたあわせを身につけ、下にははかまをはいて、甜鞋（ティエンシエ）（クツの一種）・浄襪（ジンワ）（白い靴下とおぼしい）をはいている。

みっともなくてグロテスクな容貌。かてて加えて、身につけている衣装も詳細は不明ながら、とびきり派手でけばけばしいうえ、ちぐはぐで調子がはずれており、いかにも道化的だ。先にあげた神話的世界の大トリックスター蚩尤は四つ目で手が六本という、なんとも派手で過剰、異様な容姿の持ち主だったとされるが、ここに描かれる簡帖和尚の姿かっこうは、限りなく零落し俗化したカオスの神、蚩尤を思わせるものがある。

こうして、ただならぬ雰囲気を漂わせながら登場した簡帖和尚は、楊氏と深い仲であることをほのめかすニセのラブレターを送りつけるなど、あの手この手の悪辣なトリック、狡猾な騙り(かた)のテクニックを駆使して、皇甫松・楊氏夫妻の仲を引き裂き、首尾よく楊氏を妻にすることに成功する。度の過ぎた悪戯・悪ふざけをして悦に入っていた簡帖和尚は、かつてある寺で盗みをはたらいた旧悪が露見するやら、皇甫松・楊氏夫妻をペテンにかけた事実が明るみに出るやらで、けっきょく御用となり、死刑に処せられることで、この話は一件落着する。

このように結末において、たしかに簡帖和尚は悪事のツケを払わされはするけれども、この話の狙いは、平穏無事にくらす夫婦の間を引き裂き、日常的な秩序体系を揺さぶる、トリックスターとしての簡帖和尚の巧妙な騙りのテクニックを微に入り細にわたって描くことにある。先述のとおり、この話は都市の盛り場で聴衆を前に、講釈師が語った講談をもとにしている。がんじがらめに枠組みの固定された日常に飽き飽きした人々は、こんな非常識で逸脱した悪漢の悪ふざけの話に耳を傾け、気晴らしをしたものとみえる。

語り物を母胎とする話本小説には、簡帖和尚のような悪漢のみならず、悪女も数多く登場する。ただ、宋代以来の語り物のジャンルに登場する悪女像には陰惨なものが多く、悪くて滑稽なトリックスターの要素をもつキャラクターはほとんど見られない。その意味ではむしろ元曲（モンゴル族王朝の元の時代に作られた戯曲）に、度し難くも悪賢く、あまりに狡猾すぎるために、かえって喜劇的になる女性トリックスターを鮮やかに描いた作品がある。その代表としてあげられるのは、李潜夫の手になる「灰欄記」に登場する馬大娘なるキャラクターである。ちなみに、日本の『大岡政談』の「実母・継母のご詮議のこと」と題する話は、この「灰欄記」をもとにしたものである。

　ところは北宋。ヒロインの名は張海棠。彼女の家はもともと名門だったが、没落したため、やむなく妓女に身を落とした。兄の張林はそんな妹を恥じ、口論のすえ家を出る。その後、張海棠は資産家の馬員外の側室となり、息子（寿郎）を生むが、子供のない正妻（馬大娘）が家事万端をとりしきり、実際には召使い同然の身の上だった。

　ある日、尾羽打ち枯らした張海棠の兄張林が職探しのため、開封（北宋の首都）に行く費用を無心に来たことから、大波乱が巻きおこる。実は正妻の馬大娘には趙令史という地方役人の愛人がいたため、色と欲との二筋道、かねてから夫の馬員外を亡き者にして馬家の財産を横領すべく、機をうかがっていた。そんなときに張林がやって来たものだから、飛んで火に入る夏の虫、この訪問を巧みに利用し、ドサクサ紛れに夫の馬員外を毒殺し、その罪を張海棠になすりつけようとした。しかし、張海棠もさるもの、お白洲で白黒をつけようと、役所に出頭したが、これは張海棠の大きな誤算だった。

したたかな馬大娘は海棠を馬員外殺しの犯人として告発したのみならず、財産ほしさに産婆や隣人を買収し、跡取り息子の寿郎は自分の生んだ子なのに、海棠は自分が生んだと虚偽の申し立てをしていると主張したのである。このあたりの用意周到、あの手この手のトリックを仕掛ける馬大娘の悪女ぶりは実に念が入っており、こんな性悪な女はいないとつくづく感心させられるほどだ。この馬大娘こそまさに箇帖和尚も顔色無しの悪知恵の塊であり、あまりにあくどすぎて逆に滑稽感を醸しだす、稀有のトリックスターといえよう。この淫蕩で悪知恵のはたらく馬大娘にみられる女性トリックスターのイメージは、その後、『金瓶梅』のヒロイン潘金蓮（はんきんれん）などにもつながってゆく。

それはさておき、張海棠は馬大娘によって死刑寸前、ぎりぎりのところまで追いつめられるが、そこに、今は名裁判官包拯（ほうじょう）の部下になっている兄の張林が登場、この事件は包拯によって裁かれることになる。事件の真相を見抜いた包拯はお白洲の地面に、石灰で欄（円形）をかかせ、そのまんなかに寿郎を立たせたうえで、「子供を欄の外にひっぱり出せ。ひっぱり出したほうが実の母だ」と申しわたす。すると、実母の張海棠は子供に怪我をさせることを恐れて力をゆるめたのに対し、馬大娘は委細かまわず思い切り力をこめて寿郎をひっぱり出す。この一幕を観察していた包拯は無慈悲な馬大娘をニセ母だと断定し、これを糸口に彼女こそ馬員外殺しの真犯人であることを立証、告発し、事件はめでたく一件落着となる。

上記のように、語り物から生まれた短篇小説「簡帖僧、巧みに皇甫の妻を騙せしこと」と元曲「灰欄記」に登場する、男性トリックスターの簡帖和尚と女性トリックスターの馬大娘に共通するのは、おそろしく悪知恵のはたらく知能犯だということだ。彼らは巧妙に悪知恵をはたらかせ、種々のトリック（騙り）。騙しのテクニック）を駆使して、しばし物語世界をはげしく揺さぶり撹乱する。このように、一回単発の語り物をベースとする短篇小説や基本的に四幕で構成される元曲におけるトリックスターは、集中的かつ瞬発的に、悪のエネルギーを爆発させることを身上とする。これに対して、同じく語り物を母胎とするとはいえ、連続物の講釈から長篇小説化した『三国志演義』『西遊記』『水滸伝』などの物語世界に登場するトリックスターはかなり様相を異にする。以下、順次これらの長篇小説においてトリックスターがそれぞれいかなる活躍をすることによって、物語世界を活性化させているか、探ってみよう。

第一章

武——『三国志演義』

白話長篇小説『三国志演義』（全百二十回）が成立したのは、十四世紀中頃の元末明初だが、ここにいたるまでには長い長い前史があった。九世紀中頃の晩唐のころから、すでに民間芸能の語り物の世界で三国志語りが盛んにおこなわれ、十一世紀から十二世紀の北宋時代になると、「説三分」と称される三国志語りの専門化されたジャンルが確立されていた。

こうした三国志語りは当然のことながら、序章で紹介した「簡帖僧」のような作品が一回完結の単発物であるのに対し、「講史」と呼ばれる連続長篇講釈のスタイルをとる。このような形で、綿々と伝えられてきた三国志語りの内容が実際にどのようなものであったか、具体的な資料がないため、知るすべもない。

そうしたなかで、民衆芸能の現場で演じられた三国志語りを文字化した最古のテキストとして、今に残るのは、十四世紀初め、元の至治年間（一三二一―一三二三）に刊行された『新全相三国志平話』である。『三国志演義』におけるトリックスター像を探るにさきだち、その原型の一つというべき『三国志平話』において、トリックスターがどのように性格づけられ、位置づけられているか、まず見てみよう。

『三国志平話』のトリックスター

出版業の盛んだった建安（福建省）の虞という人物によって刊行された『新全相三国志平話』は、「全相」すなわち全ページ絵入りと銘打たれているとおり、どのページも上段が挿絵、下段が文章という体裁になっている。ちなみに、「平話」については、「評話」つまり評釈を加えた話という意味だとか、「白話（口語）」の意味だとか、いろいろ説があるけれども、確かなことはわからない。

この『三国志平話』は上・中・下の三部構成をとり、後漢末から語りおこし、とにもかくにも三国の興亡を描ききっている。ただ、講釈師のレジメをそのまま利用したためか、誤字や当て字が多く、総じて表記の仕方はいたって粗雑なうえ、内容も史実を無視した荒唐無稽な要素が多く、事実誤認や誤解は文字どおり枚挙に暇がない。この点では、史実との整合性に留意した『三国志演義』とは、雲泥の差があるといわざるをえない。

しかし、こうした欠点にもかかわらず、『三国志平話』には実際に聴衆を前にして講釈師が熱弁をふるった、語り物ならではの臨場感があり、その意味でまことに興趣尽きないものがある。

上述のように、『三国志平話』は三部構成をとるが、実は上巻の冒頭に奇想天外な英雄転生譚が「入話(まくら)」として置かれている。

後漢の初め、書生の司馬仲相(しばちゅうしょう)が冥界へ呼ばれ、天帝から、「前漢の初めより、三百五十年もかたづかなかった大事件の裁判官となり、うまく裁きをつけたら、皇帝として地上に送り返してやる」と申しわたされる。その大事件の被告は前漢の高祖劉邦(こうそりゅうほう)と妻の呂后(りょこう)、原告は、高祖と呂后にはかられて反逆罪にとわれ、無念の死を遂げた前漢創業の功臣、韓信(かんしん)、彭越(ほうえつ)、英布(えいふ)の三人、証人は知恵者の蒯通(かいとう)だった。

司馬仲相はたちまちこの難事件にけりをつけた。すなわち、韓信を曹操(そうそう)、彭越を劉備(りゅうび)、英布を孫権(そんけん)というぐあいに、それぞれ三国の英雄に生まれ変わらせ、漢王朝の天下を三分させて、前世の不運を補わせる。一方、高祖を後漢の献(けん)帝に、呂后をその妻の伏(ふく)后に生まれ変わらせ、曹操に迫られた献帝に伏后を殺害させるというかっこうで、前世の罪ほろぼしをさせる。また、証人の蒯通は諸葛亮(しょかつりょう)に生まれ変わらせるというものである。

天帝はこの裁きを高く評価し、司馬仲相を三国を滅ぼし天下を統一した西晋王朝の始祖、司馬懿に生まれ変わらせたのだった。

　なんとも奇妙きてれつな転生譚だが、この話柄は当時の語り物の世界で流行したもようであり、『三国志平話』のほかにも、やはり元代に刊行された『新編五代史平話』の「入話」にも、ほぼ同じものが配されている。

　この荒唐無稽な転生譚をプロローグに、『三国志平話』の物語世界の幕が切って落とされるが、ここでも中心に配されるのはやはり劉備、関羽、張飛の三人である。三人のうちでも、いたるところで大騒動を引き起こす張飛の活躍ぶりにはめざましいものがあり、『三国志平話』の真の中心人物は張飛だといってもよいほどだ。『平話』における張飛の見せ場は数多いが、一つ顕著な例をあげてみよう。

「黄巾の乱」討伐のさい、劉備は義兄弟の関羽・張飛を従え、にわか作りの軍団を率いて挙兵し、戦功をあげたが、なかなか論功行賞にあずかれなかった。そこで有力者にはたらきかけた結果、ようやく定州の管轄下にある安喜県の尉（警察署長）のポストを獲得し、任地に向かった。その途中、着任の挨拶をすべく、上部機関である定州の長官を訪問したところ、長官はいきなりなぜ期限までに着任しなかったのかと劉備を怒鳴りつけ、規則違反で告発すると脅しつけた。実は、劉備はこのとき彼を慕ってついてきた一万二千余りの住民を引き連れていたため、移動に時間がかかり、心ならずも着任の期限に遅れてしまったのである（ということに、『平話』ではなっている）。

さて、猛りたった長官も配下になだめられ、劉備を即時告発することを思いとどまったため、劉備は県尉の役所で沙汰を待つことになった。鬱々として楽しまない劉備のようすを見て、関羽と張飛はわけをたずねるが、劉備は答えない。いらだった張飛は劉備に随行していた供の者をしめあげ、定州長官が理不尽な言いがかりをつけたことを聞きだすや、怒りを爆発させた。このくだりを『平話』上巻は次のように描いている。

（張飛は）その夜二更（午後九時から午後十一時の間）過ぎになると、手に鋭利な刀をひっさげて県尉の役所をぬけだし、州役所に到着するや、塀を乗り越えて侵入した。裏庭の花園まで来ると、一人の女の姿が目に入ったので、張飛はたずねた。「長官はどこで寝ているのか。言わないと殺すぞ」。女は恐怖でふるえながら言った。「長官は奥の部屋でお休みです」。「おまえは何者だ」と張飛。「私は長官の身のまわりのお世話をする者です」と女。「わしを奥の部屋に案内しろ」と張飛。

長官の元嶠を殺す張飛
（『新全相三国志平話』より）

女は張飛を奥の部屋まで案内した。張飛はこの女を殺し、さらに長官の元嶠(げんきょう)を殺した。と、灯火のもとで長官の妻が慌てふためき、「人殺し」と叫んだので、これも殺してしまった。役所で宿衛していた兵士はこの絶叫を聞いて飛び起き、三十人余りが張飛に向かって来たが、張飛は二十人余りの弓手を殺し、裏塀を乗り越えて脱出し、県尉の役所にたちもどったのだった。

長官や兵士はむろんのこと、妻や侍女までいさいかまわず殺害するのだから、このくだりの張飛はまさに荒れ狂う純粋暴力の化身というほかない。張飛の大暴れはさらにエスカレートする。この長官殺害事件を調査するため、朝廷は督郵(とくゆう)（州の下部機関であり、県を統轄する郡の検察官）を安喜県に派遣して来るが、この督郵がなんとも傲慢無礼な鼻持ちならない男で、はなから劉備を長官殺害の犯人だときめつけ、ただちに逮捕・連行しようとした。このとき激怒した張飛は凄まじい行為におよぶ。

（督郵が劉備を捕らえようとしたとき）劉備の側にいた関羽と張飛は激怒して、おっとり刀で役所の正堂に駆けあがった。仰天した役人どもはクモの子を散らすように逃げ出し、二人は督郵をつかまえて、その衣服をすっかりはぎとった。張飛は劉備を背もたれのついた椅子に座らせたあと、督郵を正堂の前の馬をつなぐ柱にくくりつけ、胸のあたりを百回も捧で殴りつけた。督郵が息絶えると、張飛はその死体を六つに切断し、頭を北門にかけ、手足を役所の四隅にぶらさげた。かくして、劉備、関羽、張飛は軍勢を率いて太山に逃げこみ、山賊の仲間入りをした。

ここで張飛は督郵を死ぬまで殴りつづけたばかりか、死体をバラバラにしてしまうのだから、なんとも凄まじいかぎりだ。こうして豪傑張飛が怒りを爆発させ嫌味な督郵を徹底的にやっつけるくだりを、講釈師が身振り手振りよろしく語ったとき、大喜びし興奮した聴衆がやんやの喝采を送ったであろうことは、推測に難くない。

『平話』の物語世界において、張飛はこうして破壊的な力を爆発させる反面、大事な場面で泥酔し、大ポカをやらかすなど、ときとして底抜けの愚かしさを見せつけ、聴衆の笑いを誘う。

たとえば、劉備は陶謙（とうけん）の死後、その遺言によって徐（じょ）州の支配者となり、ようやく根拠地を得たものの、まもなく居場所のなくなった猛将呂布（りょふ）に転がりこまれ、爆弾を抱えこむ羽目になる。ちなみに、呂布は後漢王朝を実質的に滅ぼした董卓の養子だが、その後、董卓を殺害し、群雄の間を転々としたあげく、曹操の根拠地兗州に攻めこむ。しかし、激戦むなしく撃退され、劉備のもとに逃げこんだのである。呂布が虎視眈々と徐州の支配権を狙っているおりしも、寿春を拠点とする群雄の一人、袁術が息子の袁襄を総大将とする大軍を出動させ、徐州に攻撃をかけようとする。この情報を得た劉備はなんとか穏便にすませたいと、張飛を使者に立てて、石亭駅なる地点で袁襄を出迎えさせ、挨拶させた。この場面を『平話』上巻は次のように描いている。

（張飛は）袁襄を出迎え、双方の挨拶がすむと、張飛は三杯の酒を飲みかわした。酒がすむと、袁襄は徐州を譲れと言ったが、張飛は聞き入れない。と、袁襄は「玄徳（劉備のあざな）なんぞはむしろを織りわらじを編んでいた田舎者ではないか」と罵倒した。張飛は激怒して「うちの兄貴の祖先は皇帝の息子だ。兄貴は前漢の景帝の十七代目の子孫で、中山靖王の後裔だぞ。そんなことを言って兄貴をばかにするとはな。おまえの先祖こそどん百姓じゃないか」と罵りかえし、即座に帰ろうとしたところ、袁襄が殴りかかってきた。そこで張飛は袁襄をぎゅっとつかまえ、手でぐいともちあげたかと思うと、石亭の上に抑えつけた。左右の者はとめることができず、張飛はかくして袁襄を抑えつけて殺してしまったのだった。

使者があろうことか、交渉相手を殺してしまったのだから、あとの成りゆきは火をみるより明らかだ。息子を殺され逆上した袁術は、ただちに三万の大軍を派遣して徐州攻撃に向かわせた。これをくいとめるべく、劉備は張飛を留めて徐州の本城を守らせると、関羽ともども出陣したのだった。ちなみに、この袁術の息子の話は『平話』にのみ見えるものであり、『演義』にはまったく言及されない（正史『三国志』にもむろんこんな話はない）。

さて、留守をまかされた張飛は毎日飲んだくれて指揮系統に乱れを生じ、けっきょく部下の裏切りによって呂布に攻めこまれ、徐州の本城から追い出されてしまう。劉備は呂布と交渉の結果、徐州の本城を正式に呂布に譲り、自分は小沛（しょうはい）の小城に移ることで、ひとまずこの事態は決着する。しかし、まもなく、またまた張飛の失態によって激怒した呂布に、最後の拠点小沛を包囲されるという危機に見舞われる。このとき、『平話』では責任を感じた張飛が手勢を率いて鉄壁の包囲網を三回も突破し、曹操のもとに駆けつけ救援を求めるという展開になっている。有名な「三たび小沛を出づ」の場面である。

見てのとおり、『平話』の張飛は使者に立てば、交渉相手を殺して事態を紛糾させ、留守居役をすれば泥酔して元も子もなくしてしまう。こうして愚行を繰り返したはてに、阿修羅のように敵の包囲網を突破して、みずからが招いた絶体絶命の危機を、みずから打破するのだから、なんともはなばなしい独り舞台というほかない。

『平話』は張飛の容貌を「豹（ひょう）の頭にドングリ眼、ツバメの顎（あご）にトラひげ、身長は九尺余り、声は巨大な鐘のようだ」と表現している。ドングリ眼にトラひげは『演義』でもおなじみの、張飛のトレードマークだが、これまたなんともはなばなしく、かのカオスの神、蚩尤の道化版ともいえる風貌だ。こうしてめっぽう強いけれども、無知でがさつな、ドングリ眼にトラひげの豪傑張飛は八方破れの大暴れによって、聴衆をエキサイトさせたかと思うと、底抜けに愚かで間のぬけた行動によって、『平話』の物語世界を終始一貫、騒々しく揺さぶり、攪乱しつづける。この張飛こそ『平話』世界の大トリックスターにほかならない。

もっとも、同じくトリックスターとはいえ、張飛には、序章でとりあげた簡帖和尚や「灰欄記（かいらんき）」の馬大娘（マーダーニャン）に見られた悪知恵を属性とする知能犯性はまったくない。張飛はつまるところ、制御しがたい力にあふれた「愚かな道化」なのである。この点では、元曲の「三国志劇」における張飛像もかわりはない。たとえば、「莽張飛大鬧石榴園（莽張飛、大いに石榴園を鬧がす）」や「莽張飛大鬧相府院（莽張飛、大いに相府院を鬧がす）」などの三国志劇は、「莽」すなわち、がさつでオッチョコチョイの張飛が、「大鬧」すなわち、大騒ぎをやらかすという筋立てであり、張飛を「愚かな道化」としてのトリックスターに仕立てている点では、『平話』とまったく同様なのである。

「莽張飛大鬧相府院」はすでに脚本が亡佚しているが、「莽張飛大鬧石榴園（以下、「石榴園」と記す）」は現存している。「石榴園」の筋立ては、『三国志演義』第二十一回の「曹操　酒を煮て英雄を論じ、関公　城を賺きとって車冑を斬る」の原型ともいうべきものである。

すなわち、呂布に徐州を乗っ取られた劉備主従が曹操のもとに逃げこんだあと、曹操はついに呂布を滅ぼすことに成功する。しかし、その後も劉備主従は曹操のもとに留まらされる。やがて曹操は劉備、関羽、張飛に警戒を強めて、彼らを亡き者にしようと図り、関羽と張飛の留守を狙って、まず劉備を許都の城外の別荘「石榴園」の高殿「凝翠楼」に呼びだす。かくて、曹操は劉備を酔いつぶして殺害しようと図り、配下の楊修に接待を命じたところ、楊修は巧みに座をとりもち、逆に曹操を酔っぱらわせて、劉備の危機を救った。

これは、元曲「石榴園」のストーリー展開であり、『演義』第二十一回には楊修はまったく登場しない。ちなみに、知恵者の楊修は後年、曹操に憎まれ処刑の憂き目をみる。「石榴園」の作者は、こうした楊修の死に方を先取りして、劉備の命を救う役割をふりあてたとおぼしい。

それはさておき、酔いから醒めた曹操は激怒して楊修を叩き出し、いざ劉備を始末しようとしたとき、高殿の下にしかれた厳戒網を突き破って、関羽と張飛が凝翠楼に駆けあがって来る。そこで、張飛がぐいと曹操を締めあげ、「助けてくれ」と悲鳴をあげさせて、首尾よく劉備を救出、三人そろって退場するところで、「石榴園」は幕となる。『演義』第二十一回でも、曹操に呼びだされた劉備を案じて、関羽と張飛がおっとり刀で駆けつけ、劉備を護衛して曹操を威圧する描写はたしかにある。しかし、「石榴園」のように、委細かまわず張飛が曹操に襲いかかるといった場面はまったくない。

これは一例にすぎないが、こうした「石榴園」の張飛のイメージから、元曲の三国志劇においても『平話』と同様、オッチョコチョイの張飛はすぐ頭に血がのぼり、「大鬧」をやらかす、トリックスターとして位置づけられていることが見てとれよう。

『演義』世界の大トリックスター――曹操

以上のように、語り物のテキストである『三国志平話』や元曲の三国志劇では、張飛が大トリックスターとして物語世界を揺さぶりつづけた。しかし、語り物や芝居など民間芸能の分野で伝承されてきた三国志物語を集大成し、堂々たる白話長篇小説として生まれ変わった『三国志演義』の世界では、張飛はこうした大トリックスター性を失うにいたる。

『演義』世界において、張飛にかわって物語世界を根本から攪乱する大いなるトリックスターの役割を担うのは、曹操にほかならない。『演義』世界の曹操は張飛と異なり、きわめて悪知恵がはたらき毒気がある。その意味では、序章でふれた短篇話本小説の「箇帖僧」にみられる知能犯性を、より大きなスケールで具現するキャラクターといえよう。

『演義』世界の曹操は基本的に、中心人物劉備と対立する悪玉・敵役(かたき)として位置づけられる。『演義』の作者と目される羅貫中は、明確な方法意識によって、劉備の善玉性と曹操の悪玉性を誇張し、そのコントラストをはっきりさせて、両者を葛藤させながら、物語世界を動かしてゆくのである。『演義』はその初登場の場面で、曹操を以下のように紹介する。

……身長七尺、目は細く髯は長く、官は騎都尉、沛国譙郡の人で、姓は曹、名は操、あざな孟徳という。曹操の父曹嵩は、もと夏侯という姓だったが、中常侍の曹騰の養子となったため、曹の姓を名乗るようになった。（第一回）

身長七尺といえば、関羽の九尺、張飛の八尺はむろんのこと、劉備の七尺五寸に比べてもそうとう見劣りがする。かてて加えて、細目でたれさがった髯とくれば、貧相というほかなく、ドングリ眼にトラひげ、見るからにはなばなしい容貌の張飛とはまったく対照的だ。しかも、父の曹嵩が宦官の養子という怪しげな出自であり、漢王朝の末裔である劉備とは雲泥の差だというわけだ。

ちなみに、劉備はその初登場の場面でこう紹介されている。

……身長は七尺五寸、両耳は肩まで垂れ、両手は膝の下まで届き、目は自分の耳を見ることができ、顔は冠の玉のように白く、唇は紅をさしたようだった。彼は前漢の中山靖王劉勝の後裔で、姓は劉、名は備、あざな玄徳という。（第一回）

ここで劉備は、福相とされる大耳、高貴の血筋であることをしのばせる白皙の容貌の持ち主であり、漢王朝の末裔だと麗々しく紹介されている。この劉備の美点を列挙した紹介のしかたと、さりげなく、しかし確実にその弱点をついた曹操の紹介のしかたの差は歴然であり、初登場の場面から、善玉劉備と悪玉曹操が明確に対比されていることがわかる。

しかし、この見栄えのしない貧相な小男曹操こそ、実は奸智に長けた稀代の「姦雄」であり、後漢末の乱世を機敏に泳ぎわたり、なみいる強敵を打ち倒して、じりじり勢力を強化してゆく。彼はまず軍師の荀彧らの意見をとりいれて、後漢最後の皇帝である献帝の後見人となり、首尾よく錦の御旗を手に入れたうえで、ライバル袁紹を「官渡の戦い」で撃破し、北中国を完全制覇する。

この余勢をかって、公称百万の大軍を率い江南に攻め下ったものの、「赤壁の戦い」で周瑜の率いるわずか二万の呉軍にこてんぱんに撃破されてしまう。こうして天下統一の夢は破れたけれども、その後も北中国をおさえた曹操の勢力は揺るがず、後漢王朝簒奪を射程に入れて献帝に対する圧迫を強めながら、執拗に出兵を繰り返し、劉備や孫権を攻撃しつづける。『演義』はこの乱世の姦雄曹操が、劉備と絡み対立するさまを、あくまでも劉備側に立ち、劉備に肩入れしながら描いてゆくのである。

『演義』世界において、曹操がいかに狡猾な悪玉であるかを印象づける話柄は、実は、『演義』の独創ではなく、陳寿の著した正史『三国志』に付された裴松之の注や、魏晋のエピソード集『世説新語』からとられたものが多い。たとえば、曹操姦雄伝説の原点ともいうべき、「呂伯奢一家殺人事件」（『演義』第四回）の一幕は、『三国志』「魏書」武帝紀に付された裴松之注に引く、王沈の『魏書』、郭頒の『世語』および孫盛の『雑記』を踏まえて組み立てられている。その概略は以下のとおり。

中平六年（一八九）、董卓が後漢の首都洛陽を制圧したさい、典軍校尉として洛陽にいた曹操は董卓の殺害を図ったが未遂に終わり、慌てて洛陽から逃げ出す。その途中で、関所役人に見咎められ逮捕されるが、県令の陳宮（ちんきゅう）に助けられ、ともども県役所を立ち去り、曹操の故郷譙（安徽省）に向かった。三日後、成皋（せいこう）（河南省）まで来たとき、曹操は父の義兄弟、呂伯奢の家がこのあたりにあるからそこで宿を借りようと言いだし、陳宮を連れて呂家に立ち寄る。呂伯奢はお尋ね者の曹操を快く迎え入れ、近くの村に酒を買いに行った。そのあと、曹操は誤解にもとづく大事件をおこしてしまう。

曹操は陳宮とともにしばらく座っていたが、ふいに屋敷の裏で刀をとぐ音がした。曹操は言った。「呂伯奢は私のほんとうの親類ではないし、さっきここから出て行ったのもあやしい。こっそりようすを探ってみよう」。二人して足音をしのばせ、居間の裏に回ると、「縛って殺したらどうだ」という声がする。曹操は、「やっぱりだ。今もし先に手を下さなければ、必ず捕まってしまうぞ」と言うや、陳宮とともに剣を抜いて飛びこみ、男女を問わず皆殺しにし、つづけさまに一家八人を殺してしまった。台所までさがしに行くと、なんと豚を一匹縛りあげ、いまにも殺さんばかりにしてあるではないか。陳宮は「孟徳どの、あなたは気を回して、悪気のない人々をまちがって殺してしまわれたのだ」と言い、二人して慌てて屋敷を飛び出し、馬に乗って出発した。

曹操はこうして呂伯奢の家族を皆殺しにしたばかりか、逃げる途中、何も知らずにもどって来た呂伯奢に出会うや、後難を恐れて彼まで殺害してしまう。仰天した陳宮が難詰すると、曹操は「私が天下の人を裏切ろうとも、天下の人に私を裏切るような真似はさせぬ」と、姦雄の決めゼリフを吐き、恐るべき冷血漢ぶりを示す。失望した陳宮は曹操を見限り、のちに呂布の参謀となって曹操と戦いつづけ、呂布ともども生け捕りになっても曹操に屈服せず、処刑される道を選ぶにいたる。

このほか、狡猾な悪玉曹操のイメージを如実にあらわす話柄としてあげられるのは、「青梅事件」と「枡（ます）事件」である。前者は『世説新語』「仮譎（かけつ）篇」に収められたエピソードを踏まえたもの。『演義』第二十一回において、呂布が滅亡したあとも、引きつづいて曹操のもとに身を寄せていた劉備を相手に、過去の出来事を述懐するというかたちで、『演義』世界にはめこまれている。

（曹操は劉備に向かって言った）「たまたま枝の梅が青々としているのを目にして、ふ

曹操
（英雄を論じる宴で詐術を弄した「青梅事件」を劉備に自慢する）

いに去年（建安二年）、張繡征伐に向かったとき、途中で水がなくなり、兵士全員のどがカラカラになったのを思い出した。あのとき、わしは一計を案じ、鞭で虚空を指さして、『前方に梅の林があるぞ』と言ってやった。兵士はこれを聞くと、みな口のなかに唾を出し、おかげで渇きをとめることができた（以下略）」。

詐術を弄する悪賢い姦雄曹操の姿を強く印象づける話である。詐術を弄する点では、「枡事件」のほうがいっそうきわだっている。この話は『演義』第十七回に見えるものだが、裴松之の注にも『世説新語』にも言及はない。

建安二年、張繡征伐で大失敗をしたあと（後述）、曹操は十七万の軍勢を率い、帝号を僭称した袁術討伐に向かうが、一か月余り持久戦がつづき、たちまち食糧切れになる。このとき、曹操はまず軍糧係の王垕に命じ兵士たちに小さい枡で食糧を分配させた。兵士たちがインチキに気づき騒ぎだすと、曹操は王垕に「おまえの首を借りてみなに示したい」と告げ、妻子は養ってやるから心配するなと言うや、首斬り人に命じ、あっというまにその首を斬らせた。かくして、王垕の首をさらし、「王垕は故意に小さな枡で配給し、軍糧を盗んだ罪により、軍法に照らして処刑した」と告示板を出して、兵士たちの不満を抑えたというものである。

「呂伯奢一家殺人事件」といい、この「枡事件」といい、なるほど曹操は残忍非情、悪辣な冷血漢だと思わせる説得力がある。こうして『演義』は随所に悪玉曹操の強烈なイメージを織りこみ、仁愛の英雄劉備との差異を巧みに印象づけるのである。こうしたエピソードを利用する手法とともに、『演義』は、後漢の献帝や伏后に対するときの曹操の残忍さを強調し、えげつない簒奪者としての姿を極端化する操作をおこなっている。これまた、劉備を漢王朝の末裔としてひたすら称揚し美化するのと対照的な扱いだといえよう。

『演義』の曹操はたしかに大筋において、このように度し難くも狡猾な悪玉・敵役をふりあてられているとはいえ、終始一貫して、抜け目のない憎々しい姿を見せつけるわけではない。彼はしばしば憎々しげな姦雄にもあるまじき、『平話』の張飛そこのけの大ポカを演じることがあり、『演義』はこうした曹操の姿もまたおもしろおかしく描きあげている。

そもそも曹操は、初平(しょへい)元年（一九〇）、後漢王朝を瓦解させた獰猛な董卓を討伐すべく、諸侯連合軍が結成された時点で、はやくも絶体絶命の危機に見舞われている。足並みのそろわない諸侯連合軍の手ぬるさにいらだち、血気にはやって自軍を率い董卓を追撃する途中、逆に董卓の部将徐栄(じょえい)の軍勢に包囲されて負傷し、あわや一巻の終わりというところまで追いつめられたのである。このくだりを『演義』第六回は次のように描いている。

……方向を転じて逃げにかかった瞬間、徐栄の放った矢が、曹操の肩に命中した。矢をさしたまま曹操は命からがら逃走し、こっそり坂道をまわろうとした。草むらにひそんでいた二人の伏兵が、曹操の馬が近づくと見るや、いっせいに鎗を突き出したところ、曹操の馬に突き刺さり、馬は倒れてしまった。曹操はもんどり打って落馬し、二人の兵士に捕らえられた。そのとき、一人の大将が馬を飛ばしてやって来たかと思うと、刀をふるって二人の兵士を斬り殺し、馬から下りて曹操を助けおこした。誰かと見れば、なんと曹洪(そうこう)であった。曹操は言った。「わしはここで死ぬ。おまえは早く逃げろ」。「公(との)は急いで馬に乗ってください。私は歩きます」と曹洪。「賊兵が追いついたら、どうするんだ」と曹操。「私がいなくとも天下に差し支えはありませんが、公がいらっしゃらないわけにはゆきません」と曹洪。「わしがもし命拾いできたら、それはおまえの力だ」と言うと、曹操は馬に乗った。曹洪は戦袍（ひたたれ）も鎧も脱ぎ捨て、刀をひきずりながら馬のあとを追った。

この後、行く手に大きな川があらわれたところに敵の追撃がかかり、負傷した曹操は馬を捨て、曹洪に背負われて川を渡り、ようやく窮地を脱するという体たらくだった。これはまたなんとも派手な負けっぷりであり、とても冷酷非情の姦雄の所業ではない。

この四年後の興平（こうへい）元年（一九四）には、曹操みずから軍勢を率いて徐州に進撃したすきに、猛将呂布に攻めこまれ、根拠地兗州を失いそうになる事件があった。当初、呂布の勢いには当たるべからざるものがあり、徐州から慌てて引き返した曹操は苦戦を強いられた。ことに激烈をきわめたのは、呂布が駐屯する濮陽（ぼくよう）（河南省）の攻防戦であった。内通者がいるというデマ情報に欺かれ、まっさき駆けて濮陽城内に突っこんだ曹操は、たちまち呂布軍に包囲され、あわやという危機に陥る。そのとき、剛勇無双の典韋（てんい）が出現、血路を切り開いてくれたおかげで、かろうじて脱出することができた。このくだりを『演義』第十二回は次のように描いている。

典韋は曹操を守って血路を切り開き、城門の側まで来た。しかし火の勢いが猛烈なうえ、城壁の上からどんどん柴や草が投げ落とされ、一面、火の海であった。典韋は戟（ほこ）で火炎を弾（はじ）き飛ばしながら、馬を走らせ、煙と炎を突っ切って先に進んだ。曹操はその後につづいたが、城門の外に出たとたん、門の上から燃えさかる梁（はり）が落ちてきて、曹操の馬の尻を直撃したため、馬はどうと倒れてしまった。曹操は燃えさかる梁の塊を手で地面に押しやり、そのために手といわず腕といわず、鬚（ひげ）といわず髪といわず、ことごとく焼けただれた。

先にあげた董卓討伐戦で曹操は肩に矢傷を負い、この呂布との戦いでは大火傷を負うなど、ほんとうに戦場で負傷することの多い人である。これは、彼が総大将として出陣するさいも、常に最前線でみずから身体を張って戦ってきたことを、おのずとものがたっている。ちなみに、今あげた二つの負傷例は、正史『三国志』「魏書」武帝紀にも記述がある。『演義』はこれに大々的に脚色を加え、興に乗って誇張しているのである。

考えてみれば、悪玉・敵役の曹操が先頭に立って戦場を駆けめぐり、しばしば思わぬ大敗を喫して大怪我をするのに対し、善玉の劉備が戦傷を負ったという話は、正史においても『演義』においてもついぞ見かけたことがない。劉備はとりわけ建安十三年（二〇八）の「赤壁の戦い」以前は、負け癖がついているのかと思われるほど、戦っては負けてばかりなのだが、それでも怪我はしない。たぶんおそろしく逃げ足が速いということなのであろう。

それはさておき、先述の濮陽の戦いの三年後、曹操は、徐州に逃げこんだ呂布との戦いのけりをつけるにさきだち、弱小群雄の張繡の征伐におもむく。このとき、曹操はまたまた軽率さによって、とんでもない大失敗をやらかした。彼は張繡の征伐にいったん成功したあと、張繡の亡き叔父の美しい妻にうつつをぬかして張繡軍の猛攻をうけ、惨憺たる大敗を喫したのである。このとき、典韋は曹操を救うために阿修羅のような奮戦をし、壮絶な最期を遂げた。みずからの失態によって、曹操はかけがえのない勇者を失ったのである。

この後、曹操はついに呂布を滅ぼすことに成功するが、共通の敵呂布が健在であった間は協調関係にあった劉備との仲が決裂、徐州に依拠した劉備に猛攻を加え、これを撃破する。このとき、曹操は、逃げ足の速い劉備に置き去りにされ、条件付きで降伏した劉備の義兄弟関羽に惚れこみ、なんとか自分の傘下に入れたいと親切の限りを尽くしたにもかかわらず、あえなく袖にされてしまう。もっとも、これは曹操の失敗というよりは、優秀な人材には手放しで惚れこむ、彼の長所をおのずと浮き彫りにする事件だといえよう。

その後、建安五年（二〇〇）の「官渡の戦い」から、建安十三年の「赤壁の戦い」直前まで、曹操は大ポカもやらず怪我もせず、順調に勢力をのばし、めでたく北中国制覇を成し遂げる。しかし、万全を期して臨んだ「赤壁の戦い」では、呉の若き天才軍師周瑜(しゅうゆ)にしてやられ、権謀術数に長けた姦雄の看板が泣く大失態を繰り返す。すなわち、周瑜の意をうけた龐統(ほうとう)の「連環(れんかん)の計(けい)」にひっかかって戦船を連結させて動きがとれなくなり、けっきょく、周瑜と心を合わせた呉の老将黄蓋(こうがい)の「苦肉(くにく)の計(けい)（故意に味方からこっぴどく肉体的苦痛を受け、敵を信用させながら偽装降伏する計略）」を見破れず、猛烈な火攻めにあって壊滅的打撃をうけるしまつだった。命からがらの逃避行の途中、「華容道(かようどう)」で関羽に出くわし、もはやこれまでと思った瞬間、かつて曹操から受けた恩義を忘れぬ義人関羽のおかげで窮地を脱し、曹操はなんとか北へ生還することができた。

これほど痛い目にあいながら、立ち直りの早い曹操はその後も、あるいは西へあるいは南へと出兵を繰り返し、みずからの支配領域の拡大を図りつづけた。曹操がお馴染みの盛大な負けっぷりを示したのは、建安十六年（二一一）、西涼（甘粛省）の猛将馬超との戦いのさいである。曹操に父の馬騰を殺され怨み骨髄の馬超は、この年、叛旗をひるがえし、じきじきに出撃してきた曹操と潼関（陝西省）で対決し、激烈な戦いを展開した。

　馬超の勢いに押された曹操は当初こてんぱんに打ち破られ、生け捕りにされまいと、目印になる長い髯を刀で削り落として逃げまどうありさまだった。さらにまた、曹操軍が黄河を渡ろうとしたとき、馬超の軍勢が怒濤のように押し寄せ、逃げるタイミングを失った曹操は、これまた剛勇無双の親衛隊長許褚に背負われて（曹操はよく背負われて逃げる人だ）、ようやく船に乗りこむことができた。このくだりを『演義』第五十八回はこう描いている。

　許褚は船首に立ち、急いで棹を操り、曹操は許褚の足もとに身を伏せていた。馬超が岸辺まで来たとき、船はすでに河のまんなかまで行っていた。そこで馬超は弓を手に取り矢をつがえながら、大将たちに河に沿って射かけよと命じ、雨あられと矢を浴びせかけた。許褚は曹操が傷つくことを恐れ、左手で馬の鞍をもちあげ矢を防いだ。馬超の矢は百発百中で、漕ぎ手は弦のうなりとともに水に落ち、船内にいた数十人は全員、射殺された。船はぐらぐらして安定を失い、急流にもまれてくるくる旋回したが、許褚は超人的な力を発揮し、両足の間に舵を挟んで動かしながら、一方の手で棹を使って船を操り、もう一方の手で鞍をあげて矢を防ぎ曹操を守った。

許褚に背負われて船に乗り、船底に身を伏せている曹操の姿はまさに醜態であり、文字どおり道化的と言うほかない。それにしても、曹操は絶体絶命の危機に陥るたびに、救世主のように曹洪、典韋、関羽、許褚らがあらわれ、命拾いするパターンを繰り返している。つまるところ、強運の人なのである。

ここにあげたのは顕著な例だが、これ以外にも曹操は数えきれないほどの失敗や失策を重ねている。これらのほとんどは虚構によるものではなく、正史『三国志』に記された史実にもとづいている。『演義』はこれらを誇張し、効果的に物語世界に組みこむことによって、曹操の道化性を浮き彫りにするのである。

こうしてみると、『演義』世界の曹操は悪玉・敵役であると同時に、道化あるいはトリックスターの役割を演じているといえよう。狡猾な道化、悪賢いトリックスターの曹操は、中心人物の善玉劉備と対立しながら、物語世界を揺さぶり攪拌しつづけるのである。

先にあげた講釈師のテキスト、『三国志平話』における大トリックスター張飛は、善玉劉備と同じ地平に立ち、彼をバックアップする役割を担っていた。しかも、『平話』の張飛はおそろしく乱暴ではあるものの、悪知恵をはたらかせる狡猾さはまったく持ち合わせていない。ここでは、善なる中心人物と悪辣なトリックスターが対立し葛藤することによって、物語世界を揺さぶり動かしてゆくダイナミズムは見られず、物語展開はきわめて単調といわざるをえない。

語りの現場から生まれた講釈師のテキスト『三国志平話』と、巷間に伝わる三国志物語を丹念に集大成して成立した白話長篇小説『三国志演義』の最大の相違点は、物語世界を揺さぶるトリックスターが、中心人物劉備に協調的で力いってんばりの張飛から、中心人物劉備に対立的で知能犯的な曹操に変換されたことにあるといえよう。『演義』は曹操を大いなるトリックスターとして位置づけることによって、長篇小説の構造を確定しながら、物語世界をダイナミックに活性化してゆくのである。

曹操から諸葛亮へ

『演義』世界では、その実、全百二十回で構成される物語が三分の二あたりまで進行した時点で、中心人物の劉備も大トリックスターの曹操も退場する。すなわち、曹操は第七十六回で、劉備は第八十五回で死んでしまうのだ。このあと、『演義』世界を動かす役割は諸葛亮ひとりが担うことになる。後半第八十五回以降、第百四回において、魏の将軍司馬懿と対峙中、五丈原で陣没するまで、『演義』世界はまさしく諸葛亮の独り舞台であり、彼はひとりで中心人物とトリックスターの役割を兼ねるのである。

『演義』の諸葛亮には語り物の世界で長らく伝承されてきた、神秘的な超能力者・魔術師としてのイメージが盛りこまれている。『演義』の諸葛亮はここぞというときに、盛大に魔術・幻術すなわちトリックを駆使し、その意味ではまぎれもなく「トリックスター」だといえる。諸葛亮が最初にそうしたトリックスターとしての貌をあらわにするのは、第四十九回の「赤壁の戦い」のくだりである。曹操の大軍は長江の北側に水陸の陣をしいており、周瑜を総司令官とするわずか二万の呉軍が、これを撃破する手は火攻めしかない。この戦法を成功させるには、なんとしても火勢をつよめる東南の風が不可欠だ。

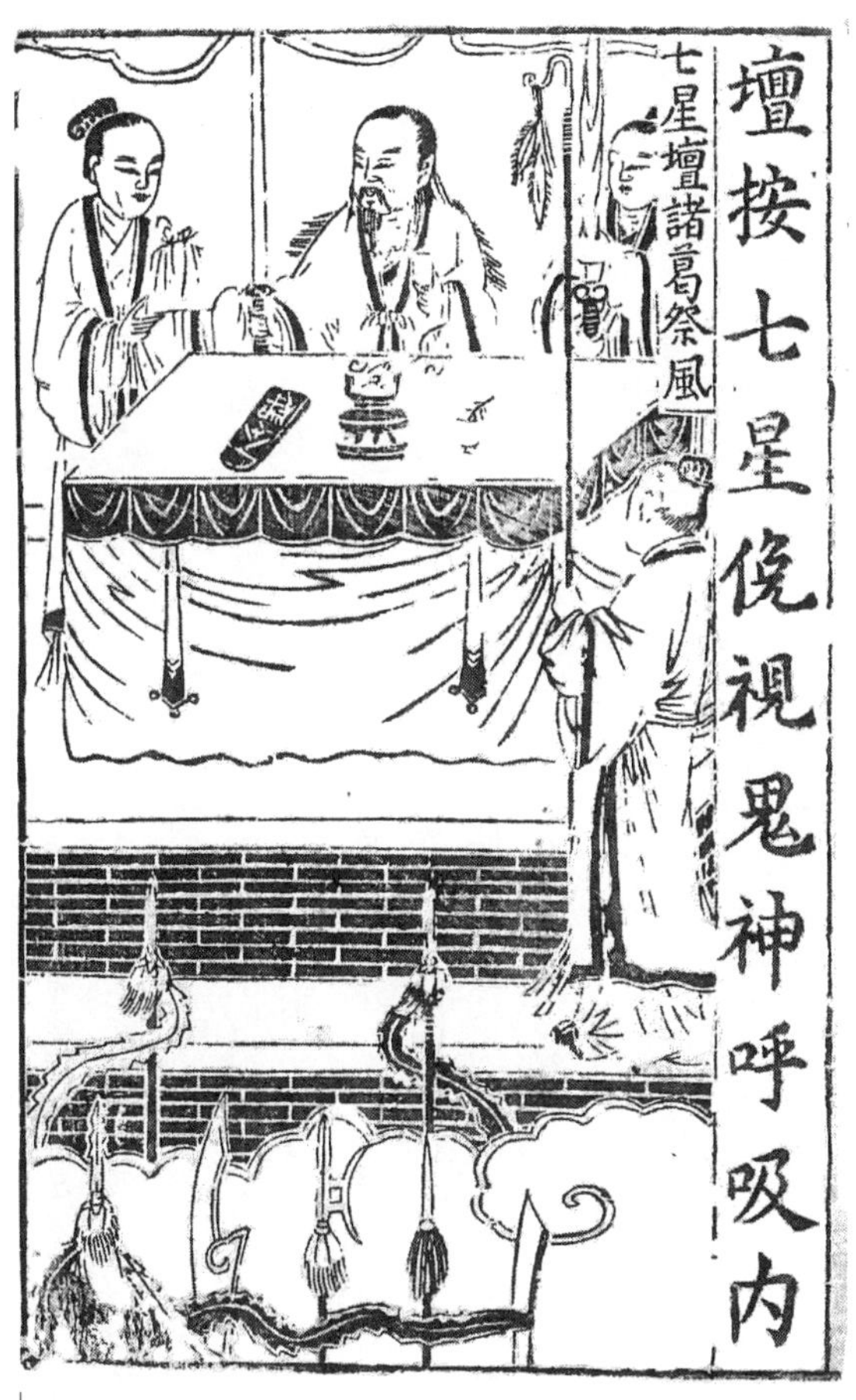

諸葛亮
（「七星壇」を築き、天に祈って東南の風を呼ぼうとする）

しかし、時は冬十二月。この季節にはふつう東南の風は吹かない。このとき、思いあぐねる周瑜に対し、諸葛亮は「七星壇（しちせいだん）」を築き、天に祈って東南の風を吹きおこしてみせようと申しでる。かくして、七星壇が完成すると、諸葛亮はものものしいいでたちの将兵を配置し、みずからは斎戒沐浴して道衣を身につけ、裸足にザンバラ髪となって祈禱にとりかかる。この場面を『演義』第四十九回は次のように描いている。

> ……諸葛亮はゆっくり壇上に登り、方角を見定めてから、炉で香を燃やし、盂（はち）に水を注ぎ、天を仰いで祈った。これがすむと、壇を下り陣幕のなかに入って小休止し、将兵に交替で食事をとらせた。諸葛亮は一日のうちに三度壇に登り、三度壇から下りた。しかし、いっこうに東南の風は吹く気配はなかった。

周瑜は「孔明の言うことはまちがいだ」といらだつが、やがて真夜中になると、突然風の音が響いたかと思うと、あっというまに東南の強風が吹きはじめる。これによって、呉軍の火攻め戦法はみごと図に当たり、曹操の大軍は壊滅するにいたる。魔術を駆使するトリックスター、諸葛亮の面目躍如というところである。

「赤壁の戦い」から十二年後の延康元年（二二〇）、曹操の死後、長男曹丕が後漢王朝を滅ぼし即位して魏王朝を立て、翌年、劉備も即位して蜀王朝を立てた。しかし、劉備にとって重要であったのは、皇帝になったことよりも、義兄弟の関羽を曹操と結託し挟み撃ちにして殺害した孫権への報復を果たすことだった。かくして重臣たちの反対を押し切り、呉に出撃したものの、陸遜の率いる呉軍にこてんぱんに撃破された。『演義』第八十四回に、敗走する劉備に猛追撃をかけた陸遜は途中で、諸葛亮があらかじめ仕掛けておいた魔方陣（八陣）に迷いこみ、軍勢を引かざるをえなかったという話が見える。これも諸葛亮のほとんど狡猾な魔術師的性格、あるいはトリックスター的性格を顕著に示す話柄である。

　こうした諸葛亮の魔術師・トリックスター的性格は、曹操や劉備が退場し、物語展開が後半に入るほど前面に押しだされる。たとえば、『演義』第八十七回から第九十一回において、超大国魏に挑戦する北伐を開始するにさきだち、南方征伐（南方異民族の征伐）を敢行する諸葛亮の姿が描かれている。このとき、諸葛亮は勇猛をもって鳴る南方異民族のリーダー孟獲を「七たび擒え七たび縦つ（七擒七縦）」という心憎くも巧みな方法で心服させ、みごと南方征伐に成功する。このくだりの諸葛亮は、配下の魔王を繰り出し、あの手この手で抵抗する孟獲を相手どって、大魔王よろしく人工獣を繰り出し、風を呼び雨を呼ぶなど、まさしく大トリックスターそのものである。

南方征伐に成功した諸葛亮軍は帰途につくが、瀘水まで来たとき、征伐の過程で命を落とした、おびただしい戦死者の亡魂があらわれ、その祟りで陰鬱な風が吹きわたり波がわきたって、川を渡ることができなくなる。このとき、諸葛亮は、まず小麦粉をねって人の頭の形を作らせ、そのなかに牛や羊の肉を詰めこませて「饅頭」と称し、これを岸辺に供えた。ついで戦死者を祭り、「汝らもまたわが軍旗に従い、わが軍勢のあとを追って、もろともに帰国し、それぞれ故郷にもどって、肉親の蒸嘗を受け、家族の祭祀を受けよ云々」と呼びかけた。すると、「愁雲・怨霧のなかに数千の幽魂がおぼろに見えたかと思うと、すべて風に吹かれ散らばって行った」のだった。

荒らぶる亡魂を鎮めた諸葛亮は、無事に瀘水を渡り蜀の都成都に凱旋した。これは、『演義』第九十一回にみえる話だが、このくだりの諸葛亮は死者と交感しうる呪術的能力の持ち主として描かれている。「七星壇」に登って天に祈禱したかと思うと、亡魂とも自在に交感するなど、『演義』の諸葛亮は、まさしくなさざることなき大魔術師なのである。

南方征伐の成功後、『演義』の諸葛亮はがらりとまた正統派の誠実無比の軍師に変身し、後主劉禅に「出師の表」をささげて、超大国魏に挑戦すべく北征を開始する。「臣亮言す、先帝（劉備を指す）、創業未だ半ばならざるに、中道にて崩殂す。今、天下は三分して、益州は疲弊す。此れ誠に危急存亡の秋なり」と書きおこし、「臣、恩を受くるの感激に勝えず。今遠く離るるに当たり、表に臨んで涕泣し、云う所を知らず」と結ぶ、「出師の表」には、魔術師諸葛亮の面影なぞ片鱗もない。ちなみに、「出師の表」は陳寿の正史『三国志』「蜀書」諸葛亮伝にその全文が記載されており、『演義』第九十一回にもそっくり引用されている。

　このように『演義』の諸葛亮はケースバイケースで、誠実無比の軍師になったり大魔術師になったりするのだが、こうした描きかたは、つまるところ一人二役、諸葛亮ひとりに正統派の中心人物と物語世界をざわめかせるトリックスターの役割を兼ねさせたものといえよう。

『演義』の第九十一回から第一百四回に至るまでは、五回（魏の側から仕掛けられた一回を加えれば全六回）にわたる北伐の奮戦をへて、司馬懿と対戦中、秋風吹く五丈原で陣没するまでの諸葛亮の姿を、委曲を尽くして描きあげる。『演義』後半の大スター、諸葛亮は退場のしかたもまたすこぶるユニークである。『演義』第百三回に、星座を観察し死期が迫ったことを知った諸葛亮が、北斗星に祈って延命を乞う儀式をとりおこなうべく、次のように信頼する部将の姜維（きょうい）に準備を命じる場面がある。

「私はかねてより祈り禳（はら）う方法をよく知ってはいるが、天のおぼしめしがどんなふうであるか、わからない。おまえ（姜維を指す）は、それぞれ黒旗を持ち、黒衣を身につけた四十九人の武装兵を率いて、陣幕の外を取り巻き守備させよ。私は陣幕のなかで北斗星に祈禱しよう。もし、七日の間、主灯が消えなければ、私の寿命は一紀（十二年）、延ばすことができる。もし主灯が消えれば、私は必ず死ぬ。この間、余人をなかへ入れてはならない。必要な物は二人の小童（召使いの少年）に運ばせよ」。

こうして儀式の準備をさせた諸葛亮は六日の間、日中は軍事上の重要な問題を処理し、夜は陣幕のなかに入って、「罡（こう）に歩し斗（と）を踏む（北斗七星の形に歩むこと）」業をつづけた。この最後の土壇場でも、諸葛亮は日中は正統派の軍師、夜間は魔術師と一人二役を演じているのである。ともあれ、弱った体に鞭うっての苦しい延命の儀式もあと一晩というところまできたとき、部将の魏延（ぎえん）がずかずか陣幕のなかに踏みこんで来て、せっかく明るく輝いていた主灯を消してしまうという失態を演じる。かくして延命の望みを断たれた諸葛亮は、死後の手配りを終え、蜀の建興十二年（二三四）秋八月、ついに死去するにいたる。

劉備や曹操らが退場した『演義』後半において、諸葛亮は死ぬまでこのようにして、一人で正統派の中心人物と魔術師的トリックスターの役割を兼ね、八面六臂の大活躍をつづける。しかし、諸葛亮がどんなにめざましい活躍をしても、神話の世界でいえば、一人で黄帝と蚩尤の二役を演じているようなものであり、物語展開から見て、どうしても対立的な存在が葛藤するダイナミズムに欠けることになってしまう。中心人物の善玉劉備と悪玉トリックスター曹操の対立と葛藤を軸とする、『演義』前半三分の二の躍動的な物語展開に比べると、一人二役の諸葛亮の独り舞台となる後半三分の一の展開が、平板のきらいがあるのは、おそらくこのためであろう。

『演義』世界のトリックスター群像

『三国志演義』の物語世界には、前半の曹操、後半の諸葛亮という二大トリックスター以外にも、とりわけ前半三分の二あたりまでには、多種多様のトリックスターが登場する。

後漢王朝を実質的に滅ぼした獰猛な武将董卓もその一人である。董卓とその養子で剛勇無双の呂布は、後漢王朝の重臣王允（おういん）の意を受けた美女貂蟬（ちょうせん）に操られて恋の鞘当てを演じる羽目になった。ある日、呂布はすでに董卓の側室の身である貂蟬と、董卓邸の裏庭の鳳儀亭（ほうぎてい）で忍びあっている最中、嫉妬に狂った董卓が出現して大騒ぎになる。『演義』第八回はこの場面を次のように描いている。

> 呂布は董卓が来たのを見て、びっくり仰天、くるりと体の向きを変え一目散に逃げ出す。董卓はむんずと画戟（がげき）をつかみとり、まっすぐ構えて追いかける。呂布の足が速くて、肥満体の董卓はとても追いつけず、戟を投げて刺そうとすると、呂布はこれを地面に叩き落とした。董卓が戟を拾い上げ、ふたたび追いかけたとき、呂布はすでに遠くまで逃げ去っていた。なおも追いかけ裏庭の門を出たとき、誰かが前に飛び出し、どしんと胸に突き当たったので、董卓はあおむけにひっくりかえった。

ここにも見えるように、董卓がグロテスクな超肥満体であるのに対し、恋敵の呂布は剛勇無双に加え、『演義』世界でも屈指の美男子である。滑稽な肥満体の董卓が色男の呂布に嫉妬し追いまわしたあげく、ひっくりかえるのだから、ふだんの威圧的な獰猛ぶりはどこへやら、この場面における董卓はまさに道化そのものだ。けっきょく董卓はこの恋の怨みが原因で呂布に殺され、時代は一気に群雄割拠の乱世に突入する。げにも恋の怨みは恐ろしいというところである。

孫策・孫権の軍師で呉の軍事責任者の周瑜は正史『三国志』によれば、智謀にすぐれた容姿端麗の軍事的天才なのだが、『演義』世界ではライバルである劉備の名軍師諸葛亮に、いつも先手を打たれて泣きを見る道化役と化す。周瑜がなんでもお見通しの超能力者諸葛亮に、意地悪な小細工を仕掛けてはあっさり見破られ、してやられる場面は文字どおり枚挙に暇がない。

『演義』世界の周瑜は、初手から諸葛亮に翻弄されどおしである。まず初対面のさい、曹操が江南に出撃したのは、周瑜の美人妻小喬（しょうきょう）をわがものにするためだと、諸葛亮に挑発され、逆上した周瑜はたちまち曹操と決戦する決意を固め、赤壁に出陣する。「赤壁の戦い」の現場では、同盟を固めるべき重大な局面であるにもかかわらず、周瑜は諸葛亮の知力に嫉妬し、三日のうちに十万本の矢を集めよなどと、無理難題をふっかけては、そのたびに諸葛亮にしてやられ、ますます頭に血がのぼる。

周瑜のこうした道化性は、彼の率いる呉軍が「赤壁の戦い」で曹操の大軍を撃破し、奇跡的大勝利をおさめたあと、舞台が劉備軍と周瑜の呉軍がその支配権をめぐって激突する荊州争奪戦に移るや、いっそう誇張される。『演義』の「三たび周瑜を気らす」（第五十一回―第五十六回）のくだりは、道化役の周瑜が諸葛亮にきりきり舞いさせられたあげく、ついに激昂して矢傷が破れ死にいたる過程を、これでもかこれでもかと描く。諸葛亮の策略にひっかかること三度、周瑜が再起不能に陥る決定的瞬間を、『演義』第五十六回はこう描いている。ちなみに、このとき周瑜は蜀に出撃するという口実を設けて軍勢を動かし、荊州を通過するさい、劉備軍を攻撃する計画を立てた。しかし、またもや諸葛亮に裏をかかれ、劉備軍団の猛将に攻めたてられる。

（周瑜は劉備の拠点荊州城に攻め寄せるが、荊州城には万全の備えをした趙雲が陣取っていた。形勢不利と見た周瑜はただちに引き返そうとした）このとき、「令」という字を記した旗を持った者が、馬前に来て報告した。「物見からの報告では、四方から敵の軍勢がいっせいに攻めて来ました。関羽が江陵から、張飛が秭帰から、黄忠が公安から、魏延が孱陵から、それぞれものすごい勢いで攻め寄せて来ます。四手の軍勢がどのくらいか見当もつきません。鬨の声が遠近を問わず、百里以上の地をどよもし、口々に周瑜を生け捕りにせよと叫んでおります」。周瑜は馬上でギャッと絶叫したとたん、矢傷がまたも破裂し、馬から転がり落ちた。

董卓はひっくりかえり、周瑜は馬から転がり落ちる。まさしく典型的な道化の動作である。董卓は問題外としても、『演義』がこれほど周瑜を戯画化し道化役に位置づけるのはなぜだろうか。それは、ひとえに周瑜を笑い者にすることによって、ライバルの諸葛亮を引き立て、その超能力を浮き彫りにするための仕掛けにほかならないのである。『三国志平話』の大トリックスター張飛も、『演義』ではかなり役回りが制限されているとはいえ、依然として劉備軍団のなかで、ことあるごとに波紋を巻きおこし、物語世界をざわめかせるトリックスター性を失ってはいない。たとえば、三顧の礼を尽くした劉備が関羽・張飛を伴い、三度目に諸葛亮を訪問したときのこと、ちょうど諸葛亮が昼寝中だったため、劉備は目覚めるまで待つことにしたが、いつまでたっても諸葛亮は起きてこない。すっかり頭にきた張飛は次のように怒鳴りちらす。

張飛はカンカンに腹を立て、関羽に言った。「この先生たるや、何と高慢ちきなやつだ。哥哥（ガガ）（兄貴）を階（きざはし）の下に立たせておいて、やつは高枕で寝たふりして起きても来ない。見てろ、わしが家の裏にまわって火をつけてやるから。それでも寝てられるもんなら寝てやがれ」。関羽は再三なだめ、思いとどまらせた。（第三十八回）

前後の見境のない、なんとも凄まじい怒りの爆発である。怒りの爆発といえば、次の例もはなばなしい。建安五年（二〇〇）、曹操が徐州にもどった劉備に猛攻を加え、劉備が敗走したあと、やむなく関羽は条件付きで曹操に降伏した。その後、劉備の行方がわかったため、関羽は曹操側の関所の六将を血祭りにあげて劉備のもとに急ぐ。かくして、劉備や張飛とめでたく再会を果たすが、単細胞の張飛は関羽が裏切って曹操に降伏したと勘違いし、いさいかまわず関羽に勝負を挑む。しかし、まもなく誤解がとけるや、一転して「声をあげてワーワー泣きながら、関羽を伏し拝んだ」（第二十八回）のだった。

この『演義』第二十八回には、血の気が多くてすぐ逆上し、とんちんかんな大騒動を巻きおこすトリックスター張飛の姿がいきいきと描かれている。『演義』の物語世界において、基本的に秀才然とした諸葛亮や悲壮感を帯びた関羽と比べると、極端にがさつでおっちょこちょいの張飛は、序章でとりあげた『論語』世界における孔子のやんちゃな弟子、子路とあい通じる位置づけにあるとおぼしい。

『三国志演義』はこうして曹操や諸葛亮という、物語世界全体を揺り動かす大トリックスターと、董卓、周瑜、張飛のように、それぞれの局面で波紋をよぶ多様なトリックスター群を巧みに配することによって、文字どおり息もつかせぬ躍動的な物語世界を構築することに成功したといえよう。

第二章

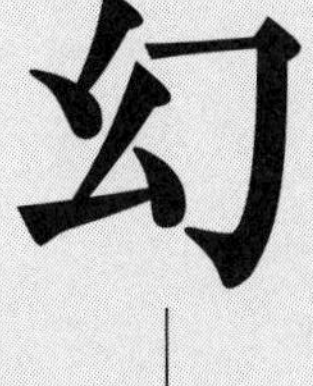

幻——『西遊記』

白話長篇小説『西遊記』（全百回）は、三蔵法師玄奘が孫悟空、猪八戒、沙悟浄の三人をお供に、ひきもきらず登場する妖怪変化と戦い、十四年の歳月をかけて八十一難をくぐりぬけ、めでたく「西天取経」を成就する過程を描く大奇想小説である。この作品もまた、『三国志演義』や『水滸伝』と同様、民間芸能の語り物を母胎とする。しかし、『三国志演義』や『水滸伝』が、あくまで地上的な人間世界を主要舞台とするのに対し、天上の神々からもろもろの妖怪変化にいたるまで、神秘的な存在にみちあふれた『西遊記』は、現実の枠をはるかに超えた幻想世界の物語にほかならない。

三蔵法師玄奘（六〇二—六六四）は、周知のごとく歴史上、実在した人物である。唐王朝第二代皇帝、太宗の貞観三年（六二九）、玄奘は本場の仏教思想を習得すべく、国禁を犯して単独で出国、西のかた天竺（インド）に向かった。苦難のはてに天竺に到着した彼は、数年にわたって研鑽を重ね、貞観十九年（六四五）、ようやく長安に帰還した。出国から帰国までに要した歳月は実に足かけ十七年。帰国後は、持ち帰った仏典の翻訳に生涯をささげたとされる。この玄奘の「西天取経」については、弟子の慧立が著した『大唐大慈恩寺三蔵法師伝』に詳細に記されており、また玄奘自身も『大唐西域記』を著し、西方の旅における見聞を伝えている。

玄奘が成し遂げた快挙「西天取経」の顚末は、早くから民間芸能のかっこうの題材となり、宋代から元代へと、語り物や戯曲のなかでくりかえしとりあげられ、練りあげられるうち、思いきり物語幻想を盛りこんだ奇想天外な物語へと変貌した。その過程において、実在の玄奘はまことに意志の強い、偉大な宗教家であったにもかかわらず、物語世界では、超能力のスーパー猿、孫悟空の助けがなければ一歩も先へ進めない軟弱な存在と化す。ちなみに、玄奘のイメージの変遷、および孫悟空との結びつきなど、『西遊記』の形成過程の問題点については、中野美代子著『孫悟空の誕生』『西遊記の秘密』をはじめ、多くのすぐれた専著がある。

長らく民間芸能の世界で伝承されてきた『西遊記』物語を整理、集大成し、長篇小説『西遊記』が著されたのは、明代中期とおぼしい。著者と目されるのは呉承恩（一五〇四？―一五八二？）なる人物だが、異論も多く、詳細は不明である。ただ、『西遊記』は奇想天外な内容とはうらはらに、物語構造も文章表現もきわめて整っており、レベルの高い教養を身につけた、単独もしくは複数の著者の手によって完成されたものであることは、まずまちがいない。

『西遊記』にはおびただしい数のテキストがあるが、ここでは、もっとも広く流通している、世徳堂本(せいとくどう)（万暦二十年〔一五九二〕に刊行された、現存する最古のテキスト）をもとにしたテキストによって、話を進めてゆきたいと思う。

『西遊記』世界の開幕

『西遊記』の物語世界は大きく三つの部分に分けられる。第一部（第一回—第七回）は、花果山(かかざん)の石から生まれた猿、孫悟空が超能力を身につけ、大暴れして天宮を騒がせたあげく、釈迦如来(しゃかにょらい)の法力によって抑えつけられるまでの一部始終を描く。第二部（第八回—第十二回）は、その五百年後、三蔵法師が太宗の勅命をうけ、天竺めざして取経の旅に出る顛末を記す。第三部（第十三回—第百回）は、孫悟空、猪八戒、沙悟浄と出会い、彼らをお供にした三蔵法師が、とりわけ孫悟空の超能力に助けられながら、群がる妖怪変化を撃退し、艱難辛苦のはてに天竺に到達、めでたく大団円となるまでを描く。

『西遊記』世界の開幕を飾る第一部、冒頭七回の孫悟空の大暴れには、まことにはなばなしいものがある。このくだりは、「（孫悟空）大鬧天宮（大いに天宮を鬧がす）」と呼ばれる。前章『三国志演義』で言及したように、元曲の「三国志劇」において、張飛の「大鬧」を描いた作品が多く見られるのと同様、この孫悟空の「大鬧」物語もまた、いかにも民間芸能の語り物や芝居を原型とすることをしのばせる、刺激に満ちた展開となっている。

そもそも孫悟空は無機物の石を母胎として誕生した。花果山の神秘的な石が天地開闢このかた天地日月の精気を受けつづけ、石の卵を産む。孫悟空はこの石卵が風に感応して孵化した石猿だったのである。天地自然の申し子たるこの石猿は、やがて猿（こちらは生物）の群れを従え、瀑布の裏側に広がる別天地、水簾洞を根拠地とする猿王国の王者（美猴王とよばれる）となって、二、三百年もの間、楽しく遊びくらす。しかし、この石猿には向上心があり、不老長生を求めて猿王国を離れ、修行の旅に出る。

遍歴を重ねること八、九年、石猿は念願かなって須菩提祖師なる仙人とめぐりあい、弟子入りして、「孫悟空」という法名を授けられる。かくして六、七年、いたって真面目に勉学にはげむ一方、掃除などの下働きも黙々とこなす。そのかいあって、ついに祖師から、七十二通りに変化できる変身術と、雲に乗りひとっ飛びで十万八千里の彼方へ行ける「觔斗雲(きんとうん)」の術を伝授され、水簾洞へと帰還したのだった。ここで注目されるのは、石猿の孫悟空がけっして生来の超能力者ではなく、みずから修行した結果、超能力を会得したとされていることである。ここに見られるように、孫悟空にはそもそも生真面目な努力家の一面があり、こうした面が三蔵法師の従者となったときに、強く打ち出されることになる。

それはまだ先のこと、強度をまして水簾洞にもどった孫悟空は、やがて龍王の支配する龍宮や閻魔大王の支配する冥界に侵入し、大騒動を巻きおこす。まず東海の龍宮を訪れ龍王を脅して、自在に長さや太さを変えられる魔法の棒、如意金箍棒(にょいきんこぼう)を入手する。この金箍棒は觔斗雲、分身術とともに、のちに妖怪変化とわたりあうとき、孫悟空にとってなくてはならぬ武器となる。ついで冥界の閻魔殿に潜入し、閻魔帳に自分の寿命が三百四十二歳と記載されていることを知るや、孫悟空の名を勝手に墨で塗りつぶしてしまう。閻魔帳から名が消えれば、永遠の生命を得ることができるというわけだ。

孫悟空にやられっぱなしの龍王と閻魔大王は業を煮やして、天界の支配者玉帝(ぎょくてい)に直訴した。しかし、玉帝はお咎めなしとし、逆に太白金星を派遣して孫悟空を天界に呼び寄せ、弼馬温(ひつばおん)の官職を授ける。孫悟空は意気揚々と着任したものの、その実、弼馬温は玉帝の馬番というステータスの低い官職にすぎなかった。これを知った孫悟空は激怒し、さっさと水簾洞に立ちもどり、これ見よがしに斉天大聖（天と同格の大聖人）と自称する。この反抗的態度に立腹した玉帝は、天兵を派遣して討伐をはかるが、あっさり撃破されてしまう。そこで玉帝は太白金星の提案を受け入れ、またも懐柔策をとって、孫悟空を天界に呼び寄せ、斉天大聖の称号を認可する。

大威張りで天界にもどった孫悟空はしばしのんきに遊び暮らすが、まもなく天界をひっくりかえすような大騒動を巻きおこす。不老長生の仙桃を栽培する蟠桃園の管理人になったのをもっけの幸いに、仙桃を盗み食いするわ、西王母の主催する宴会のために準備された霊酒を盗み飲みするわ、太上老君（道家思想の祖、老子を指す）の仙丹をくすねるわ、と、逸脱行為を重ねたあげく、またも水簾洞に逃げもどったのである。このあたりの孫悟空には、悪戯精神に満ちあふれたトリックスターの面目躍如たるものがある。

ここまでコケにされては玉帝も黙過できず、討伐軍を繰り出すが、なかなか孫悟空を追いつめることができない。最終的に、孫悟空を捕縛したのは太上老君だった。しかし、天界に護送して来たものの、孫悟空はなにぶん仙桃やら仙丹やらのおかげで不死身だったため、処刑の方法がない。そこで太上老君の提案で八卦炉に放りこまれるが、高温をものともせず生きのび、「火眼金睛（赤目に金の瞳）」となって飛び出すや、霊霄殿（玉帝の正殿）に飛びこみ、またまた大暴れを演じる。

このように思う存分、天界を攪乱し、文字どおり「大鬧天宮」した大トリックスター孫悟空を屈服させたのは、玉帝の要請にこたえて、西方天竺の雷音寺から駆けつけた釈迦如来だった。如来と対面した孫悟空はまず次のように大見得を切ってみせる。

「やつ（玉帝を指す）がいくら幼いときから長らく修行してきたといっても、いつまでもここ（霊霄殿）を占拠すべきではない。ことわざにも言うではないか。『皇帝は順番になるもの、来年はわしの番』てな。やつを出て行かせて、天宮をわしに譲れば、それでいいんだ。もし譲らないなら、またひと騒動おこして、安閑としていられないようにしてやるぞ」。（第七回）

玉帝何するものぞという、この過激な発言に対し、如来は自分の右の掌から出られれば、玉帝にかわって天宮の支配者としてやろうと提案する。孫悟空は勇んで觔斗雲の術を使い、十万八千里の彼方までひとっ飛びしたつもりが、如来の掌から出ることができない。この結果、孫悟空は如来によって五行山（ごぎょうざん）（如来の右手の指が変化したもの）の下に抑えつけられ、土地神の監視のもと、三蔵法師と遭遇するまで五百年にわたって、身動きもできないまま、銅の汁を飲み鉄の玉を食らって生きつづける。

　孫悟空は文字どおり大トリックスターとして、天宮をくつがえす大騒動を巻きおこしたあげく、如来に敗北し、ペナルティを科せられて、五行山の下に封じこめられた。しかし、ここで注目されるのは、孫悟空がけっして心から天界の支配体系に屈服したわけではないということだ。『西遊記』の物語展開において、孫悟空はたしかに三蔵法師に遭遇したのち、手のつけられない反抗的なスーパー猿から、真面目なスーパー猿へと変貌する。しかし、それは、玉帝や如来に「招安（帰順すること）」され、天界の支配体系に組みこまれた結果ではない。孫悟空はむしろみずからの意志で、極度に軟弱な凡胎（ぼんたい）の三蔵法師を守護する役割を担いつづけるのである。

　三蔵法師の前に手に負えない妖怪変化が出現するたびに、孫悟空はみずからの意志により、天界を騒がせ勇名をとどろかせた前歴をフルに活用して、天界と地上世界をめまぐるしく往復し、天界の応援をひきだしてくる。この意味からいえば、孫悟空は、苦難にみちた三蔵法師の「西天取経」の旅において、天界と地上世界をつなぐ位置づけにあるといえよう。

それにしても、『西遊記』世界に見られる天界の構造は、珍無類というほかない。ここには玉帝や太上老君など道教的な神々と、釈迦如来や観世音菩薩（観音）など仏教的な神々が、あっけらかんと混在している。もっとも、それなりの棲み分けは確立しており、玉帝が天界の中央に位置するのに対し、釈迦如来は西方に陣取るという具合に、孫悟空を翻弄し、やがて三蔵法師を取経に導く空の守護にまわる女神、観音はいうまでもなく、この釈迦如来の傘下に属する。後述するように、つねに三蔵法師や孫悟

さて、この摩訶不思議な構造をもつ天界を向こうにまわす、孫悟空大暴れの顛末を描いたのち、『西遊記』世界は、いよいよ本題に入る。三蔵法師の登場である。

西天取経までのプロセス

孫悟空を五行山の下に抑えつけてから五百年後、釈迦如来は悪徳に満ちた南贍部洲（仏教的な世界観では、世界は四大部洲に分かれる。その一つ）を救済すべく、西のかた天竺の雷音寺に鎮座する自分のもとに、三蔵真経を取りに来る高僧をさがしだすよう、観音に

超能力のスーパー猿・孫悟空

命じる。かくして、東方に向かった観音は途中で、流沙河に棲む水怪（沙悟浄）、ブタの妖怪（猪八戒）、および五行山の孫悟空と遭遇し、この三者にやがて出現する取経者を待ち、その従者となるよう言い含める。

この三者のうち、沙悟浄はもともと天界の捲簾大将だったが、西王母の主催する「蟠桃会」において、貴重な瑠璃の杯を割ったかどで、下界へ落とされ水怪となった者であり、猪八戒は天界の天蓬元帥だったが、酔っぱらって嫦娥（月の女神）に戯れかかった罪で、これまた下界へ落とされ、ブタの妖怪となった者だった。天界を攪乱した罪で五行山の下に抑えつけられた孫悟空はもとより、沙悟浄も猪八戒もいずれも天界からペナルティを科せられ、追放された者たちであり、その罪を償うべく、三蔵法師の従者となって西天取経をめざし苦難の旅をつづけるという設定である。彼らにとって、西天取経の旅は一種のイニシエーションだったともいえよう。ちなみに、やがて三蔵法師の乗馬となる白馬も、前身は罪を犯した龍（西海龍王の息子）であり、観音に出会って救済され、お供に加わることになったのである。

こうして手回しよく三人の従者と乗馬を準備したうえで、長安に到着した観音はいよいよ本命の取経者のスカウトに着手する。『西遊記』世界は、ここで三蔵法師を登場させるにさきだち、語り物の分野で伝承されてきた二様の話柄を巧みに取りこみ、興趣をもりあげる。一つは、ある若い夫婦が旅の途中で川賊に襲われ、進退きわまった妻が生まれたばかりのわが子を川に流したところ、この捨て子は金山寺の僧侶に拾われ、成長後、高徳の僧、三蔵法師となったというものである。この昔話によく見られる捨て子伝説にのっとった三蔵法師出生説話は、「江流和尚説話」と呼ばれる。いま一つは、唐第二代皇帝太宗の冥界めぐり伝説である。これはすでに唐代から流布された話であり、敦煌変文（敦煌で発見された唐代の仏教的な説唱文学）にも、「唐太宗入冥記」と題する作品がある。『西遊記』は、この二様の説話を融合し、冥界から生還した太宗が盛大な法会を催したさい、名声の高い三蔵法師をその責任者に選んだとする。ついで、太宗の前に観音があらわれ、西天取経の必要性を説き、袈裟と錫杖を与えると、太宗は即座にこれに応じ、名乗りをあげた三蔵法師が勅命を受けて取経の旅に出発する、という段取りである。

付言すれば、こうして取経の旅に出た三蔵法師には、実は先にあげた「出生説話」のほか、もう一つ出生の秘密があった。彼は前世において、金蟬子という釈迦如来の高弟だったが、教えを侮り不遜な態度をとったために、捨て子として下界に流されたというものである。三蔵法師もまた罪を犯して天界から追放された者であり、その点では、孫悟空、猪八戒、沙悟浄、さらには白馬と変わりはない。しかし、孫悟空らがみずからの前身について自覚的であるのに対し、三蔵法師だけは前身について、まったく記憶がない。これは、『西遊記』の物語展開において、なかなか意味深い設定である。

つまるところ、天界からの追放者としての前身について、記憶のない三蔵法師は徹頭徹尾、現世的な存在（凡胎（ぼんたい））にすぎず、超越的な能力の持ち合わせもない。だから、西天取経の道中、次々に妖怪や魔物が出現するたび、おろおろと恐怖にうちふるえるばかりで、孫悟空をはじめとする従者の助けがなければ、文字どおり一歩も先へ進めない。『西遊記』世界において、三蔵法師が極端に無力で頼りなく見えるのは、おそらくこのためであろう。一方、前身について自覚的な三人の従者といえば、孫悟空はむろんのこと、猪八戒や沙悟浄にしても、それなりの超能力の所有者である。

このように凡胎で無力な三蔵法師を中心にすえ、まわりに超能力従者トリオを配するという、『西遊記』の物語構造は、劉備を中心にすえた『三国志演義』、宋江を中心にすえた『水滸伝』（次章参照）と明らかに共通性がある。三蔵法師、劉備、宋江のように、迫力のない人物を中心にすえ、その周囲にそれぞれ強烈な個性を発散する登場人物群を配置して、彼らを存分に活躍させるというのが、民間芸能を母胎とする、これら中国古典白話長篇小説における基本的な物語構造なのである。

いま一つ、注目されるのは、『西遊記』世界では、無力な中心人物、三蔵法師の西天取経には、孫悟空ら従者トリオを凌駕する、さらに強力な援助者の存在が設定されていることだ。三蔵法師を取経者に、孫悟空、猪八戒、沙悟浄、白馬をそのお供に選定した観音が、これにあたる。孫悟空は妖怪との戦いで危機に陥るたびに、天界に援助を求めに向かうのだが、このとき観音が救いの手をさしのべるケースが多い。この観音は『西遊記』世界では明確に女性として描かれている。次にあげるのは、三蔵法師一行が霊感大王なる妖怪に出くわし、手こずった孫悟空が雲に乗り、観音に救援を求めに向かったときの描写である。このとき、観音は早朝から竹林に入ったまま出てこず、短気な孫悟空がいらだって大声で呼びかけても、しばらく待てと言うばかり。怪訝に思った孫悟空は観音配下の神々に次のように言う。

「菩薩（観音）は今日は家事にご執心だね。どうして蓮台にも座らず、身づくろいもせず、ブスッとしたまま、林のなかで竹を削っているんだろう」。（第四十九回）

実は、このとき観音は妖怪をとらえる魔法の竹籠を編んでいたのである。見てのとおり、ここで、霊験あらたかな観世音菩薩は下界の女性と同様、「身づくろい」をする存在としてとらえられており、なんともユーモラスでおかしい。ちなみに、『西遊記』世界に登場する天界の神々は観音のみならず、総じて非常に人間くさく、なかには袖の下を要求する者さえある（後述。「大団円へ」の項参照）。『西遊記』が単に奇想天外な子供向けのお話ではなく、大人の読み物としても成熟した面白さをもつのは、こうしたユーモア感覚が随所に見られるところにあるといえよう。

それはさておき、身づくろいをする女性たる観音は、いわば三蔵法師一行の守護の女神にほかならない。この大いなる女神に見守られつつ、取経の旅をつづける三蔵法師一行には、いくら絶体絶命の窮地に陥っても、必ず最終的に救済されるという保障があり、読者は手に汗にぎりながらも、根底的な安堵感に支えられて読みつづけることができる。まさしくエンターテインメント文学の定石の心憎いまでの運用だといえよう。なお、『西遊記』世界の観音のイメージについては、入谷仙介著『『西遊記』の神話学』（一九九八年、中公新書）に、西洋古典の女神像と比較したユニークな論考が見える。

孫悟空、猪八戒、沙悟浄

太宗の勅命を受けた三蔵法師は、貞観十三年（六三九。史実より十年後に設定されている）九月十二日、長安を出発、西のかた天竺の雷音寺へと向かった（第十三回）。孫悟空、猪八戒、沙悟浄、白馬のお供がせいぞろいしたのは第二十二回であり、以後、一行四人および白馬は第百回の大団円にいたるまで、えんえんと十四年あまりの歳月をかけて西天取経の旅をつづける。道中、これでもかこれでもかと、一行の前に出現する多様な妖怪のなかには、天界から逃亡してきた手ごわい超能力者も多かった。無力な三蔵法師がまったく頼りにならないため、この手ごわい妖怪との戦いに明け暮れた苦難の旅において、『西遊記』の物語世界をにぎわせたのは、孫悟空、猪八戒、沙悟浄の従者トリオである。

従者トリオのなかで、ずばぬけた存在はいうまでもなく孫悟空である。彼はトリオのうち、まっさきに三蔵法師とめぐりあって従者となるが、最初のうちは、いきなり六人の山賊を皆殺しにするなど、かつての「大鬧天宮」を彷彿とさせる大暴れを演じ、気の弱い三蔵法師を辟易させる。しかし、かの守護の女神、観音から孫悟空を制御する緊箍（きんこ）

児を伝授されるや、三蔵が一転して優位に立つようになる。観音は孫悟空の頭に金環をはめ、三蔵が「緊箍呪」を唱えると、この金環が孫悟空の頭を締めつけ、七転八倒させるようにしたのである。

孫悟空は最初、この緊箍児に恐れ入って服従を誓っただけだが、旅をつづけるうち、しだいに心から三蔵を守る誠実な従者へと変化してゆく。彼はいかなる強敵に遭遇しても、けっして臆することなく、伸縮自在の金箍棒を操り変身術を駆使して立ち向かい、八面六臂の大活躍をして敵を打ち破り、三蔵法師を救出する。最終的に天界に助けを求めるケースが多いとはいえ、孫悟空の奮闘があればこそ、三蔵は西天取経の旅をつづけることができたのは、いうまでもない。

そんな孫悟空の得意技の一つは、ハエやアブのような小生物に変身し、ちょっとした隙間をくぐりぬけて、妖怪どもの本拠に乗りこみ、効率よく偵察や攪乱戦術を展開することだった（このとき金箍棒も極小となる）。さらにまた、敵の体内に入りこみ大暴れして、内側から痛めつける戦法も得意中の得意であり、この戦法に悩まされた妖怪は枚挙に暇がない。一つ例をあげてみよう。黄眉大王なる妖怪と戦ったときのこと、手を焼いた孫悟空がこのときは観音ならぬ弥勒菩薩の助言を受け、瓜に変身して大王の腹中に潜入し、大暴れする場面である。

（瓜作りの爺さんに化けた）弥勒が孫悟空の化けた瓜を、両手で魔王に差し出した。魔王はまったく疑いもせず、受け取ると、口をあけるなりかぶりつこうとした。悟空はこの機会に乗じて、ころころと喉のなかに転がりこむや、いさいかまわず、手足をバタバタさせ、腸をつかんだり、とんぼ返りを打ったり、逆立ちをしたり、思う存分あばれまわった。かの妖怪はあまりの痛さに歯をむきだし、口をゆがめて、ぼろぼろ涙を流し、瓜畑のなかを麦打ちでもしているように、転がりまわりながら、「やめてくれ、やめてくれ。誰か助けてくれ」と、ひたすら叫ぶばかり。（第六十六回）

この魔王は弥勒菩薩配下の童子だったが、弥勒の留守中に宝物を盗んで下界に逃亡し、さんざん悪さをはたらいていたのである。孫悟空の内部攪乱戦法に屈した魔王は、けっきょく弥勒に連れられ、すごすごと天界へともどって行く。かくて、魔王にとらえられていた三蔵法師らは、めでたく孫悟空に救出されたしだい。

孫悟空はもともと石のなかから生まれた猿であり、天界を騒がしたあげく、五行山の下に封じこめられるなど、閉ざされた空間とは縁が深い。だから、敵の内部に入りこむ戦法も、そんな彼の出生形態や拘禁状態と深くつながるものだといえよう。もっとも、洋の東西を問わず、敵の腹中などに潜入し、大暴れをするという話柄は、童話や昔話に数多く見られるものではある。

このように奇想天外な戦法を駆使して、孫悟空は妖怪どもとはなばなしく渡り合い、『西遊記』世界を大いににぎわせる。しかし、いくら大暴れをしても、この「西天取経」のプロセスにおける孫悟空の役割は、基本的に三蔵法師の誠実な従者であり、その一見、派手なパフォーマンスもすべて、三蔵法師を助けるという目的意識に支えられている。この真面目な猿、孫悟空には、かつて「大鬧天宮」で見せた、手のつけられないワル猿トリックスターの面影はない。

つまるところ、孫悟空は『西遊記』世界において、ワル猿から真面目な猿へと、ガラリと変貌するのである。こういってしまえば、身も蓋もないが、これは、語り物の世界で、別途、大トリックスター孫悟空を主人公とする「大鬧天宮」の物語が流布しており、この孫悟空のキャラクターに注目し、三蔵法師の従者として『西遊記』世界に取りこんだために、生じた落差だとも考えられる。

孫悟空が真面目な猿、優等生へと変貌したあとを受け、『西遊記』世界でトリックスター的役割を担うのは、猪八戒である。八戒は先にもふれたとおり、酔っぱらって嫦娥（月の女神）に戯れかかり、その罰として下界へ追放されたという前身が示すように、もともと度しがたい好色だった。だから、三蔵法師や孫悟空とめぐりあったときも、高老荘という村の庄屋に勝手に入りこみ、三年もの間、庄屋の娘を占有していた。

三蔵法師の従者となってからも、猪八戒の好色癖はやまず、一行が艶めかしい寡婦と三人の娘の住む屋敷に一夜の宿を借りようとしたさいにも、この性癖のために、さんざんな目にあう（第二十三回）。このとき、寡婦は一行四人のうち、誰か一人でもいいから娘の婿になってほしいと申し出るが、三蔵法師、孫悟空、沙悟浄は即座に断る。しかし、八戒だけはうかうかその話に乗ったところ、母娘にいたぶられたあげく、木に縛りつけられ身動きできなくなってしまう。実は、かの観音が寡婦に姿を変え、愚かで好色な八戒を戒めたというのが、この話のオチである。

序章でとりあげた白話短篇小説の簡帖和尚ほどの毒気はないものの、好色癖のためにどたばた騒ぎをおこし、失敗をくりかえす、愚かで滑稽な猪八戒の姿は、まさに道化的トリックスターそのものだ。

八戒の道化性は好色とともに、その極端な大食漢ぶりにも、顕著に示されている。八戒はいくら食べても飽くことを知らず、宿泊先で出された食事はどんどんたいらげ、あっというまに、「その一家のご飯を全部たいらげてしまったのに、やっと腹五分だとぼやく」（第二十回）しまつだったのである。

ちなみに、三蔵法師は『西遊記』世界では、食べる量そのものはごく少ないが、高僧にも似ず、旅の途中でしょっちゅう「お斎」をほしがり、これにこたえて、三蔵の守護を猪八戒と沙悟浄にまかせ、孫悟空が一人でお斎を探しに行く場面が頻出する。こうして孫悟空が不在の間に、きまって妖怪が出現し、三蔵をさらって行くのである。それかあらぬか、語り物の世界における『西遊記』語りの様相を今に伝える、最古のテキスト『大唐三蔵取経詩話』（南宋に刊行された講釈師のタネ本）において、三蔵を食欲旺盛な大食漢だったとする描写がみえる。食いしん坊の三蔵法師が猴行者（孫悟空の前身）に、蟠桃園（先述した天界の桃園）の桃を盗んで来いとそそのかしたというのである。盗んでも食べたいという、この高僧らしからぬ大食漢伝説がかたちを変えつつ受け継がれ、お斎をほ

愚かで滑稽な好色漢・猪八戒

しがって事件に巻きこまれる、『西遊記』世界の三蔵のイメージを形作ったのであろう。

語り物世界における三蔵大食漢伝説は、『西遊記』では基本的に猪八戒に移植されたわけだが、もともと食い意地が張っている点で共通性があるためか、『西遊記』世界においても、どうも三蔵はてきぱきした孫悟空よりも、愚かで怠惰な猪八戒にシンパシィを感じているふしが多い。後述するように、猪八戒に挑発され、三蔵が孫悟空をうとましく思う局面がしばしば見えるのである。これと関連し、三蔵と猪八戒がそろってドジを踏み、大失敗するケースもまた多い。次にあげるのは、そのもっとも珍無類の例である。

西梁女人国（せいりょうにょにんこく）にさしかかったときのこと、三蔵と八戒の二人は喉が渇いたと、川（子母河（しぼか））の水を飲んだところ、みるみる腹がふくれあがってくる（第五十三回）。女性ばかりのこの国では、二十歳をすぎた女性は、この川の水を飲んで懐妊するのが習いであり、三蔵と猪八戒もあろうことか、身重になってしまったのである。この結果、彼らの宿した胎児をおろすため、水を飲まなかったことが幸いして、難をまぬかれた孫悟空と沙悟浄は大いに苦労する羽目になってしまう。

このように、へまばかりやるとはいえ、猪八戒もいちおう超能力者であり、変身術も会得してはいる。しかし、八戒の術は孫悟空に比べると、格段にお粗末といわざるをえない。たとえば、第四十七回において、人身御供として少年少女を要求する妖怪をこらしめるべく、孫悟空が妖怪の標的たる少年に、八戒が少女に変身する場面がある。しかし、孫悟空がたちまち少年とうりふたつに変身したのに対し、八戒はどうもうまく化けられない。

孫悟空が「八戒よ、このお嬢ちゃんだ。さっさとこの子そっくりに化けてみろ。祭礼に出かけるぞ」と言うと、「兄貴、こんなかわいい子にどうして化けられるもんか」と八戒。「早くやれ、ぶんなぐるぞ」と孫悟空に叱りつけられ、八戒はあわてて、「なぐらないでくれ。いま化けてみるから待ってくれ」と言う。かくて、八戒の阿呆は、呪文を唱え、頭を数回揺さぶってから、「変われ」と叫んだ。なるほど頭だけは変わって、女の子らしくなったものの、腹がふくれて大きく、似ても似つかぬありさま。

なんとも滑稽な場面である。けっきょく、八戒そのものの肥満体ではどうにもならず、孫悟空の助けを借りて、やっとかわいい少女に化けることができたのだった。

このように、猪八戒は何事につけ孫悟空より格段にレベルが低く、妖怪との戦いにおいてもポカをやるケースが多い。ちなみに、八戒の武器は鈀（まぐわ）だが、これまた孫悟空の金箍棒に比べれば、泥臭く威力に欠けることは、いうまでもない。しかし、この猪八戒には意外にもなかなか狡猾な面があり、いつも上手をゆく孫悟空に嫉妬しているためか、三蔵法師にあることないこと告げ口をして、孫悟空の足をひっぱることもめずらしくない。

たとえば、白骨夫人なる妖怪がつづけて若い女性、老女、老人に変身し、三蔵法師一行の前に出現したとき、孫悟空はそのたびにカラクリを見破り、容赦なく次々に三人を打ち殺した（第二十七回）。孫悟空の痛撃をかわし、変身をくりかえした白骨夫人も三度目の正直、老人に変身したとき、ついに息の根をとめられ、その死骸はみるみる一山の白骨と化す。

しかし、三蔵は、「兄貴は緊箍呪が怖くて、（死体を白骨の山に変えたりして）あなたの目をくらまそうとしているのだ」などという、猪八戒の告げ口を真にうけて、孫悟空が単に殺人を犯しただけだと思いこみ、彼の釈明に耳を貸そうともしない。かくして、三蔵は緊箍呪を唱えて、孫悟空を七転八倒させたあげく、破門状をつきつけて追放し、孫悟空は悄然と水簾洞の猿王国へと帰って行くのである。

孫悟空が去った後、猪八戒、沙悟浄を引き連れ、三蔵法師は旅をつづけるが、ある日、またまた「今日は一日中、腹がへってたまらない。どっかで私の食べるお斎をさがしてきてくれ」とせがみ、猪八戒をお斎さがしに差し向ける（第二十八回）。しかし、怠け者の八戒はろくにさがしもしないうち、疲れて眠りこんでしまう。待ちくたびれた三蔵は残った沙悟浄を差し向け、今夜の宿をさがさせることにする。こうして二人が出はらったすきに、三蔵は妖怪につかまってしまうのである。八戒と沙悟浄だけではとても妖怪と戦うことはできず、猪八戒が水簾洞に出向いて、言葉巧みに孫悟空を連れもどし、ようやく妖怪の手から三蔵法師を奪還する手はずをととのえたのだった。

こうして見ると、猪八戒は好色にして大食、不真面目で怠け者のうえ、超能力も大したことはなく、ドジばかり踏むという、滑稽感にあふれた道化であると同時に、陰口や告げ口はお手のもの、隙さえあれば孫悟空の足をひっぱろうとする邪悪さも兼ね備えているなど、まさにずるくて滑稽なトリックスターそのものである。

この不真面目な猪八戒が真面目な孫悟空に絡んで波風を立て、八戒びいきの三蔵法師がそのたびに動揺することによって、『西遊記』世界は常に攪乱される。この矛盾にみちた三人の関係性のありようが、性懲りもなく妖怪が次々に登場し、これらとの戦いに明け暮れるばかりの、一種、平板な物語展開にメリハリと変化を与えている。容貌も「大耳にとんがった口」と、すこぶるグロテスクなブタのオバケ、猪八戒の役割もなかなかどうして、華麗なスーパー猿、孫悟空に劣らぬ重要性をもつのである。

従者トリオの残る一人、沙悟浄は、孫悟空と猪八戒が基本的に陽性であるのに対し、暗くて目立たない陰性のキャラクターである。先述したとおり、沙悟浄はもともと天界の捲簾大将だったが、「蟠桃会」において瑠璃の杯を割る失策をおかしたため、下界へ落とされ水怪となった。「西天取経」の従者として、観音にスカウトされるまでの沙悟浄は、流沙河(りゅうさか)を根拠地としていたが、その暮らしぶりは、本人が観音に説明したところによれば、以下のとおりだった。

「菩薩さま、私はここで数えきれないほど人間を食らいました。これまで『取経』の人も何度か来ましたが、みんな食べてしまいました。食らった人間の頭はすべて流沙河に投げこみ、水底に沈んでいます。この河は鵞鳥の毛さえ浮かばないのですが、ただ九人の『取経』の人のしゃれこうべだけは、水面に浮かんで沈みません。私は珍しいと思い、（九つのしゃれこうべに）紐を通して一つにくくり、暇なとき、取りだしてはおもちゃにしていました。だから、『取経』の人はもうここには来ないかもしれません。そうなると、私の前途もあやしくなるのではないでしょうか」。（第八回）

ここに語られているのは、恐るべき「人食い水怪」の姿である。ちなみに、三蔵法師の前身たる、釈迦如来の高弟金蟬子（こんぜんし）は、罪を犯して下界に落とされ、九回生まれ変わって「取経」の旅に出たが、成功せず、今回十度めに生まれ変わったのだという伝説がある。この伝説が水怪沙悟浄と結びつき、沙悟浄がおもちゃにしていた九つのしゃれこうべは、いずれも三蔵法師のものだとする伝説も生まれた。『西遊記』の作者は、さすがにこの伝説を採用してはいない。それにしても、ここに語られているのは、凄みを帯び、不気味なことこのうえない水怪の姿にほかならない。

この不気味な沙悟浄が三蔵法師とめぐりあうや、むっつりして顔色がわるいなど、風貌が冴えないのはあいかわらずだが、黙々と三蔵法師の荷物を運んだり、宝杖を武器として妖怪とそれなりに戦ったりと、着実に従者としての役割をこなしつづける。また、ことあるごとにいがみあう、孫悟空と猪八戒の調停役としても欠かせない存在であり、いつもしんねりむっつりと落ち着きはらった沙悟浄がいたからこそ、なんとか従者トリオがまとまり、存続したといってもよかろう。

『西遊記』世界において、沙悟浄が前面に出て活躍する場面はほとんどないが、めずらしくも第五十七回において、行動的なところを見せる。これにさきだち、三蔵法師が強盗団にさらわれたため、孫悟空は賊の頭目二人をなぐり殺して、ようやく三蔵を助け出した。やれやれと胸をなでおろしながら、三蔵一行はとある農家に一夜の宿を借りるが、なんとこの農家の息子も強盗団の一味だった。孫悟空は後難を避けるべく、この息子もあっさり殺してしまう。この荒業に仰天した三蔵は緊箍呪を唱えて、孫悟空を七転八倒させたあげく、またまた破門するにいたる。孫悟空、二度目の破門、追放である（二度目は先にあげた第二十七回、猪八戒の差し金による破門である）。

孫悟空が立ち去ったあと、今度はニセモノの孫悟空が出現し、三蔵をなぐって気絶させ、荷物を奪うという事件がおこる（第五十七回）。三蔵はこんな悪さをはたらいたのがニセモノだとは思いもよらず、勇んで名乗りをあげた八戒をしりぞけ、沈着な沙悟浄に命じて、孫悟空の根城の水簾洞に向かわせ、荷物をとりかえそうとはかる。以下はこのとき、三蔵が八戒に対して述べた言葉である。

「おまえ（八戒を指す）は行ってはならぬ。あの猿はもともとおまえとは仲がわるい。そのうえ、おまえは言葉づかいも荒っぽいから、ろくに話もしないうちに、行き違いがおこれば、やつはおまえをぶんなぐるだろう。やっぱり悟浄に行ってもらおう」。（第五十七回）

人を見る目がない三蔵法師も、さすがに猪八戒と沙悟浄の違いぐらいはわかるのだ。沙悟浄の起用は大成功だった。彼は見分けのつかない孫悟空の本物とニセモノの両方を三蔵法師のもとに連れ帰り、釈迦如来まで登場する大騒動にはなったものの、けっきょくニセモノを撃退、一件落着となる。この事件の陰の立役者はなんといっても沙悟浄である。心の狭いエゴイストの猪八戒では、とてもこうはゆかなかったであろう。この後、孫悟空が堂々と従者に復帰したのはいうまでもない。

ことほどさように、陽性の孫悟空と猪八戒がよしあしは別として、騒々しく派手に動き回るのに対し、陰性の沙悟浄はいつもクールで、動きかたも地味だ。敵への攻撃は痛烈だが、誠実な優等生の孫悟空と、トンチンカンな怠け者のくせにけっこう邪悪な面もある、トリックスターの猪八戒が前面に出て、はなばなしく活躍する陰で、クールにかまえる沙悟浄。この明暗、陰陽をとりまぜた従者トリオのコンビネーションは、絶妙そのものであり、『西遊記』世界に陰影に富んだ、立体感をもたらしているといえよう。

周知のごとく、中島敦は沙悟浄の手記のスタイルをとる『わが西遊記』の「悟浄歎異」において、以下のように、この従者トリオをみごとに比較論評している。

悟空、八戒、俺と我々三人は、全くおかしい位それぞれに違っている。日が暮れて宿が無く、路傍の廃寺に泊まることに相談が一決する時でも、三人はそれぞれ違った考えの下に一致しているのである。悟空は、斯かる廃寺こそ屈竟(くっきょう)の妖怪退治の場所だとして、進んで選ぶのだ。八戒は今更他処(よそ)を尋ねるのも億劫(おっくう)だし、早く家に入って食事もしたいし、眠くもあるし、というのだし、俺の場合は、「どうせ此の辺は邪悪な妖怪に満ちているのだろう。何処へ行ったって災難に遭うのだとすれば、此処を災難の場所として選んでもいいのではないか」と考えるのだ。生きものが三人寄れば、皆この様に違うものであろうか？　生きものの生き方程面白いものは無い。

攻撃精神の塊のような孫悟空、享楽的でいいかげんな猪八戒、ニヒルで醒めた沙悟浄という、三者三様のキャラクターを端的に示した名評である。この異質な怪物従者トリオが、頼りなくて無力な中心人物三蔵法師をめぐって、おもしろおかしく交錯するところに、大奇想小説『西遊記』の最大の魅力がある。

大団円へ

孫悟空、猪八戒、沙悟浄の従者トリオ、および龍の変化の白馬に助けられ、次々にふりかかる法難をくぐりぬけた三蔵法師は、ついに釈迦如来の鎮座する天竺の雷音寺に到達する。彼らが西天取経の旅に要した日数は、三蔵が長安を出発してから五千四十八日、十四年あまりの長きにわたる。第九十八回から幕切れの第百回までの三回は、この『西遊記』世界の終幕を描く。この終幕部分にも、ひねりのきいた仕掛けがほどこされており、そうすんなりと大団円にはならない。

まず第九十八回において、ついに三蔵一行は霊山に登って、釈迦如来との対面を果たし、めでたく経典を授与されるはこびとなる。ところが、釈迦の命をうけ、実際に経典を渡す役目についた阿難尊者と迦葉尊者はぐずぐずしたあげく、なんと「人事」を要求するしまつ。三蔵と孫悟空はそんなものはないとつっぱね、すったもんだのすえ、ようやく経典を受け取って、帰路に着く。その実、三蔵一行が受け取った経典は「無字経」、すなわち白紙だった。手土産がもらえなかった阿難と迦葉の意趣返しである。

これを知った一行がただちに取って返し、釈迦如来にこの旨、直訴におよんだところ、釈迦は意外なことに、笑いながら、「騒ぐな。あの二人が人事を求めたことはとっくに知っておる。経典は軽々しく伝えるべきではなく、また手ぶらで受け取るべきものでもない」云々と言い、阿難らに「有字経」をわたすように命じる。ところが、阿難らは性懲りもなくまたも人事を求める。今度は釈迦の注意もあったため、三蔵が阿難に紫金の鉢を贈ったところ、やっと有字の経典五千四十八巻（三蔵一行の旅に要した日数と一致する）を渡してくれた。このとき、釈迦配下の大勢の者がこの一幕を目撃しており、口々に「恥知らず、恥知らず。取経の者に人事をねだるなんて」とそしると、阿難は顔をくしゃくしゃにして恥ずかしがったが、それでも「しっかり鉢をかかえて放さなかった」のだった。釈迦如来が君臨する霊域もまた、伝統中国の官界と同様、賄賂や袖の下が横行するさまを描く、このくだりはまことに諷刺性に富み、読者を哄笑させる。ボスの釈迦如来までこの悪しき慣わしを公認しているのだから、はたまた何をかいわんや、『西遊記』の著者のブラックユーモアの感覚もそうとうなものだ。『西遊記』が成熟した大人の読み物たる所以である。

霊域の「腐敗の構造」はさておき、すったもんだのすえ、めでたく経典を取得した三蔵法師一行は、釈迦如来の意を受けた八大金剛の雲に乗り、ひとっ飛びで長安に向かうことになる。しかし、ここでまた待ったが入る。一行をひそかに守護してきた神々が釈迦如来に報告書を提出したところ、彼らの遭遇した法難は八十であり、九九八十一の法難に一つ足りないことが判明したのである（第九十九回）。

この結果、一行は釈迦の指令を受けた八大金剛によって、雲の上から通天河（つうてんが）の岸辺に突き落とされ、さんざんな目にあったあげく、やっと最後の一難をクリアすることに成功する。これを確認した八大金剛はふたたび一行を雲に乗せ、今度こそまたたくまに長安に送りとどけたのだった。これで、『西遊記』世界はいよいよ本格的に大団円へと突入する。

『西遊記』の物語世界の基本構造は、西天取経をめざす三蔵法師一行の前に、次々に障害があらわれ、一つ一つこれを越えることによって、目的に近づいてゆくというものである。これが大団円に向かう最終局面にまで持ち越され、目的達成直前になっても、障害が設定されるのだ。もっとも、こうした語り口に、読者をじらしながら誘導し、大団円の興趣をいやましにしようとする、物語作者の巧妙な計算がはたらいているのは、いうまでもない。

最終回の第百回は、文字どおり万事めでたし、めでたしの、『西遊記』世界の大団円を描く。三蔵法師一行の西天取経の旅は、往路に膨大な歳月を要したのに対し、帰路は電光石火だった。八大金剛の雲に乗って長安に帰着した三蔵法師一行は、まず太宗にお目通りし、持ち帰った経典と、太宗から預かった通関手形を進呈した。ちなみに手形には一行が通過したさまざまな国の通関許可印が押されていた。手形が発行されたのが貞観十三年(六三九)九月十二日、三蔵がこれを返したのが貞観二十七年(日付は未詳)だから、まさしく十四年である。

喜んだ太宗は盛大な宴を開き、三蔵法師を称賛する文章をみずから著すなど、一行を大いにねぎらう。しかし、三蔵法師一行は長安に長居することなく、まもなく太宗をはじめ朝廷の高官が見守るなか、八大金剛の雲に乗って、ふたたび釈迦如来の霊山へと向かう。途中でハプニングはあったものの、一行が霊山から長安へ、長安から霊山への往還に要した日数は八日を超えなかったのである。

一行を迎えた釈迦如来は、彼らの功績を称え、前世の罪業を許して天界に復帰させ、前身にまさる高い位をあたえた。彼らの苦難に満ちたイニシエーションの旅は終わったのである。かくて、三蔵法師は栴檀功徳仏、孫悟空は闘戦勝仏、猪八戒は浄壇使者、沙悟浄は金身羅漢、白馬は八部天龍馬に、それぞれ昇格した。八戒が自分だけ位が低いと文句を言うと、釈迦は、もろもろの仏事にあたり、仏壇を清める役目を担うのが「浄壇使者」であり、お下がりも多いゆえ、胃袋の大きいおまえにはもってこいだと言って聞かせると、八戒も納得したのだった。最初に霊山に到達して以後、さしもの八戒の食欲もやや減退気味だったが、やっぱり根本的に食い意地が張っており、釈迦はそこをお見通しだったというわけだ。孫悟空の頭にはめられた金環もいつしか消えうせ、もう緊箍呪を唱えられて七転八倒する恐れもなくなった。こうして、すべてめでたし、めでたしの大団円の幸福感につつまれながら、『西遊記』世界は幕を下ろす。

本書でとりあげる中国の五大白話長篇小説のうち、このように大団円、ハッピーエンドのかたちをとるのは、この『西遊記』のみである。魏・蜀・呉三国の滅亡で幕を下ろす『三国志演義』、招安された豪傑たちの悲惨な末路を描いて閉幕する『水滸伝』、欲望に憑かれた者たちの破滅の軌跡をたどって幕切れとなる『金瓶梅』、優雅な「大貴族」賈家の全面崩壊の予兆を濃厚に漂わせながら、幕を下ろす『紅楼夢』と、他の四篇はすべて悲劇的な結末を迎えるのである。この四篇の物語世界は枠組みは別として、基本的にはすべて下界、すなわち現実的地平を舞台に展開される。

これに対して、『西遊記』の物語世界だけは、ファンタジックな幻想空間において展開されるため、天界と下界もらくらくと往還できるし、三蔵法師のように、何度でも生まれ変わることも可能である。こうしてみると、現実的制約のない『西遊記』世界は、最初から予定調和が保障されたうえで、展開されているといえよう。それにしても、十四年あまりにわたってスリリングな旅をつづけてきた三蔵法師一行、とりわけ戦闘的な孫悟空がのんびり天界で暮らしつづけることができるだろうか。あまりの平穏さに死ぬほどの退屈を覚えるだけなのではなかろうか。『西遊記』の続作が次々に著されたのも、むべなるかな、というべきであろう。

第三章

侠——『水滸伝』

『水滸伝』も『三国志演義』や『西遊記』と同様、宋から元にかけておこなわれた民間芸能の語り物を母胎とする作品である。しかし、正史『三国志』をはじめ歴史資料を照合しながら整理された『演義』や、レベルの高い教養を身につけた文人の手で整備された『西遊記』に比べれば、梁山泊に集う百八人の無法者集団の顚末を描く『水滸伝』のほうが、はるかに濃厚に語り物すなわち講釈の語り口を残している。

『水滸伝』が白話長篇小説として成立したのは、『三国志演義』とほぼ同時期、十四世紀中頃の元末明初とおぼしい。著者については、明代から諸説紛々だが、『三国志演義』の著者と目される羅貫中の単独著者説、施耐庵の単独著者説、施耐庵・羅貫中合作説の三説に大別され、現在では施耐庵の単独著者説が有力である。

施耐庵の事迹についても詳細は不明だが、江蘇省興化県の出身で、のちに同省の大豊県白駒に移住したようだ。さらにまた、元末の混乱期において、明王朝の始祖朱元璋のライバルだった張士誠の幕僚となったが、重用されずに帰郷、朱元璋が張士誠を撃破し、明王朝を立てた後も世に出ず、著述に専念する日々を送ったと見られる。羅貫中とも共通する要素の多い経歴である。元末明初の転換期を生きた施耐庵や羅貫中は、何らかの理由で世に出ることを断念し、従来の知識人なら見向きもしなかった白話長篇小説の整理・集大成に、余生を捧げたものと思われる。

　こうして完成したものの、『水滸伝』は長らく写本のかたちで流通し、現存する最古のテキストが刊行されたのは、完成後二百年あまりも経過した、明末の万暦(ばんれき)年間（一五七三―一六二〇）だった。これは全百回から成っており、全体の三分の二にあたる初回から第七十一回までは、百八人の無法者が続々と梁山泊に集結する顚末を描く。後半三分の一では、第八十二回までが朝廷軍との戦闘を経て、梁山泊軍団が正式に招安(しょうあん)（朝廷に帰順すること）される過程、第八十三回から第百回までが、遼(りょう)征伐、方臘(ほうろう)征伐に出陣し、ついに梁山泊軍団が壊滅するまでの経緯が描かれる。この百回本をうけて、第九十回のあとに王慶(おうけい)征伐、田虎(でんこ)征伐を描写する二十回分を加えた百二十回本が刊行され、これも広く流通した。

　このほか、『水滸伝』の刊本として知られるのは、明末清初の文学批評家、金聖嘆(きんせいたん)（一六〇一―一六六一）の手になる、いわゆる七十回本である。金聖嘆は、それまで行われた百回本や百二十回本の後半部をカットし、百八人の無法者が梁山泊に集結したところで、物語を終らせるという荒療治を施した。たしかに『水滸伝』の物語展開は、梁山泊軍団が招安されてから後は、終幕に向かうように急であり、はなはだ興趣に欠ける。しかし、『水滸伝』（百二十回本）を全文訓読した幸田露伴もつとに指摘しているように、軍団壊滅の「悲劇的結末」まで描ききった伝来の百回本・百二十回本をかくも大胆に作り変えたのは、やはり強引だといわざるをえない。もっとも、この金聖嘆の手になる七十回本が刊行されるや、圧倒的人気を博し、またたくまに他本を駆逐してしまったのだった。

それはさておき、この論考では、より原型に近い百回本によって話を進めてゆきたいと思う。

『水滸伝』世界の開幕

北宋第四代皇帝、仁宗の嘉祐三年（一〇五八）、首都開封で疫病が流行した。このため、仁宗は厄払いの祈禱をおこなうべく、大将軍の洪信を勅使に立てて、江西信州の龍虎山に向かわせ、法主の張真人を召し寄せようとした。ところが、龍虎山に到着した洪信は強引に僧侶たちの制止をふりきり、数百年もの間、祠の深い地底に封じこめられていた百八人の魔王（三十六の天罡星と七十二の地煞星）を解き放ってしまう。百八の魔王の星が解き放たれる瞬間を、『水滸伝』第一回は次のように描いている。

（穴の崩れる）響きが鳴りわたり、見ると一筋の黒煙が洞窟のなかから沸きおこって、祠の角半分を吹き飛ばした。その黒煙はまっすぐ中空まで吹きあがり、空中で幾十幾百の金色の光となって散り、四方八方へと消えていった。

地底から解き放たれ、天空の彼方に飛び去ったこの魔王たちが、再生して梁山泊に集結する百八人の豪傑、無法者となり、地上の世界を攪乱し大騒動を巻きおこすのだ。この意味で、彼ら百八人はすべてトリックスターだといえる。なかでも、最大・最強のトリックスターは黒旋風李逵だが、彼が『水滸伝』世界に登場するのは、前半三分の一を過ぎた第三十八回である。まず李逵が登場するまでの物語展開をざっと追ってみよう。

魔王たちが再生、変身して地上の世界に姿をあらわすのは、洪信の事件から四十年あまりが経過した第八代皇帝、徽宗（一一〇〇—一一二五在位）の時代である。徽宗は名うての放蕩天子であり、蔡京、楊戩、高俅、宦官あがりの童貫の四悪人を重用したため、政局はみるみる混乱の度を深める。『水滸伝』世界は、威勢をふるう四悪人の一人、高俅に憎まれ、近衛軍師範の王進が首都開封を脱出するところから、動きはじめる。王進自身は物語世界開幕の合図のような存在だが、王進との絡みで九紋龍史進が登場、ついで魯達（花和尚魯智深）、豹子頭林冲という、のちの梁山泊の強力メンバーが早くも登場する。

第三回から第七回まで五回にわたり、魯達（魯智深）の物語が繰り広げられる。渭州軍司令部の隊長だった魯達は、肉屋の鄭に無理難題をふっかけられ途方にくれる金翠蓮父子を救うために、鄭の店に乗りこみ大暴れをする。魯達が、まず赤身の肉十斤を微塵切りにしろ、脂身の肉も十斤微塵切りにしろと、さんざん鄭を翻弄すると、怒った鄭は出刃包丁をふりかざして切りかかってくる。これ幸いと、こてんぱんに叩きのめしたまではよかったが、つい力あまって鄭を殴り殺してしまう。

軍人生活もこれまで、凶状もちになった魯達は逃亡生活に入る。代州まで逃げたとき、彼を命の恩人だとする金翠蓮父子と再会、翠蓮の現在のパトロン、財産家の趙員外の好意で五台山の智真長老に紹介され、剃髪して僧侶となり、智深という法名を授けられる。

肉屋をこてんぱんに叩きのめす魯達（魯智深）

こうして僧侶になったものの、血の気の多い魯達あらため魯智深が禁酒をはじめとするきびしい戒律に耐えられるはずもなく、一度ならず二度までも大騒動を巻きおこす。二度目の騒動はとりわけ激烈だった（第四回）。麓の町で大酒をくらい泥酔した魯智深は寺の山門が閉ざされているのを見るや、左右の仁王像にやつあたりする。まず、左側の像に向かって、「このデクノボウめ、わしのために門を叩いてもくれず、あべこべに拳骨をふりあげてわしを脅そうとしやがって。おまえなんか怖くないぞ」と、怒鳴ったかと思うと、その仁王像を土台から「まるでネギでも抜くように」、引っこ抜いてしまう。ついでに、右側の像にも「大口をあけてわしを笑うのか」と難癖をつけ、腹だちまぎれに引き倒してしまうのである。ようやく門を開けてもらい、寺に入ったあとも、無作法を重ねたあげく、仲間の僧侶を見境いなくぽかぽか殴りつけるしまつ。

さすがの智真長老もついにかばいきれず、

遇林而起　林に遇（あ）いて起こり
遇山而富　山に遇いて富み
遇水而興　水に遇いて興（おこ）り

遇江而止　江に遇いて止まる

という、意味深い偈(げ)（実は魯智深の生涯を暗示）を与えて魯智深を追放、開封の相国寺に送りこむこととする。

梁山泊の豪傑の多くは、何らかのかたちで犯罪をおかした逸脱者である。たしかに魯智深も肉屋の鄭を殺した殺人犯だが、見てのとおり、その殺人行為は彼自身とは何の関わりもない、純然たる「義憤」によるものだ。義憤によって逸脱者となった魯智深は、これ以後、のびのびと解放されて、制御しがたいエネルギーを奔騰させ、行く先ざきで騒動を巻きおこす。これまた実に魅力的な大トリックスターというべきであろう。

途中であれこれ悶着をおこしながら、相国寺(しょうこくじ)にたどりついた魯智深は、お荷物を押しつけられて困惑した住職の智清(ちせい)長老の差し金で、ならず者の巣くう菜園の番人となる。ていのいい厄介払いである。しかし、魯智深は破壊的な剛勇ぶりを示し、たちまちならず者連中を制圧する。そんなおりしも、近衛軍の師範で棒術の名手林冲(りんちゅう)と知り合い、意気投合して義兄弟の契りを結ぶ。その直後、林冲はとんでもない事件に巻きこまれてしまう。かの四悪人の一人、高俅の養子が林冲の妻を見初め、なんとか我が物にしようと姦計をめぐらしはじめたのである。

けっきょく林冲は高俅の養子一派の罠にかかって、身に覚えのない罪をきせられ、犯罪者の刺青を施されたあげく、滄州へ流刑となる。護送途中、養子一派の息のかかった二人の警吏に虐待され、あわや一巻の終わりと思った瞬間、林冲の身を案じて追跡していた魯智深に助けられ、なんとか一命をとりとめる。当然、魯智深は警吏たちを殺してしまおうとするが、林冲に制止されて思いとどまり、滄州まで林冲一行を送りとどける。

林冲は滄州の監獄でしばし厚遇されるが、またもや高俅の養子一派の手がまわり、開封から出向いて来た二人の小役人とワイロを受け取った滄州監獄の看守によって焼き殺されそうになる。すんでのところで、難を逃れた林冲は逆に三人を刺殺し、委細かまわずその首を切り取るという凄惨な復讐を遂げる。かくして、殺人犯となった林冲は奇しき縁で、地方の名家の御曹司柴進(のちに梁山泊の主要メンバーとなる)に助けられ、その紹介で当時、小物書生あがりの王倫をリーダーとする山賊の巣窟だった梁山泊へと向かう。

以上のように、第七回から第十一回までは、これまた下級軍人の林冲が万やむを得ず、殺人犯となるまでの過程を描いた物語である。誠実無比の林冲が大トリックスター魯智深と絡みながら、ダイナミックな逸脱者に変身するこのくだりは、梁山泊の豪傑たちの背後に広がる暗黒の時代状況を鮮やかに映しだすものといえよう。また、『水滸伝』世界において、このくだりではじめて梁山泊への言及が見られ、百八人の豪傑、とりわけ三十六人の天罡星のうち、林冲が最初にここに足を踏み入れる設定になっているのも、実に巧みな布石の打ち方である。

林冲はようやく梁山泊にたどりついたものの、狭量な親分の王倫はいかにも手ごわそうな林冲に恐れをなし、受け入れまいと条件をつける。旅人を一人殺し、その首を差し出せば仲間入りを認めるというのである。行くあてのない林冲は不本意ながらこの条件をのみ、相手を物色するがなかなか出くわさない。ようやくめぐりあった相手は、なんと青面獣楊志（せいめんじゅうようし）なる剛の者。もともと武官だった楊志は花石綱（かせきこう）（徽宗が江南の珍しい花や石を開封に輸送させたこと）の責任者になったとき、庭石を紛失、逮捕されることを恐れて逃亡したが、恩赦になったため、都にもどるところだった。林冲はこの楊志と戦うが、勝負がつかない。これを知った王倫は楊志に梁山泊入りを勧めるが、楊志は断り、都へ向かう。この一件で、ようやく林冲の腕前を認めた王倫はしぶしぶ彼を受け入れたのだった。

一方、都へ到着した楊志は復職運動に失敗したばかりか、ならず者に絡まれ殺害する事件をおこしてしまう。自首した楊志は刺青を施され、北京（ほくけい）へ流刑処分となる（第十二回）。この楊志の北京流刑は、『水滸伝』世界を大きく転換させる契機となる。

このとき、北京所司代の地位にあった梁中書（りょうちゅうしょ）は、四悪人の一人、蔡京の娘婿だった。梁中書は殺人犯ながら腕っぷし抜群の楊志に惚れこみ、彼を舅蔡京の誕生祝いを開封に届ける運搬責任者に任命する。なにぶん昨年、誕生祝いを盗賊に奪われるという事件があったため、梁中書としては経歴がどうであれ、強力な運搬責任者がぜひとも必要だったのである。これ以後、第十三回から第二十二回まで十回にわたり、『水滸伝』世界は誕生祝い運搬をめぐって、波乱万丈の展開を見せる。

さて、ここに山東鄆城（うんじょう）県東渓（とうけい）村の保正（ほせい）（庄屋）で、托塔天王（たくとうてんのう）の異名をとる晁蓋（ちょうがい）という剛の者が登場する。常日頃から無頼の豪傑と交際のある晁蓋のもとに、次々に蔡京への誕生祝いを奪取する計画をもちかける者があらわれる。のちに梁山泊軍団の魔術師として名を馳せる公孫勝（こうそんしょう）もその一人だった。宝物の魅力もさることながら、専横をふるう蔡京に一泡ふかせるのは痛快だ。かくして、晁蓋は東渓村の塾教師呉用（ごよう）（のちに梁山泊軍団の名軍師となる）を知恵袋として仲間に入れ、たちまち総勢七人の盗賊団が組織された。なつめ売りに変装した七人は、黄泥崗（こうでいこう）で、楊志の率いる総勢十五人の誕生祝い運搬団を待ちかまえ、言葉巧みにしびれ薬の入った酒を飲ませて、全員気絶したすきに首尾よく誕生祝いを奪い取った。

この事件は、関係者の運命を大きく変えた。まず、運搬責任者の楊志は彼を快く思っていなかった他の運搬団のメンバーによって罪をなすりつけられ、逃亡せざるをえない羽目になる。逃亡中、かの花和尚魯智深と出会い、協力して二龍山（にりゅうざん）なる山賊の砦を奪取、なんとか根拠地を得たのだった。

一方、晁蓋をリーダーとする七人の盗賊団は、メンバーの一人が逮捕されて足がつき、危うく一網打尽とならんとしたとき、幸い晁蓋の友人で、鄆城県の県吏をつとめる宋江（そうこう）の急報によって、追っ手が迫ったことを事前に知る（第十八回）。さらに、鄆城県の警察部隊を率いる隊長の朱仝（しゅどう）（のちに梁山泊入り）もまた、かねがね晁蓋に好意をもっており、見逃してくれたため、晁蓋一行は首尾よく逃げきることができた。

かくして梁山泊に逃げこもうとしたが、偏狭なリーダーの王倫は案の定、いい顔をしない。けっきょく、先に梁山泊入りしていた林冲が腹にすえかねて王倫を殺害、晁蓋を砦の主とし、ここに、総勢十一人のメンバー（晁蓋、呉用、公孫勝、林冲、劉唐、阮小二、阮小五、阮小七、杜遷、宋万、朱貴。六人の盗賊団と林冲、杜遷以下の三人は元王倫配下）から成る、原梁山泊軍団が成立したのだった。

こうしてみると、『水滸伝』の物語構造はただ鎖状に各登場人物の物語をつないでいるようでありながら、その実、まことに巧妙かつ有機的にそれぞれの物語を連環させつつ、好漢・豪傑を梁山泊へ収斂させているのがわかる。まず、林冲を先んじて梁山泊へ配置し、誕生祝い奪取事件を機に、晁蓋を核とする原梁山泊軍団を成立させるという語り口は、鮮やかというほかない。

ちなみに、『水滸伝』世界の中心人物というべき宋江もまた、先述のとおり、この晁蓋の誕生祝い奪取事件との絡みで舞台に登場するのである。

第十八回で初登場する宋江は、まず「顔が黒くて背が低いため、『黒宋江』と呼ばれている」と紹介される。いたって冴えない風貌にくわえ、個人的武力も大したことはない。しかし、義侠心に富み、身銭を切ってとことんまで他人の困難を救うため、「及時雨」と呼ばれ、天下の無頼の豪傑・好漢に圧倒的に人気がある。というのだが、すでに多くの論者が指摘するように、この冴えない及時雨宋江がいくら義俠心に富むとはいえ、どうして彼の名を聞いただけで感激にうちふるえるほど、豪傑連中の敬愛の的となるのか、もうひとつ説得力がない。要するに、中心人物として、はなはだ魅力に欠けるのである。『水滸伝』世界における宋江の位置づけや役割については、おいおい考えることとし、まずは宋江の足取りを追ってみよう。

　梁山泊の主となった晁蓋は、東渓村から逃亡したさい、世話になった宋江と朱仝に恩返しすべく、配下の劉唐を派遣し、それぞれにお礼の手紙と黄金百両に相当する金の延べ棒を贈ろうとした。しかし、宋江は気持ちだけ受け取ると言い、手紙と金の延べ棒一本だけ受け取った。これが宋江の躓きのもとになる。

　この直後、宋江はその父親の葬式代を出してやったのが縁で、閻婆惜（えんばしゃく）という妖艶な美女と彼女の母親（閻婆）の面倒をみることになった。宋江は独身だが、正式の結婚ではなく、別宅を借りて閻婆惜母娘を住まわせ、時々通うというスタイルである。しかし、宋江はもともと女性にあまり興味がないため、閻婆惜との仲はうまくゆかず、しだいに足も遠のく。そんなとき、閻婆惜はひょんなことから宋江の下役の張文遠（ちょうぶんえん）なるやさ男と深い仲になり、宋江を忌避するが、母親の閻婆は金づるを逃してはならじと、必死で宋江を引きとめようとする。すったもんだのすえに、閻婆惜は宋江の書類袋に入っていた晁蓋の手紙と金の延べ棒をみつけ、これを逆手にとって、盗賊と関係があると宋江を脅し、手切れ金に延べ棒をよこせと言いつのる。これで逆上した宋江はついに閻婆惜を殺害してしまうのである。

殺人犯となった宋江は、宋家村の実家に逃げこむ。幸い晁蓋と同様、鄆城県の警察隊長朱仝と雷横（らいおう）が見逃してくれたため、脱出に成功し、弟の宋清（そうせい）ともども江湖の好漢・豪傑を委細かまわず受け入れてくれる、滄州の柴進の屋敷に身を寄せたのだった（第二十二回）。こうして晁蓋の誕生祝い強奪事件は連鎖反応的に関係者を巻きこみ、ついに宋江まで殺人を犯し、表社会から逸脱するにいたる。

その後、宋江は柴進の屋敷に逗留すること半年、事件のほとぼりもさめたため、弟の宋清だけ老父の待つ宋家村にもどり、宋江自身は白虎山（はくこざん）の孔（こう）氏なる豪族の屋敷に移り住む（第三十二回）。実は、この半年の間、『水滸伝』世界では第二十三回から第三十二回までの十回の間、宋江も晁蓋もまったく登場しない。この間の中心人物は極め付きの豪傑武松（ぶしょう）である（このため「武十回」と称される）。武松は傷害事件をおこして柴進の屋敷に逗留中、瘧（おこり）の病にかかり、悲惨な状態に陥った。そんなとき、柴進のもとに身を寄せた宋江と出会い、ちょっとしたアクシデントがあって瘧は全快し、宋江と義兄弟の契りを結ぶ。かくして、武松は名残を惜しみながら故郷の清河県へと帰ってゆくのである。以下、しばらく武松の足取りを追ってみよう。

帰郷の途中、武松は景陽岡で猛虎を退治し、いちやく勇名をとどろかせる。その腕前を買った陽谷県知事は彼を都頭（組頭）に採用した。実は武松には武大という兄がおり、陽谷県に近接する故郷の清河県（山東省）で饅頭売りをしていた。この兄の武大は次のように、武松と何から何まで対照的だった。

> 武大と武松は母を同じくする兄弟だが、武松は身長八尺、威風堂々とし、満身に何千何百斤の気力がみなぎっていた。そうでなければ、猛虎退治などできるわけがない。ところが、武大ときたら身長は五尺に満たず、顔つきは醜悪で、おつむのほうも噴飯もの。（第二十四回）

という具合だが、兄弟仲はいたって良かった。武松が事件をおこして逐電している間に、武大は結婚して陽谷県に移住しており、ある日、都頭になった武松とばったり出くわす。武大は武松をさっそく家に連れて帰り、妻の潘金蓮と引き合わせる。この潘金蓮はしょぼくれた武大には似合わない艶麗な美女だった。彼女はさるお屋敷の小間使いだったが、主人の意に染まず、嫌がらせで武大のもとに嫁がされたのである。

武大にうんざりしていた潘金蓮は、たくましい武松に一目惚れし、巧言を弄して彼を同居させた。以来、潘金蓮は親切の限りを尽くして武松の気をひくが、潔癖な武松は受けつけず、荷物をまとめて出て行ってしまう。まもなく、武松は都（開封）に出張することになるが、多情な潘金蓮を警戒し、武大に対してくれぐれも彼女から目を離さないようにと言い残す。

武松の危惧は的中した。彼の留守中、潘金蓮は隣家の媒婆（仲人婆）、王婆の手引きで色男の薬屋、西門慶と深い仲になったあげく、ぐるになって邪魔になる武大を毒殺したのである。帰って来た武松は兄の死因に不審を抱いて、真相をつきとめ、兄の仇の潘金蓮と西門慶を殺害して復讐を遂げる。武松は潘金蓮と西門慶の二つの首をひっさげて、県役所に出頭、刺青を施されたうえ、孟州へ流刑処分となった。

宋江の閻婆惜殺し、武松の潘金蓮殺しと、『水滸伝』世界はこのくだりで、淫蕩な悪

凶悪な蔣門神をぶちのめす武松

女殺しの話柄がつづく。梁山泊の豪傑たちの大多数は男女問題にすこぶる潔癖であり、非倫理的な女性をけっして許さず、いともあっさりその息の根をとめてしまう。彼らは複雑にもつれた人間関係など薬にもしたくないのである。ちなみに、次章でとりあげる『金瓶梅』は、このとき、もし武松が潘金蓮と西門慶を殺さなかったらという仮定のもとに展開される作品にほかならない。ここでは、『水滸伝』世界が思い切りよく捨象した複雑な人間の関係性がこれでもか、これでもかと執拗に描写される。

それはさておき、孟州に到着し収監された武松は典獄に厚遇され、快適な日々をすごす。この厚遇にはわけがあった。典獄の息子施恩の経営する料理屋が、孟州駐屯軍の張師団長の凶暴な用心棒、蔣門神に横取りされたため、施恩が武松の助力を得たいと考えたのである。武松は剛勇をふるって蔣門神をぶちのめし、料理屋を取りもどしてやる。その直後、武松は駐屯軍の司令官張蒙方（張師団長の配下）の屋敷に招かれ、豪傑だと下にも置かぬもてなしを受ける。このもてなしには裏があった。張司令官は蔣門神の後ろ盾である張師団長と結託し、武松を罪に落とそうと図ったのである。

武松はまんまとこの罠にはまり、泥棒に仕立て上げられて恩州に流刑処分となる。張司令官の意を受けた四人の護送役人は途中で武松の殺害をはかるが、逆に殺されてしまう。事のしだいを知り、憤激した武松はただちに孟州にとってかえし、張司令官の屋敷に乗りこむや、うまくいったと酒盛りをしていた張師団長、蔣門神、張司令官、司令官夫人の四人を血祭りにあげたあと、「毒食らわば皿まで。百人殺しても死ぬのは一度だ」と、司令官の一族郎党を手当たりしだいに殺しまくり、雲をかすみと逃げ去る。

その後、武松は派手に失敗を重ね、悶着をおこしながら、行者に変装して（このため武行者と呼ばれるようになる）逃亡をつづけ、白虎山に到着する。ここで孔屋敷の息子二人（孔明（こうめい）・孔亮（こうりょう）。のちに二人とも梁山泊入り）と喧嘩騒ぎをおこしたとき、孔屋敷に逗留中の宋江が登場、めでたく手打ちが成立する。かくて、武松は同行をすすめる宋江の誘いを断り、かねての予定どおり、魯智深と楊志の根拠地二龍山へと向かう。

このくだりで描かれる、純粋暴力の化身となった武松の司令官一党みな殺しの一幕は、第一章でとりあげた、『三国志平話』に見える張飛の定州長官一家みな殺し事件と、展開が酷似している。『水滸伝』、とりわけこの「武十回」のくだりは『平話』と同様、盛り場の講釈で好んで語られ、聴衆の喝采をあびたものと思われる。

今まで見てきた第三十二回まで、すなわち前半三分の一までで、八方破れの大暴れをして『水滸伝』世界を揺さぶる大トリックスターは、なんといっても先にとりあげた花和尚魯智深とこの行者武松である。彼らもやがて宋江をリーダーとする梁山泊入りを果たすが、それはまだまだ先のこと（第五十八回）。この段階では二人の大トリックスター魯智深と武松は、晁蓋や宋江とは別行動をとり、自立した拠点二龍山を堅守するのだ。『水滸伝』世界のトリックスターの性格を考えるとき、これは重要なポイントの一つだといえよう。

付言すれば、第三回から第七回まで記される魯智深の物語、第二十三回から第三十二回まで描かれる武松の物語は、民間芸能の世界で、講釈師によって語られる「水滸伝物語」、すなわち「水滸語り」の分野で、それぞれ個別に語られており、白話長篇小説『水滸伝』が成立するさい、絶妙の位置に織りこまれた可能性が高い。なお、魯智深と武松は元曲（元代の芝居）の世界でも人気の高いキャラクターである。

『水滸伝』世界のクライマックス

武松が二龍山へ向かったとき、宋江もまた孔屋敷を離れ、清風寨（せいふうさい）の軍事担当司令官で小李広（しょうりこう）の異名をとる弓の名手花栄（かえい）のもとへ向かう。その途中、宋江は清風山を根城とする燕順・王英（王矮虎）・鄭天寿ら山賊に捕まるが、彼が及時雨宋江だと知った燕順らに手厚くもてなされる。それはよかったのだが、宋江はたまたま拉致されて来た清風寨のもう一人の司令官（行政担当）劉高の妻に哀れをかけ、釈放させたことから、新たな事件が勃発する。

やがて宋江は清風寨の花栄のもとに身を寄せるが、劉司令の妻はなんとも邪悪な性格であり、宋江を逆恨みして、夫にあることないこと吹きこみ、とうとう宋江と花栄は逮捕されてしまう。しかし、二人は劉司令に監視されながら、上部機関の青州の役所に護送される途中、幸い燕順ら清風山の軍勢に救出される。このとき、花栄が憎むべき劉司令を刺殺する。これを機に攻勢に転じた宋江と花栄は、燕順ら清風山の軍勢を駆使して清風寨に猛攻をかけ、青州軍の総指揮者、霹靂火秦明および兵馬都監（組頭）の鎮三山黄信と戦い、剛勇無双の秦明を生け捕りにする。

宋江と対面した秦明はその人となりに敬意を抱くが、朝廷に叛旗をひるがえすことはできないと、仲間入りを拒否し、宋江らの了解を得て青州に帰還する。しかし、秦明は青州城内に入ることはできず、謀反のかどで家族全員が処刑されたことを知らされる。誰か秦明に扮した者が青州に焼き討ちをかけたため、青州の長官がみせしめに処刑したのである。絶望した秦明の前に宋江らが出現、秦明は誘われるままふたたび清風山に向かう。そこで、焼き討ち事件は秦明に浮世のしがらみを切らせるべく、宋江が仕組んだことを知り、いったん逆上するものの、こうなっては仕方がないと腹をくくり仲間入りを承知する。かくて、秦明が配下の黄信にも仲間入りを呼びかけたところ、黄信もあっさり承諾したのだった。

これは、梁山泊軍団が形を整える前の話だが、宋江らはどうしても仲間に入れたい者に対しては、ときとしてこの秦明のケースと同様、家族殺しも厭わない酷薄な手段を用いることがある。まさに目的のために手段を選ばず、である。むろん、状況が許せば、家族ごとそっくり梁山泊に迎え入れるケースも多々あるけれども。さらにまた、梁山泊軍団のメンバーには、この秦明のようにもともと官軍（朝廷軍）の猛将だった者が多い。敵のなかから人材を選びだし、戦力を強化するというやり方である。

さて、秦明に同調し清風寨の守備責任者たる黄信自身が反乱軍になったのだから、清風山を拠点とする宋江らはらくらくと清風寨に入城した。かくて、諸悪の根源たる妻を除き、劉司令の家族をみな殺しにするなど、やり残したことを処理して、意気揚々と清風山に引きあげた。劉司令の妻はここで一刀両断にされたのだった。

こうして一段落した直後、謀反した花栄・秦明・黄信を征伐すべく、官軍が押し寄せるとの情報が入り、宋江の提案で清風山のメンバー（宋江・花栄・秦明・黄信・燕順・王矮虎・鄭天寿）は軍団ごと梁山泊に移動することになる。

移動の途中、宋江は老父が死去したとの知らせを受け、メンバーと袂を分かち、一路、故郷の宋家村へ向かう（他のメンバーは無事に梁山泊入りを果たす）。宋江ははなはだ往生際がわるく、他人の家族には妙に冷たいところがあるにもかかわらず、やれ親孝行だなんだと、自分の肉親にはべったり情に絡みつづける。この往生際のわるさが宋江の軌跡を実にまわりくどいものにしている。

それはともかく、帰郷してみれば、老父は生きており、恩赦がくだって減刑処分になるからと自首を勧められ、「親孝行」な宋江はこれに従って県役所に出頭する。この結果、刺青を施され（これで宋江も犯罪者の烙印を押されたわけだ）、江州（こう）へ流刑と裁きが下る。護送途中、梁山泊付近を通過したとき、晁蓋の命を受けた劉唐らが宋江を奪還、梁山泊に迎え入れるが、宋江は親の意見には背けないとそのまま江州へ向かう。このように宋江は社会の規範から逸脱し犯罪者となったあともなお、なんとか社会の末端にしがみついて、まともに生きようとする姿勢を崩さない。この「まとも志向」がのちのち梁山泊のリーダーとなるや、拡大されて「忠義」や「招安」へのこだわりとなるのだ。

従順に罪人としての掟に従った宋江は、途中、居酒屋でしびれ薬をもられたり、船頭に殺されそうになったりと、さまざまな事件に巻きこまれながら、ともあれ無事に江州に到着、監獄入りを果たす（第三十八回）。ここで、彼は監獄主任で神秘的な快足の持ち主、神行太保戴宗、その配下の牢番で、『水滸伝』世界きっての大トリックスター、黒旋風李逵とめぐりあう。いよいよ李逵の登場である。


宋江が江州でめぐりあった戴宗と李逵はそれぞれ比類のない能力の持ち主だった。快足の戴宗は二枚のお札を足にくくりつけ、神行の術を用いると一日百里を行くことができ、四枚のお札を足にくくりつけると、一日に百五十里を行くことができた。のちに、戴宗はこの神行の術を生かし、梁山泊軍団のために情報収集、情報伝達担当として大活躍するのである。梁山泊の軍師呉用から戴宗にあてた紹介状をもっていた宋江は、たちまち彼と意気投合し、囚人の身でありながら、料理屋で酌みかわし四方山話にふける。

そこにとつじょ出現するのが、戴宗配下の牢番、黒旋風李逵。『水滸伝』第三十八回は初登場の李逵の風貌を次のように描く。

黒い熊のようなざらざらした肉
鉄の牛のように体中を覆う硬い皮膚

人か魔物か、なんとも凶暴かつ威圧的な風貌である。この李逵は人を殴り殺して江州に流れつき、下っ端の牢番をつとめているが、もともと二丁の大まさかりを使いこなす、恐るべき武勇の持ち主だった。宋江は「黒宋江」と呼ばれる色黒の小男、かたや李逵は「黒旋風」と呼ばれる真っ黒な大男。出会いのときから死にいたるまで、この黒い二人は文字どおり生死を共にするのである。宋江が「及時雨、黒宋江」だと知った瞬間から、李逵は全面的に宋江に傾倒する。感激した李逵は、歓迎の意を表そうとして走り回り、大もうけを狙って博打をし、逆にすってんてんになると、大暴れして賭場の金を奪い取ろうとするなど、たちまち大騒動を引きおこす。

頼みがいのある戴宗・李逵と出会ったものの、その後も宋江はご難つづきだった。退屈しのぎに一人で料理屋に行き、泥酔したあげく、勢いにまかせて壁に自作の詞（ツー）（小唄）を記したところ、これを見とがめ謀反の意図ありと難癖をつける者があらわれる。江州に隣接する無為軍（むいぐん）の退職した副知事黄文炳（こうぶんへい）なる男である。当時の江州知事はかの四悪人の一人で、威勢をふるう蔡京の九男だったため、黄文炳はこの一件をもとに蔡九（さいきゅう）知事に接近して出世のてがかりを得ようと、さっそくご注進に及んだ。この結果、宋江は死刑囚の牢獄に押しこまれてしまう。

かくて蔡九知事は快足の戴宗を使者に起用、父蔡京のもとに宋江処刑の指示を要請する手紙を届けさせようとした。これをもっけの幸いと戴宗は梁山泊に駆けこみ、宋江の危機を告げる。晁蓋と呉用は戴宗にひとっ走りしてもらって、腕利きの書家と印章作りを呼び寄せて、蔡京の筆跡を真似させ、印章を偽造させて、宋江を即刻処刑せず、都へ護送せよと命ずる返事をでっちあげた。護送の途中で宋江を奪還しようという計画だ。しかし、この計画はあえなく失敗した。小才のきく黄文炳が戴宗の持ち帰った手紙をニセモノだと見破り、怒った蔡九知事は宋江と戴宗を処刑場に送り、打ち首に処すと裁決を下す。

処刑場に送られた宋江と戴宗があわや一巻の終わりという瞬間、晁蓋に率いられた梁山泊のメンバー十七人が子分を引き連れてなだれこみ、たちまち大混乱となる。このとき、もっともめざましい働きをしたのは李逵だった。この時点で李逵はまだ梁山泊の面々と面識はなく、単独で殴りこみをかけたのである。

また見れば十字路の茶店の二階で、虎のような黒い大男がすっぱだかになり、両手に二丁の大まさかりを握りしめ、なかぞらに雷がとどろきわたるように大声で一喝したかと思うと、空中から飛び降りて来た。手にしたまさかりをふりあげたかと思うと、早くも二人の首斬り人を斬り殺し、監斬官（かんざんかん）（死刑監督官）の馬前めがけて斬り進んで行く。兵士たちはあわてて槍で突こうとするが、防ぎきれるはずもない。みんなでまずは蔡九知事を守って、命からがら逃げ出した。（第四十回）

李逵の爆発的な攻撃はとどまるところを知らず、「ぐるぐるまさかりをふりまわし、やみくもに人を斬り殺すだけ」。こうして李逵が黒い旋風のように駆け抜けたあとは、「軍人、住民を問わず、殺された者の屍が横たわって野をおおい、血は流れて渠（ほり）をなし、押し倒された者、ひっくり返された者は数えきれない」というありさまだった。まさに無差別殺人、大量殺戮の極である。この黒い魔物李逵の大奮戦に助けられて、梁山泊のメンバーは宋江と戴宗を救出し、追っ手を殲滅することができた。ことのついでに、無為軍に攻撃をかけて、狡猾な元副知事の黄文炳一家を皆殺しにし、当人を生け捕りにしたあと、念入りに切り刻んで殺害、復讐を遂げたのだった。

事ここにいたれば、思い切りのわるい宋江もさすがに後に引けず、正式に梁山泊入りを決意し、李逵、戴宗および張横・張順ら新たに加わった面々とともに、梁山泊へ向かう。この結果、梁山泊の主要メンバーはいっきょに四十人にふくれあがる。このとき、話し合いによって席次もきまった。晁蓋が第一、宋江が第二、軍師の呉用が第三、魔術師の公孫勝が第四というものである。かくて盛大な祝賀会が催され、宋江は、黄文炳のしわざで窮地に陥った自分を救ってくれたメンバーに対し、改めて謝辞を述べた。と、突然、李逵が飛び上がり次のように口走る。

「よし。哥哥（兄貴。ここでは宋江を指す）は天のお告げに応ずる人だ。黄文炳めには苦い汁を飲まされたが、あの野郎はわしがきれいさっぱり始末してやった。今、わしらには大軍があるんだから、すぐに謀反をおこしたって、怖いものなしだ。そうなったら、晁蓋哥哥は大皇帝、宋江哥哥は小皇帝、呉（用）先生は丞相、公孫（勝）道士は国師で、わしらはみな将軍だ。東京（開封）へ攻め寄せ、クソ帝位を奪

い取り、愉快に暮らせたら、どんなに気分がよいだろう」。（第四十一回）

宋王朝も皇帝もまったく問題にしない、過激でアナーキーな発言である。李逵はこの後も、しばしばこの類の発言を繰り返して、宋王朝への忠誠をかかげ、招安を目標とする宋江につっかかり、宋江はいつもこれを抑えつける。李逵は反逆のパトスに燃えて突っ走ろうとし、宋江がこれにブレーキをかけるという図式である。

だからといって、『水滸伝』世界において、宋江と李逵はけっして対立的な関係にあるわけではない。黒い小男の宋江と黒い大男の李逵は切っても切れない関係にあり、最終的にいつも宋江にねじふせられる李逵は、宋江の分身だとさえいえる。破壊衝動と反逆精神の化身たる李逵は、うじうじと権威や体制にこだわる宋江が抑制している影の部分の体現者なのである。

先に見たように、李逵の破壊力には超人的なものがあり、二丁のまさかりをふりかざして、戦場を駆け抜け殺戮を重ねるその姿は、序章で見た異形の神、刑天（けいてん）を思わせるものがある。天帝と戦って敗北し首を斬られながら、なお乳を目とし臍を口として、両手で干（たて）と戚（まさかり）を操り戦いつづけた、あの刑天である。

李逵こそその破天荒な破壊性、底抜けの愚かさ、素っ頓狂な道化性から見て、『水滸伝』世界最大のトリックスターであることは論をまたない。しかし、先にとりあげた魯智深や武松が、まず中心人物の宋江とは関わりのない形で大暴れを演じる「自立せるトリックスター」であるのに対し、李逵は基本的には、冴えない宋江を補完する「分身としてのトリックスター」だといわざるを得ない。全体の物語展開からみれば、自立せるトリックスターの魯智深と武松は、彼らを中心とする物語の部分では稀有の精彩を放つが、その後さしたる活躍の場面は見られず、分身としてのトリックスター李逵は中心人物宋江と絡みながら、終幕まで『水滸伝』世界を揺さぶりつづける。

しかもこの大トリックスター李逵は、なるほど無差別殺人、大量殺戮を厭わないとはいえ、悪辣な黄文炳を許さず、徹底的にやっつけたことから見てとれるように、本能的に社会の不正や邪悪を憎み、けっして攻撃の手をゆるめようとしない。李逵は不正を排除しようとするあまり、しばしば殺人カーニバルになってしまうものの、その意味ですこぶる倫理的なのである。もっとも、李逵の倫理性は社会的常識の枠をはるかに超えた、宇宙的な倫理性とでもいったほうがよいかも知れない。

宋江はやっと決断して梁山泊入りを果たし、晁蓋につぐ地位をしめながら、しばらくすると、また里心がつき、郷里の老父を迎えに行きたいと言いだす。危険だとする晁蓋らの制止をふりきって出発し、家にもどったものの、宋江は案の定、県の警察部隊（今度は朱仝と雷横は不在）に包囲されてしまう。絶体絶命の危機に陥った宋江は、守護神の九天玄女に救われるという神秘的な一幕をへて、駆けつけた晁蓋を筆頭とする梁山泊のメンバーに助けだされ、老父および弟の宋清ともども梁山泊にもどったのだった。

この画に描いたような宋江の親孝行ぶりに刺激され、李逵と公孫勝も老母に会いたいと言いだし、帰郷の途につく。しかし、李逵のほうは老母を連れて梁山泊に向かう途中、目を離したすきに、母を虎に食われてしまう。宋江とは対照的になんとも不幸な結果になったわけだが、李逵はこれで肉親の絆も切れ、ますます自由奔放、破壊の化身となってゆく。

この後、梁山泊軍団は彼らを敵視する独龍岡の二つの村の実力者、祝家荘・扈家荘との全面戦争に突入し、苦戦の末、勝利を手にする（第五十回）。このとき、扈家荘の娘で並みはずれた武勇の持ち主、一丈青扈三娘が生け捕りになって降伏、梁山泊軍団きっての女将となる。彼女は女性に潔癖な梁山泊のメンバーのなかで、めずらしくも色好みの王矮虎と結婚し、以後、二人でコンビを組んで果敢な戦いを繰り広げる。ちなみに、扈三娘に恐れをなしてか、王矮虎は結婚後、品行方正、艶聞とはとんと縁がなくなる。

李逵はこの独龍岡戦争でも大暴れ。宋江が扈三娘に恋慕し、そのために扈一族に肩入れしようとしていると誤解し、最終局面で降伏しようとした扈一族を「一人残らず老いも若きも皆殺し」にしてしまう。やりすぎだと宋江に叱責されると、「手柄はなくなったが、おかげで人が殺せてせいせいしたわい」と笑い飛ばすしまつ。まったく手のつけようのない殺人器械ぶりである。殺人器械としての李逵の凄絶さは、かつて晁蓋や宋江の危機を救った鄆城県の警察隊長朱仝を梁山泊に引き入れるとき、もっとも極端な形で示される。

祝家荘・扈家荘との戦いに勝利したあと、梁山泊はますます隆盛となり、堂々たるコンミューン（共同体）として体制を整えてゆく。そんなおりしも、晁蓋や宋江の恩人の一人、鄆城県の警察隊長雷横が出張の帰途、梁山泊に立ち寄り大歓迎される。晁蓋らは雷横に梁山泊入りを勧めるが、雷横は固辞し、鄆城県に帰ってゆく。

しかし、まもなく雷横は新任知事の馴染みの女芸人、白秀英（はくしゅうえい）と悶着をおこし、彼女を殴り殺してしまう。知事の威光を笠に着て、白秀英はやりたい放題、雷横の老いた母にまで平手打ちをくわせたため、ついかっとしたのである。知事は雷横に死刑の判決を下し、死刑執行のためその身柄を上部機関の済（せい）州に移すこととする。

このとき、護送役を命ぜられたのは、牢獄主任の朱仝だった。なんといっても雷横と朱仝は気持ちの通じ合った同僚であり、朱仝は途中で雷横を逃がしてしまう。かくして雷横は老母ともども梁山泊へ駆けこみ、仲間入りしたのだった。

一方、朱仝は雷横をとり逃がしたかどで逮捕され、刺青を施されて滄（そう）州に流刑処分となった。罪人の身ながら朱仝は、滄州知事に気に入られ、四歳の小衙内（しょうがだい）（若君、ぼっちゃん）のお守り役をつとめるようになる。半月後の七月十五日、中元の盆の夜のこと、朱仝が小衙内を肩にのせて灯籠流し見物に出かけたところ、ばったり雷横と出会う。小衙内にその場を離れないよう言い含め、誘われるまま、雷横について行くと、梁山泊の軍師呉用があらわれ、晁蓋・宋江のたっての願いだと、強く梁山泊入りを勧められる。

朱仝はきっぱり断り、元の場所にもどったが、小衙内の姿が見えない。なんと朱仝の退路を断つべく、宋江の命令で、李逵が小衙内を人けのない場所に連れて行き、すでに殺害してしまっていたのだ。朱仝もこうなれば梁山泊入りするしかないと腹をくくったものの、李逵だけはどうしても許せないと、「黒旋風がいるかぎり、死んでも山には上らない」と条件を出す。話し合いの結果、李逵は朱仝の気持ちがおさまるまで梁山泊へもどらず、滄州の名門豪族柴進に身を寄せるという妥協案が成立、朱仝は梁山泊へと向かう。

いくら宋江による組織命令だとしても、四歳の子供まで平然と手にかける李逵の所業には、人間の感情や倫理感覚を超えたものがあり、殺人器械というほかない。こうした李逵の残酷な挿話も、おそらく講釈師の「水滸語り」のなかにすでにその萌芽があったものと思われる。聴衆が善悪の彼岸に展開されるこの李逵の残酷劇に、「うっぷん晴らし」の快感をおぼえたとすれば、それは、聴衆の心に澱のように積もった理不尽な役人への怨みの深さを逆証明するものといえよう。まさに盛り場演芸特有の残酷趣味である。

李逵が柴進の屋敷に滞在している間に、高唐州に住む柴進の叔父、柴七品が州知事高廉の義弟、殷天錫に庭園を奪われそうになり、腹立ちのあまり重病にかかったとの知らせが入る。柴進が李逵を引き連れ、高唐州に到着した直後、柴七品は絶命し、激怒した李逵は殷天錫を殴り殺す。柴進の勧めで李逵は脱出、梁山泊の仲間に救援を求めに向かったが、柴進自身は義弟を殺され逆上した高廉によって拷問されたあげく、牢獄に押しこめられてしまう。李逵の急報を受けて、柴進を救出すべく、宋江・呉用をはじめ二十二人のメンバーが八千の軍勢を率いて、高唐州に攻め寄せるが、なんと高廉は魔法使いであり、梁山泊軍団は敗北を重ねるばかり。

　高廉の魔法を破ることができるのは、高唐州（山東省）からはるか離れた薊州（河北省）に帰郷した公孫勝しかいない。そこで、快足の戴宗が連れもどしに向かうことになり、殷天錫殺しの一件で責任を感じた李逵もみずから志願して同行する。これでまた一騒動もちあがる。

　このとき、戴宗は李逵の足にもお札をくりつけ、神行法（快足術）を用いさせようとした。神行法を用いる者は精進潔斎しなければならず、戴宗は李逵にくれぐれも生臭物を口にしてはならないと警告する。しかし、食い意地の張った李逵はしんぼうしきれず、こっそり牛肉を食べてしまう。これを察知した戴宗は李逵を思い切りこらしめ、きりきり舞いさせる。

　まず戴宗は呪文を唱えながら、李逵の足にふっと息を吹きかけた。この瞬間、李逵の足は勝手に動きだし、凄まじいスピードで歩きつづけて、叫んでもわめいても一日中とまらない。李逵がもう二度と生臭物は食べないから許してほしいと哀願すると、ようやく戴宗は「とまれ」と号令をかける。すると、李逵の両足はぴたりととまったものの、いざ歩こうとすると、今度は足が地面に釘付けになったように動かない。李逵が悲鳴をあげながら、今後は必ず言い付けに背かないと誓ったため、ようやく戴宗は「行け」と号令をかけ、許してやる。こりごりした李逵はその後、おとなしく精進潔斎をつづけ、戴宗に助けられて神行法を用い、十日たらずで無事、ともども薊州に到着したのだった。

魔物のような黒い大男の李逵が戴宗に翻弄され、あがきつづけるこの場面はまことに喜劇的だ。さらに、薊州到着後も、李逵は公孫勝を手放そうとしない師匠の羅真人に腹を立て、斬り殺したと思いきや、逆に羅真人によって魔法をかけられ、さんざんな目にあわされる。すなわち、雲に乗せられて薊州の役所に運ばれ、魔術師にまちがえられて汚物を浴びせられ、死ぬほど棒で打たれたあげく、死刑囚の牢獄に押しこめられるのである。

このとき、戴宗は李逵の三つの長所をあげて釈明し、羅真人の許しを乞う。第一に、まっすぐな気性で、わずかな物でも他人から掠め取ろうとしないこと、第二に、人に媚びることなく、死んでも誠実さを失わないこと、第三に、道にはずれた欲望や邪心をもたず、金をほしがったり義理に背くことは金輪際やらず、まっさき駆けて武勇をふるうこと、というものだった。たしかに、根源的に無垢な、李逵の美点を的確に指摘した弁明である。

このかいあって、李逵はまたも魔法によって牢獄から救い出され、公孫勝も羅真人の許可を得て、李逵・戴宗・公孫勝の三人は高唐州の梁山泊軍団のもとへと向かう。魔術師公孫勝の参加を得て戦況は好転し、高唐州の軍勢を撃破、小癪な魔術師知事の高廉を一刀両断にして柴進を奪還し、大勝利を得たのだった（第五十四回）。

このくだりの李逵は見てのとおり、殺人器械の迫力もどこへやら、戴宗と羅真人に翻弄され、おろおろする道化そのものである。李逵は梁山泊のメンバーのなかでは、もともと上役だったこの戴宗と、のちに（第六十七回）仲間入りする小柄な色男、浪子燕青（ろうしえんせい）にはどうも分が悪い。燕青は小柄ながら相撲の名手であり、大男の李逵さえ難なく投げ飛ばす業師だったため、李逵は燕青を怖がり頭があがらない。この怖い燕青とコンビで動くとき、李逵はとたんに道化的になってしまう。『水滸伝』世界において、李逵は二丁のまさかりをふりあげて突進する恐るべき殺人器械である反面、失敗を繰り返し、人々を笑いの渦に巻きこむ素っ頓狂な道化でもある。まさしく強くて滑稽な大トリックスターの面目躍如といえよう。

梁山泊軍団が高唐州を撃破したとの情報をえた朝廷は、青州に官軍を繰り出し討伐に踏み切る。これを迎え撃つ梁山泊軍団は官軍の猛将、双鞭呼延灼の攻勢に手こずるが、軍師呉用の戦略が功を奏してじりじりと巻き返す。やがて、呼延灼は生け捕りになって降伏、梁山泊のメンバーとなる。以後、さまざまな障害を乗り越えて、白虎山を根拠地とする孔明・孔亮、二龍山を根拠地とする魯智深・武松・楊志、少華山を根拠地とする史進らも合流（第五十八回）、官軍の圧力をはねのけて、梁山泊の勢力は飛躍的に強化される。

そんなおりしも、凌州西南の曾頭市に根を張る曾長者一族が梁山泊に贈られる予定の名馬を奪うという事件がおこり、怒ったリーダーの晁蓋はじきじきに軍勢を率い曾頭市攻撃に向かう。しかし、晁蓋は敵の罠にはまり、曾長者一族の武術指南、史文恭の放った毒矢に当たって瀕死の状態となる。かくて、晁蓋は梁山泊に担ぎこまれた後、「わしの仇を捕らえた者を梁山泊の主にしてくれ」と遺言し、絶命する。この時点で梁山泊の主要メンバーはすでに八十八人に達していた。

晁蓋の死後、呉用や林冲をはじめとするメンバーの要請を受けた宋江は、晁蓋の遺言どおり、仇の史文恭を捕らえる者があらわれるまでという条件を付け、とりあえずリーダーの座につく。このとき、李逵は宋江に向かって、「梁山泊の大将などといわず、大宋皇帝になったらよかろう」と言い放ち、「この黒め、舌をひっこぬくぞ」と叱られてしまう。

謙譲のポーズを崩さないわりに、リーダーになったとたん、宋江はふてぶてしくも梁山泊の基本理念に関わる大胆な修正を施す。梁山泊の集会場ともいうべき中心的な建物の名称を、晁蓋時代の「聚義庁（しゅうぎちょう）」から「忠義堂」へと改めたのである。「聚義」は義を聚（あつ）める、すなわちさまざまな理由によって梁山泊入りをした人々の、多様な正義を聚めることを意味し、国家権力と対抗する共同体としての梁山泊を象徴する表現にほかならない。これに対し、「忠義」は国家権力、具体的には北宋王朝に対する忠節を意味する表現であり、とどのつまり、梁山泊軍団のエネルギーや方向性を国家のために一極集中させることになる。こうして、『水滸伝』世界の第六十回において、晁蓋にかわって宋江がリーダーとなり、「聚義」から「忠義」へと看板をつけかえた時点で、梁山泊軍団は路線転換への第一歩を踏み出したといえよう。

晁蓋の死後、手薄になった最高幹部を補充すべく、軍師呉用の発案により北京（ほくけい）の大財産家で豪傑だと評判の高い、玉麒麟盧俊義（ぎょくきりんろしゅんぎ）に白羽の矢が立てられる。第六十一回から第六十七回まで、『水滸伝』世界は紆余曲折をへて、盧俊義が梁山泊入りするまでの顛末を描く。このくだりでは、まず呉用がみずからお供を申しでた李逵を引き連れ、盧俊義の説得工作のために北京におもむく。これにさきだち呉用は、李逵がまたまた騒動をおこすことを警戒し、三つの条件を出す。第一に禁酒すること、第二に道童（稚児）の身なりをすること、第三に口をきかないこと、というものである。李逵はこの三条件を承諾、稚児姿となって出発する。屈強な黒い大男、黒旋風李逵がしおらしい稚児姿になるとは、これまた珍無類、考えただけでも噴きだしたくなるような姿であり、喜劇的というほかない。

　かくして李逵を従え、易者に変装した呉用は言葉巧みに盧俊義を動かして北京から連れ出すことに成功、梁山泊まで誘導して、四か月の長きにわたって滞在させる。しかし、盧俊義はがんとして梁山泊入りを承知せず、北京に帰って行く。帰ったものの、彼の不在の間に、妻の賈氏が番頭の李固と深い仲になり、帰って来た盧俊義を梁山泊の一味だと誣告したため、盧俊義は逮捕され、沙門島に流刑との判決が下る。

　盧俊義は護送の途中、李固の差し金で護送役人に殺されそうになるが、この危機を救ったのが浪子燕青である。子供のときから盧俊義に養われて成長した燕青は、真っ白な肌一面に絢爛と刺青を彫りこんだ色男だった。また歌舞音曲なんでもござれの粋人にして、

『水滸伝』きっての大トリックスター李逵と燕青（壇上）

各地の方言も巧みに使いこなす器用人。かといって、けっして文弱ではなく、弩（いしゆみ）をもたせれば百発百中、並ぶもののない腕前であり、小柄ながら相撲の名手でもあった。無骨な豪傑ぞろいの『水滸伝』世界にはまれな、この艶っぽい豪傑の燕青が先述のとおり、以後、全身真っ黒の怪物李逵とコンビを組む場面がしばしば見られるのである。

さて、盧俊義は危機一髪のところを燕青に救われたものの、けっきょくふたたび捕縛され、燕青は梁山泊に駆けこんで急を告げ、救援を乞う。仰天した宋江は盧俊義を救出すべく、総力をあげて北京府攻撃に向かうが、さすが主要都市、簡単には攻め落とせない。小競り合いがつづくうち、官軍の猛将の急先鋒索超（きゅうせんぽうさくちょう）、大刀関勝（だいとうかんしょう）（関羽の子孫とされる）らが続々と降伏、梁山泊入りし、梁山泊軍はしだいに優勢となる。宋江が急病にかかりいったん撤退したものの、宋江の回復後、元宵節（げんしょうせつ）（旧暦一月十五日、上元の日の祭り。灯節（ドンジェ）ともいう）の混雑にまぎれ梁山泊のメンバーが大挙して北京城内に潜入、大騒動を巻きおこして首尾よく獄中から盧俊義を救出し、意気揚々と梁山泊に引きあげた。かくして盧俊義は妻と不倫相手の李固を切り刻んで復讐し、正式に梁山泊入りを果たす。

まもなく盧俊義は曾頭市に出撃、晁蓋を射殺した史文恭を生け捕りにする殊勲をあげる。宋江は晁蓋の遺言に従い、盧俊義にリーダーの座を譲ろうとするが、李逵、魯智深、武松ら梁山泊きっての猛者（もさ）が大反対する。宋江は、自分と盧俊義が手分けして梁山泊にほど近い東平府（とうへい）と東昌府（とうしょう）を攻撃し、先に陥落させたほうがリーダーになればよいと提案し、けっきょく宋江が先手をとりリーダーとなる。こうして誰にも文句を言わせないため、いかにも正当な手続きを踏んだかのようなポーズをとるのも、調和型、八方美人型の宋江らしい。

ともあれ、宋江が正式にリーダーとなり、盧俊義がこれにつぐ位置を占めて、梁山泊の新たな体制がととのった時点で、梁山泊の主要メンバーは、天罡星（てんこうせい）三十六人と地煞星（ちさつせい）七十二人、あわせて百八人となっていた。深い洞窟から虚空に飛び散った百八人の魔王はここにせいぞろいしたのである。第七十一回は、こうしてうちそろった百八人が忠義堂に集まり、晁蓋の霊を祭って供養したあと、席次と役割分担をきめる輝かしい場面を描く。これぞまさしく梁山泊軍団クライマックスの時である。

『水滸伝』世界の終幕

百八人がせいぞろいした忠義堂の儀式のあと、宋江の招安願望は加熱する一方だった。

おりしも重陽節（旧暦九月九日）となり、宋江はメンバーを集めて盛大な宴会を催した。このとき、宋江は詞を作り、招安を切望する思いを披瀝する。その末尾にはこうあった。

望天王降詔早招安　望むらくは　天王の詔を降し早く招安あらんことを
心方足　心方めて足らん

これを聞くや、まっさきに武松が怒りだし、「今日も招安してほしい、明日も招安してほしいでは、兄弟たちの心がしらけてしまいますぞ」と怒鳴る。つづいて李逵も「招安、招安、なにがクソ招安だ」とわめくや、食卓を蹴飛ばし、こなごなに打ち砕いてしまう。この後も、宋江の忠義路線にもっとも違和感を示し、ことごとに異を唱えるのは、この二人の怖いもの知らずの大豪傑、武松と李逵である。しかし、宋江はときには強引に、またときには泣き落としの手を使って、彼らを押さえこみ、思いどおりの方向に誘導してゆく。

『水滸伝』世界では、第七十二回から第八十二回までの十一回にわたり、さまざまな曲折をへて梁山泊軍団が招安されるプロセスを描く。まず、第七十二回において、宋江が元宵節の提灯山見物を口実に、首都開封の偵察におもむく。お供をしたのは燕青・李逵・戴宗・柴進の四人だった。このとき、いなせな色男の燕青が大活躍し、時の皇帝徽宗の思い者、妓女李師師に巧みに接近、段取りをつけて宋江ともども彼女の妓楼にあがり、酒宴をともにする。徽宗が宮中を抜け出し、しばしばお忍びで李師師のもとに通って来るため、彼女を通じて徽宗と交渉し、招安の許可を得たいというのが、宋江の本音だった。

しかし、この計画は失敗した。酒宴の最中、徽宗が突然、李師師のもとにあらわれ、楊太尉（楊戩。四悪人の一人）が一足おくれて来たとき、李逵が楊太尉を委細かまわず殴り倒し、たちまち大騒動になったのである。こういう事態になるのを懸念した呉用が、すでに梁山泊から五人の大将と五千の騎兵隊を派遣していたため、宋江らはこれに助けられ、かろうじて城外に脱出することができた。このとき、怒りのおさまらない李逵は、二丁のまさかりをふりまわし、一人で北京城内に斬りこもうとしたところを、小さな燕青に投げ飛ばされ、やっと思いとどまるという一幕もあった。こうして、李師師経由の第一次招安工作は失敗したものの、これが第二次工作への大きな布石となる。

その後、朝廷では梁山泊軍団を征伐するのは困難であり、招安すべきだとの意見が強くなり、まず近衛軍の長官陳宗善が招安の詔をもって出発することになった。しかし、かねがね梁山泊に怨みをもつ、蔡京と高俅が自分の腹心を同行させたため、梁山泊側は彼らの傲慢無礼な仕打ちを腹にすえかね、交渉は決裂した。李逵などは逆上して、詔をこなごなに引き裂くしまつだった（第七十五回）。

この結果、朝廷ではまたも征伐論がつよまり、童貫が大軍を率いて進軍するが、梁山泊は総力をあげてこれを迎え撃ち、撃退してしまう。ついで高俅が三度にわたって攻め寄せるが、梁山泊軍はこれもまたこてんぱんに撃破し、高俅を生け捕りにする大勝利をおさめる。まもなく高俅は徽宗によしなに伝え、招安に尽力すると約束したため、釈放され都にもどる。なにぶん、高俅は奸臣であり、そんな口約束はあてにならない。そこで、宋江と呉用は徽宗に直接談判する道を探った。

ここで大きな役割を演じたのはかの燕青である。燕青は快足の戴宗とともに開封に入り、ふたたび李師師のもとを訪れる。李師師はようすのいい燕青に心をひかれ、たまたま訪れた徽宗と対面させる手引きをした。この結果、それまで童貫や高俅から一方的な情報しか与えられていなかった徽宗は、はじめて真相を知り、これまでの罪はすべて帳消しにするという赦免状をしたため、燕青に手渡した。

ついで、燕青と戴宗はかねて梁山泊と因縁があり、すこぶる彼らに好意的な殿司太尉宿元景のもとを訪れ、聞参謀（高俅の参謀。良心派の人物で、高俅とともに生け捕りになったが、帰還せず残留した。宿太尉の幼なじみである）の手紙を渡す。宿太尉は驚きながらも、たちまち事態を的確に把握したのだった。

これで招安のお膳立てはすべてととのった。真相を知った徽宗の命をうけ、宿元景が招安の詔をもって、梁山泊へ向かったのは、それからまもなくのことだった（第八十二回）。メンバーそれぞれの思いはともかく、終始一貫、招安をめざしてきた宋江の思いどおりの展開になったわけだ。官軍をつづけさまに撃破し、有利な立場にたったうえで、徽宗と直接交渉し、良心派官僚の宿元景をひっぱり出して話をまとめる。筋書きとしてはたいへんうまくできているが、それがほんとうに梁山泊のメンバーにとって幸いであったかどうか。それは、物語の終幕まで見ないとわからない。

招安を受け入れた後、豪傑たちの大根拠地梁山泊は宋江の命令により解体された。晁蓋の位牌は燃やされ、忠義堂をはじめ建物はすべて取り壊され、メンバーの家族や帰郷を願う兵士も立ち去った。こうして、みずから退路を断ったあと、宋江を筆頭に百八人の主要メンバーとその軍勢は首都開封に向かう。

官軍となった梁山泊軍団は以後、二つの大きな戦いに従軍する。最初は第八十三回から第九十回まで八回にわたって繰り広げられる、契丹族の国家遼との戦い、次は第九十一回から第九十八回まで八回にわたって展開される、方臘との戦いである。方臘は当時、大規模な反乱をおこし、その支配圏は広く江南一帯に及んでいた。

このうち遼との戦いは苦戦つづきだったものの、最終的に大勝利をおさめ、百八人の主要メンバーは全員、生還することができた。しかし、蔡京らの妨害もあって、思わしい論功行賞を受けることもできず、宋江はふさぎこむ一方だった。そんな宋江に対して、李逵はあっさりこう言ってのける。

「哥哥、まったく考えなしだね。梁山泊にいたころは馬鹿にされることもなかったのに、今日も招安、明日も招安で、招安してもらったら、今度はくよくよさせられるとはね。みんなここにいるのはやめて、また梁山泊に行こうや。そうすりゃさっぱりするぜ」。（第九十回）

宋江は「今はみんな朝廷のりっぱな臣下だ」などと杓子定規な言をはいて、李逵を叱りつけるが、李逵は「それじゃ明日も馬鹿にされるだけだな」と笑い、他のメンバーもどっと笑いくずれる。宋江の招安病には誰もが辟易しているのだが、さりとてほかに道もないという、メンバーの心情が伝わってくる一段である。

官軍としての二度目の戦い、方臘との戦いは梁山泊軍にとって非常にきびしいものとなった。出陣の前に、魔術師公孫勝が帰郷したのをはじめ、百八人のなかからやむをえない理由で参加できない者が数名あり、すでにフルメンバーでなくなっていたのも不吉な前兆だった。以来、激戦につぐ激戦で戦死者、負傷者が続出し、親玉の方臘を捕縛してようやく勝利を手にしたときには、七割のメンバーを失い、生き残った者はわずか三十六名にすぎなかった。まさに血みどろの戦いであった。

この方臘との戦いのくだりは、『三国志演義』描くところの諸葛亮の南方征伐にも似て、極端に幻想的な魔法物語の様相を呈している。歴史的には、方臘は北宋末の民衆反乱のリーダーであり、実在する人物である。これをもとに、宋江の反動性を指摘する論者も多い。しかし、『水滸伝』世界においては、あまたの魔王を配下にかかえる大魔王方臘との戦いは、あくまでも豪傑たちの退場の儀式、梁山泊軍団壊滅のしだいを描出するための、物語的な仕掛けだったといえよう。

生き残った者たちのその後の軌跡も各人各様であった。『水滸伝』世界の自立せるトリックスター魯智深と武松は、最期も自立的だった。魯智深は都に凱旋する途中、杭州の六和寺で銭塘江の潮のとどろき（潮信）を聞きながら、座化（座ったまま大往生を遂げること）した。かつて出家したさい、五台山の智真長老に授けられた偈「江に遇いて止まる」にぴたりと符合する最期であった。魯智深は遼征伐からもどるさい、五台山を再訪し、智真長老から「潮を聴いて円し、信を見て寂す」という偈も授けられており、これとも符合する穏やかな最期を遂げたのだった。

魯智深と行をともにしていた武松は左腕を失う戦傷を負ったため、都へは行かず、そのまま六和寺に寺男としてとどまり、はるか後年、八十歳で大往生を遂げた。自立せる二人のトリックスターはこうして穏やかに、その波乱万丈の生を終えたのである。付言すれば、晁蓋が原梁山泊の主になる契機を作った林冲は、方臘との戦いの後、中風にかかり、六和寺で武松に看病され療養していたが、まもなく死去した。

このほか、燕青のようにメンバーと袂をわかって田舎や故郷にひっこんだ者、李俊や童威・童猛のように船出して外国に向かった者もあり、けっきょく開封に帰り着いた主要メンバーはさらに減って二十七人となる。宋江と李逵はむろんこのなかに含まれていた。彼らの悲劇的な最期を描き、『水滸伝』世界は終幕となる。

開封に凱旋した主要メンバー二十七人のうち、宋江が楚州安撫使および兵馬総隊長、盧俊義が廬州安撫使および兵馬副隊長に任ぜられたのを筆頭に、十人の正将（天罡星）と十五人の副将（地煞星）も各州の総指揮官および各路の指揮官に任ぜられ、それぞれ恩賞にあずかった。しかし、その後も四悪人の罠にはまることを警戒し、辞任する者があいつぐ。快足の戴宗もまた、まもなく辞任して東岳廟の道士となり、数か月後、病気でもないのに、道士仲間を呼び集めて別れの挨拶をし、大笑いしながらこの世を去った。いかにも特殊技能をもつプロらしいさっぱりと快活な最期だった。

これにひきかえ、梁山泊のリーダー宋江と副リーダー盧俊義の最期は悲惨をきわめる。まず盧俊義が梁山泊を目の仇にする朝廷の四悪人、蔡京、楊戩、高俅、童貫らの姦計によって毒を盛られ、非業の最期を遂げる。

ついで宋江が赴任地の楚州で、四悪人の息のかかった勅使に、遅効性の毒の入った恩賜の酒を飲まされる。死を悟った宋江は、「李逵は朝廷がこんな悪だくみをしたと知ったなら、必ずまた山林に仲間を集めに行き、われら一代の清らかな名声と忠義の事跡をぶちこわしてしまうだろう。こうする以外に道はない」と、使者をやって潤州の総指揮官をつとめる李逵を呼び寄せた。何事かと、とるものもとりあえず駆けつけた李逵に、宋江はそれと知らせず、やはり遅効性の毒をもった酒を飲ませた。そのあと、事のしだいを告げると、李逵は涙を流しながら、「いいさ、いいさ。生きているとき、哥哥に仕え、死んでも哥哥の子分の亡者だよ」と、宋江を許したのだった。かくして、あいついで絶命した李逵と宋江はともに、梁山泊と風景がそっくりなところから、宋江がかねて墓所ときめていた楚州郊外の蓼児洼に葬られる。

　宋江と李逵が葬られたあと、梁山泊の軍師だった呉用と花栄は、宋江が夢枕に立って死にいたった事情を告げ、墓参りを求めたため、それぞれの任地から蓼児洼に駆けつけた。けっきょく二人は後を追って宋江の墓前で縊死し、宋江・李逵と並んで葬られたのだった。梁山泊を思わせる蓼児洼に四つの墓が並ぶ、この蕭条たる風景をもって、波乱万丈の『水滸伝』世界は基本的に終幕を迎える。深い地底から飛び散った百八人の魔王が、ふたたび地底に帰ったことを象徴する結末である。

　それにしても、宋江はなぜ李逵を道連れにしたのだろうか。宋江は社会から逸脱した豪傑・好漢が結集して作りあげた反権力的な共同体、梁山泊の路線を転換させ、忠義を標榜して招安されることを渇望した。念願どおり招安されたものの、腐敗の元凶たる四悪人が跋扈（ばっこ）する、北宋末の悪しき体制は小揺るぎもせず、梁山泊軍団はただ朝廷に使い捨てにされ壊滅しただけ。宋江にはこの事態を招いた責任があり、命を落としても文句は言えない。だが、李逵は終始一貫して、招安には反対であり、反逆のパトスを燃やしつづけた。宋江がこの李逵を殺して物語を終わらせたのは、先にも述べたように、制御しがたい力を爆発させる、大トリックスター李逵が、『水滸伝』世界において、もともと宋江の分身として設定されていることによるとしか、いいようがない。

宋江は中心人物とはいえ、ずっと見てきたようにまったく爽快さがなく、口を開けば忠義や招安を語るばかりで、体を張って既成の政治体制や社会システムに異議を唱える、侠気の豪傑集団を動かすリーダーらしくもない。『水滸伝』世界において、宋江を中心人物に据える意味はどこにあるのだろうか。考えてみれば、『水滸伝』世界は、封じこめられていた百八人の魔王を解放することによって開幕し、彼らがふたたび地底に回帰することによって終幕を迎える。その意味で、白話長篇小説『水滸伝』はあらかじめ枠組みのきまった世界なのである。このあらかじめ枠組みのきまった物語世界で、魔王の化身たる百八人の豪傑は、梁山泊に集まり大暴れをして一瞬、社会に風穴をあけ、また地底に回帰してゆく。

宋江はこうした『水滸伝』世界において、逸脱した豪傑たちと彼らが乖離した現実社会とをつなぐ回路の役割を果たすと同時に、解放された魔王をふたたび地底に収斂させる回路の役割をも担ったキャラクターだといえよう。回路なのだから固有の見せ場もなく、爽快感がないから読者の共感も得られない。まったく宋江は損な役回りでもある。

このように、あらかじめ枠組みの定まった物語文法によって進行する、『水滸伝』世界は読者につかのまの解放感を与えるものの、とどのつまり、現実回帰、地底回帰の深い失望を残して終わる。もっとも、地底に帰った魔王たちは時満ちれば、ふたたび三たび地上に出現するにちがいない。『水滸伝』が時を超えて読みつがれるのは、そんな未完のメッセージを、遠い世界から伝えつづけていることによるのかも知れない。

第四章

淫——『金瓶梅』

『金瓶梅』（全百回）は、先にとりあげた白話長篇小説『三国志演義』『西遊記』『水滸伝』が、いずれも北宋以来の盛り場文芸の語り物を母胎として生まれたのとは異なり、最初から単独の著者によって構想され、著された白話長篇小説である。むろん、『水滸伝』を敷衍した書き出しといい（後述）、作中にしばしば話本小説への言及が見られることといい、『金瓶梅』が語り物やそのテキストたる話本と深い血縁関係をもち、これらから多くのヒントを得て、著されたことは論をまたない。

現存する最古の『金瓶梅』のテキストが刊行されたのは、万暦年間（一五七三—一六二〇）末から天啓年間（一六二一—一六二七）にかけての時期だとおぼしい。『金瓶梅詞話』と題されるこのテキストは、一九三二年に完本が発見され、現在は、入手しやすい形で影印本や活字本が刊行されている。この『金瓶梅詞話』（全百回）には欣欣子なる人物の序が付されており、そこにこの小説の作者は「蘭陵（山東省）の笑笑生」だと記されている。この「笑笑生」はむろんペンネームであり、いったいどのような人物なのか、刊行当時からえんえん四百年にわたり諸説紛々、論議を呼びつづけているが、今にいたるまで特定されない。英雄・豪傑の大いなる活躍を描いた『三国志演義』や『水滸伝』のベクトルを逆転させ、新興成金商人西門慶(せいもんけい)を中心に据えて、男女の関係性のもつれに焦点をあて、怖(お)めず臆せずエロスの世界を描くことによって、長篇小説に新たな地平を開いた作者は、戯作者風に韜晦した笑笑生なるペンネームのかげに素顔をかくし、いっさいその正体を見せないのである。

『金瓶梅』が実際に著されたのは、写本で流通した時間を考え合わせれば、『金瓶梅詞話』刊行より二十年余りさかのぼった十六世紀末、万暦年間中期だと推定される。『金瓶梅』の物語時間は『水滸伝』のそれと同様、十二世紀初めの北宋末に設定されているが、これは常套的な虚構のずらしであり、実際に舞台になったのは、作者にとっての現代、すなわち中央政局の退廃とはうらはらに、商業が異様に繁栄し、大商人が輩出した十六世紀末の明末社会である。

付言すれば、『金瓶梅詞話』以降、種々のテキストが刊行されているが、ここではより原像に近い『詞話』にもとづいて、話を進めてゆきたいと思う。

『金瓶梅』世界の開幕

『金瓶梅』の物語世界は、『水滸伝』の第二十三回から第二十七回まで、五回分をほぼそっくりなぞった形で開幕する。『水滸伝』のこのくだりは、虎退治でいちやく勇名を馳せた武松（ぶしょう）を中心人物とする、いわゆる「武十回」（第二十三回―第三十二回）の前半部に相当する。

すでに第三章でも紹介したように、武松の兄の武大（ぶだい）は、豪傑の弟とは対照的に風采のあがらない、しがない饅頭（マントウ）売りだった。しかし、妻の潘金蓮（はんきんれん）は武大とはどう見ても釣り合いのとれない艶麗な美女。彼女は仕立て屋の娘だったが、幼くして父を失い、母の手で役人の王招宣（おうしょうせん）に売られた。ここで、化粧の仕方から歌舞音曲まで一通り身につけたところで、王招宣が死んだため、またまた母の手で財産家の張大戸（ちょうだいこ）のもとに召使いとして転売された。『水滸伝』では、張大戸の言いなりにならなかったため、嫌がらせで武大のもとに嫁がされたとするが、『金瓶梅』はこれに手を加え、潘金蓮は張大戸と深い関係になり、これを知った夫人が激怒したため、張大戸がやむなく潘金蓮を武大のもとに嫁がせたとする。小さな作り変えだが、はなから潘金蓮の「淫蕩性」を強調しようとする操作だといえよう。

武大が嫌でたまらない潘金蓮は、まず颯爽たる武松を誘惑しようとするが、潔癖な武松はまったく受けつけない。たまたま長期出張することになった武松は兄の武大に、くれぐれも潘金蓮に気をつけるよう言い残して旅立つ。武松の危惧は的中した。武松の留守中、潘金蓮の前に色男の西門慶が出現し、たちまち色恋沙汰がもちあがる。

西門慶は清河県（山東省）の薬屋だが、子供のころから遊び事ならなんでもござれの放蕩者だった。ただ、目はしがきいて商才に長けていたことから、しだいに頭角をあらわし、潘金蓮と出会ったころには、まだ二十八歳の若さ（潘金蓮は二十五歳）だったにもかかわらず、県役所にも顔のきく、ちょっとした財産家の地方ボスになっていた。商売のほうが順調に発展するにともない、生来の色狂いもつのる一方であり、この時点で、家には、一人娘（西門大姐）を残して他界した先妻のあとに、後妻として娶った地方官吏の呉千戸の娘（呉月娘）のほか、数人の側妾やらお手付きの召使いやらがひしめきあっているありさまだった。

そんな西門慶がひょんなことから艶っぽい潘金蓮と出会い、一目惚れしたものだから、大変なことになった。いくら西門慶がその道の猛者だといえ、いちおうは人妻である潘金蓮に直接、攻勢をかけるわけにはいかない。そこに登場するのが、武大・潘金蓮夫婦の隣で茶店を営む媒婆（仲人婆）の王婆。ずる賢い王婆は西門慶から多額の謝礼を提示されるや、腕によりをかけて、軍師よろしく作戦を立て、首尾よく西門慶と潘金蓮を密会させる。

西門慶はなんといっても潘岳（西晋時代の詩人。中国の代表的な美男）もどきの色男であり、もともと武大にあきあきしていた潘金蓮はすっかり夢中になる。かくして、いずれ劣らぬ欲望過多の西門慶と潘金蓮が、しげしげと王婆の家で密会を重ねるうち、二人の仲は誰知らぬ者もない状態になり、さすがにお人よしの武大も妻の不貞に感づく。しかし、密会の現場に踏みこんだものの、武大は西門慶に不意をつかれて腹を蹴られ、病床に臥す身となった。なにしろ武大には豪傑の弟武松がついている。このままではすまないと、西門慶と潘金蓮が青くなったとき、悪魔のささやきよろしく、王婆が妙計を授ける。

王婆はしょげかえった二人に向かって、冷ややかに笑いながら、まず「あんたたちは長い夫婦になりたいのかい。それとも短い夫婦になりたいのかい」と聞く。さらに王婆が「短い夫婦」とは「今日かぎりで別れてしまうこと」であり、「長い夫婦」とは「毎日いっしょにいて、びくびくしないで暮らすこと」だと示唆すると、西門慶はもちろん

すれっからしの悪の権化の王婆

「長い夫婦」になりたいという。これを聞くや、王婆は平然と、西門慶に砒素を持って来るように指示し、潘金蓮に他の薬にまぜてこれを飲ませ、武大を毒殺するようにと指示する。

この王婆はまさにすれっからしの悪の権化であり、やがて『金瓶梅』の物語世界を毒々しく揺り動かす大トリックスターとなる、さしもの潘金蓮も王婆の前では、いっそ可憐に見えるほどだ。彼らは、どぎつい小トリックスター王婆の計略を忠実に実行し、武大を殺害するにいたる。

武大毒殺の実行犯は潘金蓮だが、死体の後始末から葬式の段取りまで、きびきびと手際よく事を運んだのは王婆だった。これを受けて西門慶は検死係の小役人に賄賂をつかませ、毒殺のしっぽをつかまれないよう手を打ったうえで、さっさと死体を火葬に付してしまう。この後、潘金蓮と西門慶は喪中もなんのその、罪悪感など露ほどもなく、邪魔者がいなくなったとばかりに、盛大に乱痴気騒ぎを繰り広げたのだった。

『水滸伝』では、まもなく帰郷した武松が、この武大毒殺事件の顚末を知り、激怒して潘金蓮と西門慶を血祭りにあげ、証人の王婆を引き連れて県役所に出頭、流刑に処せられたとする。こうして『水滸伝』の物語世界では、冷酷残忍な殺人事件をひきおこした淫蕩な西門慶と潘金蓮は、あっさり息の根をとめられ、舞台から退場する。ちなみに、この事件の仕掛け人ともいうべき老獪な王婆は、八つ裂きの刑に処せられ、これまた、簡単に舞台から追い払われてしまう。

しかし、初回から第六回まで、『水滸伝』の展開をほぼそのままなぞってきた『金瓶梅』の作者は、この武松の潘金蓮・西門慶殺しの直前で、『水滸伝』世界と袂を分かち、新たな物語世界の構築に着手する。すなわち、武松が帰郷するまでのわずかな時間に、西門慶と潘金蓮が武松の刃を逃れることに成功し、ぬけぬけと生きのびたと仮定して、彼らの欲望にまみれた生の軌跡を追跡するのである。

『水滸伝』世界との分岐点となる、『金瓶梅』第七回には、潘金蓮との乱痴気騒ぎの渦中であるにもかかわらず、西門慶が薛嫂（せっそう）なる媒婆の口ききで、資産家の寡婦、孟玉楼（もうぎょくろう）（三十歳）を第三夫人（先の第三夫人が死去したため空席になっていた）として迎える話が挿入されている。孟玉楼は容姿端麗のうえ、持参金付きで嫁入り道具もりっぱ、という願ってもない境遇だったため、大喜びした西門慶は電光石火、彼女との「縁組」をまとめて家に迎え入れる。この間、武大殺しの共犯者で、熱愛の相手だった潘金蓮はすっかりお見限りで、寄りつきもしない。このように、多情の西門慶が次から次へと新しい対象に飛びつき、いらだった潘金蓮がやっきになって、あの手この手で引きもどそうとするのは、この後、しばしば繰り返されるパターンである。

孟玉楼の一件で足が遠のいた西門慶を、潘金蓮は王婆を使うなどして、なんとか引きもどすことに成功するが、まもなく武松帰郷のニュースが飛びこんでくる。身の危険をおぼえた二人は、またも策士の王婆の入れ知恵で、そそくさと武大の百日供養をすませるや、潘金蓮が第五夫人として西門慶の家に「輿入れ」し、間一髪、武松の先手を打つ。深い仲になってから、半年もたたない早業であった。

ちなみに、「輿入れ」したとはいえ、持参金付きの孟玉楼とは異なり、貧しい饅頭売りの妻だった潘金蓮はほとんど身一つで西門家に乗りこんでいる。これは、この後の西門家における潘金蓮の動きかたに関わる重要なポイントだといえよう。つまり、潘金蓮にはまったく経済的な裏づけがなく、あくまで西門慶を引きつけておくしか、立つ瀬がないのである。

西門慶は何も持たない潘金蓮のために、邸内に別棟の住居を用意して、豪華な寝台をはじめ種々の道具類をそろえ、もともと正妻の呉月娘付きだった春梅（しゅんばい）、および新たに買い取った秋菊（しゅうぎく）の二人を、彼女専属の召使いとした。こうして夫人としての体裁を整えてやったわけだ。付言すれば、二人の召使いのうち、春梅こそ『金瓶梅』の「梅」に相当する存在であり（「金」はむろん潘金蓮）、潘金蓮と一心同体ともいうべき深い繋がりを保つ。

潘金蓮が西門家に入ったとき、すでに西門慶には四人の夫人がいた。正妻の呉月娘、第二夫人の李嬌児（りきょうじ）（もと廓の妓女）、第三夫人の孟玉楼、第四夫人の孫雪娥（そんせつが）（もと西門慶の一人娘、西門大姐の召使い）である。

正妻の呉月娘は、大勢の女たちや使用人で構成される複雑な大家庭の女主人にふさわしい、それなりの管理能力の持ち合わせもあり、ときには、案外、優柔不断で他人につけこまれやすい西門慶を、きびしく糾弾することも辞さなかった。西門家に入ってまもない第三夫人の孟玉楼はいたって聡明で距離感覚も抜群、他の夫人たちともつかず離れずの姿勢を崩さないという具合に、総じてバランスのとれた冷静な女性であった。残る二人のうち、妓女あがりの第二夫人、李嬌児は西門慶が客を接待するさいに必要な、廓の妓女や芸人との結びつきが深く、その意味で便利な存在であり、第四夫人である孫雪娥の主要な役割は、西門家の台所をあずかる料理人頭といったところだった。つまるところ、この二人はむしろ便宜的に夫人の地位を与えられているにすぎず、西門慶にとってほとんどエロス的な対象ではなくなっていたのである。

西門家に入ってまもなく、こうした夫人たちのありようを察知した潘金蓮は、まずは殊勝な構えで、家庭内の実権をにぎる正妻の呉月娘に取り入った。呉月娘のほうも、最初は、

「下男たちが武大の女房のことをあれこれ噂していたけれど、実際には見たことはなかった。なるほど器量よしだわ。道理でうちの強盗（西門慶を指す）がのぼせあがるはずだ」。（第九回）

と警戒するが、たちまち低姿勢の潘金蓮にまるめこまれ、新入りの彼女に対する他の夫人の拒絶反応をよそに、目をかけるようになる。

潘金蓮が巧みに身を処し、首尾よく西門家の一員となったころ、ようやく武松が帰郷、武大殺しの顛末を知る。武松は県役所に西門慶と潘金蓮を告発するが、西門慶に懐柔された役人どもはあっさりこれを却下する。激怒した武松は西門慶の殺害をはかるが逃げられ、たまたま西門慶といっしょにいた小役人の李外伝（りがいでん）を殺害してしまう。殺人犯となった武松は刺青をほどこされたうえ、孟州（もう）へ流刑となり、『金瓶梅』の舞台から、しばし

退場するのである（第九回。武松が再登場するのは第八十七回である）。

こうして、武松が去ったあと、いよいよ本格的に『金瓶梅』世界の幕が開く。『水滸伝』の物語世界において、武松は不倫の果てに殺人まで犯した西門慶と潘金蓮に、間髪を入れず制裁を加え、抹殺してしまう。かくして殺人犯となり、社会から逸脱した武松はやがて梁山泊に身を投じ、他の豪傑とともに、深く病んだ政治体制、社会体制に向かって果敢な戦いを挑む。これに対して、西門慶と潘金蓮を生きのびさせ、武松を舞台から退場させた『金瓶梅』の物語世界では、抹殺されなかった悪の華が毒々しく咲き誇り、西門慶を核として、おぞましくも錯綜した人間関係、男女関係が展開されるさまが、赤裸々かつ執拗に描かれる。

トリックスター潘金蓮

潘金蓮にはもともと西門家を差配しようとする権力欲はなかったが、むやみと闘争心が強く、騒ぎをおこすことを大いに好んだ。一心同体の召使いの春梅もまた負けん気が強く、誰かれかまわず、突っかかってゆくというふうだったから、この主従の行くところには、常に悶着がたえなかった。ちなみに、春梅はすでに潘金蓮の勧めもあって、西門慶のお手付きになっていた。潘金蓮はいたって疑い深く、また嫉妬深い性格であるにもかかわらず、春梅だけは別格であり、全幅の信頼を寄せていたのである。春梅もまた八方破れの潘金蓮の最大の理解者であり、彼女の信頼を裏切るような真似はけっしてしなかったため、二人の信頼関係は、最後まで崩れることはなかった。

闘争精神あふれる潘金蓮主従の最初の標的になったのは、料理担当の第四夫人孫雪娥だった。ささいなことから、まず春梅が孫雪娥と言い争い、春梅の訴えを聞いた潘金蓮が西門慶をそそのかして、孫雪娥をぶちのめさせたことから、騒ぎが大きくなった。殴られて頭にきた孫雪娥は正妻の呉月娘のもとに駆けこみ、潘金蓮は夫殺しの淫女だなどと、口をきわめて罵った。これを立ち聞きしていた潘金蓮は（潘金蓮はいつも立ち聞きするのだ）、いきなりその場に踏みこんで痛烈に罵り返した。あわや、つかみあいの大喧嘩になるところで、呉月娘が割って入ったため、なんとかその場はおさまったものの、腹の虫がおさまらない潘金蓮は、またも髪ふり乱すなどポーズよろしく、泣きながら西門慶に一部始終を訴えた。動かされやすい西門慶は案の定、逆上して、孫雪娥を殴るやら蹴るやら、徹底的に痛めつけた。潘金蓮の勝利である。

この一幕には、『金瓶梅』世界の中心人物西門慶と、トリックスター潘金蓮の特色が端的にあらわれている。つまるところ、潘金蓮は何かにつけて騒ぎをおこし、収拾不能なところまで事態を混乱させたあげく、西門慶を動かし、自分に有利なように決着をつけようとするのだ。先にも述べたように、物語世界の核に位置しながら、西門慶は意外に主体性がなく、潘金蓮をはじめとする他人の意見に動かされ、右往左往することが多い。この意味で、中心人物西門慶のイメージには、他の登場人物をつなぐ役割を担い、みずからは影の薄い『三国志演義』の劉備、『西遊記』の三蔵法師、『水滸伝』の宋江と共通するものがある。

しかし、虫の好かない孫雪娥を、巧みに西門慶を動かして徹底的にやりこめた潘金蓮の得意は、長くはつづかなかった。色情狂の西門慶が廓遊びにうつつをぬかして、妓女の李桂姐（李嬌児の姪）に入れあげ、家に帰らなくなったのである。かくして、腹を立てた潘金蓮は、意趣返しに、孟玉楼が輿入れのさいに連れて来た小者の琴童と密通するにいたる。精神性のかけらもなく、今このときの欲望のおもむくまま、やみくもに暴走する点では、西門慶と潘金蓮はまさに相似形をなしているといってよかろう。

この潘金蓮の密通事件は、不仲の孫雪娥、および潘金蓮が妓女を「淫婦」呼ばわりしたことを根に持つ李嬌児の知るところとなり、二人はたまたま帰宅した西門慶に鬼の首でもとったように、さっそくご注進におよぶ。激怒した西門慶は、琴童に折檻を加えて屋敷から追い出し、潘金蓮もこっぴどく鞭打つ。しかし、身におぼえがないとかきくどく潘金蓮と、必死に彼女をかばう春梅にたちまち籠絡され、けっきょくこの事件はうやむやになってしまう。この後、潘金蓮は西門慶に、「(あなたのことを思って、廓の女の悪口を言っているところを)あの腹に一物ある二人(孫雪娥と李嬌児)に聞かれてしまい、それであいつらはこっそりぐるになって、私を陥れようとしたんだわ」(第十二回)と告げて、身の潔白を信じさせ、敵対関係にある孫雪娥と李嬌児に追い討ちをかけたのだった。

こうして潘金蓮はしたたかにも、自分がおこした密通事件を逆手にとって、四人の夫人のうち、西門慶との関係が稀薄な孫雪娥と李嬌児を打ちのめし、排斥することに成功した。この事件のさい、正妻の呉月娘は客観的で余裕ある態度を保ち、聡明な孟玉楼は潘金蓮の擁護にまわった。以後、潘金蓮と呉月娘の関係性は時間の経過とともに悪化するが、孟玉楼との関係性は終始一貫、良好だった。

西門慶の廓狂いもまずは一段落したこともあり、西門家の内部をひっくりかえす騒ぎをおこしながら、巧みに有利な位置を占めた潘金蓮に、ようやく落ち着いた日々がめぐってくるかに見えた。しかし、まもなく西門慶を意のままに動かそうとする潘金蓮を脅かす、強力なライバルが出現する。『金瓶梅』の「瓶」、李瓶児の登場である。

李瓶児の登場

西門慶には総勢十人の遊び仲間があった。その大多数は財産家に蟻のようにむらがり、甘い汁を吸おうとする取り巻き連中だが、なかでも口入れ屋から幇間もどきの座持ちまで、何でもこなす応伯爵なる人物がもっとも凄腕であり、西門慶のお気に入りだった。応伯爵は商人として上げ潮に乗った西門慶に密着し、小まめに動いては利益を得ていた。狡猾で下世話に長けた応伯爵もまた、『金瓶梅』世界をかきまわす小トリックスターの一人にほかならない。

この十人の遊び仲間のなかに、西門慶の隣人、花子虚も含まれていた。花子虚は財産家の宦官、花太監の甥であり、太監が病死した後、その莫大な遺産をすべて相続し、太監の故郷清河県に移り住んだ。彼の妻李瓶児はもともと高官の梁中書（北宋末の四悪人の一人、蔡京の娘婿）の側妾だったが、梁家が事件に巻きこまれたさいに縁が切れ、望まれて花子虚の妻になった女性である。このとき、李瓶児は二十三歳、色白の楚々たる美女だった。資産家の花子虚は西門慶グループの一員となるや、うさんくさい取り巻きメンバーの絶好のカモにされ、おだてられて廓に何日も居つづけするやら、たちまち歯車が狂い、すっかり生活が乱れてしまう。

だらしのない花子虚に愛想がつきたところに、遊びもするが、しっかり商売もする精力的な色男、西門慶と知り合ったものだから、李瓶児は一目で魅了され、積極的に自分のほうから機会を作り、あっというまに結ばれてしまう。なにぶん西門家と花家は隣同士であり、境の塀を乗り越え、花子虚の留守を狙って、西門慶がせっせと李瓶児のもとに通う日がつづくうち、潘金蓮が二人の関係に気づく。

このとき、潘金蓮は西門慶を問いつめ脅したあげく、今後、李瓶児とのことを包み隠さず報告することを約束させる。潘金蓮は、ここでも西門慶の共犯者になる道を選んだのである。共犯者となり、西門慶の弱みをにぎれば、優位に立つことができる。裏切れつづける潘金蓮のせめてもの打算、報復というべきであろう。考えてみれば、武大殺しの時点から、彼らは後ろ暗さを共有する共犯者であった。

そうこうするうち、花子虚が花太監の遺産相続をめぐり、親類に訴えられ逮捕される事件がおこる。慌てた李瓶児はしめて三千両の現金、および高価な宝石や骨董品をそっくり西門慶に預け、これを運動資金としてお上に手をまわし、花子虚を助けてやってほしいと頼みこむ。李瓶児は、あまった金品も花子虚に渡すとなくなる恐れがあるから、使いきったていを装い、手元で保管しておいてほしいと言い、西門慶にすべてをまかせた。

李瓶児の全面的な信頼にこたえて、中央の高官にも顔のきく西門慶は、大した資金も使わず、花子虚を釈放することに成功した。しかし、この釈放は家屋敷から田畑・家作にいたるまで、すべての不動産を売却して、親類に財産分与するのが条件であった。他の不動産はすぐ買い手がついたものの、西門家の隣の住居だけは、柄の悪い西門慶をはばかって買い手がつかなかった。かくして、もともと買う気十分だった西門慶は呉月娘の助言もあって、さんざん気を持たせたあげく、李瓶児の申し入れにより、ようやく預かった金のうちから五百四十両支払い、買い取ったのだった。

これで花子虚は無罪放免となったものの、家は立ち退かねばならず、西門慶に渡した運動資金、三千両の支出明細をたずねようとしても、李瓶児に、「ペッ、ばかたれ。あんたが一日中、まともな仕事を放りだして遊びまわり、妓女にうつつをぬかして、家に寄りつかないから、他人に陥れられ、罠にはまって牢屋に入れられたんでしょうが」（第十四回）などと、痛烈に罵倒され、進退きわまってしまう。ことほどさように、花子虚に徹底的に愛想を尽かし、西門慶しか見えなくなった李瓶児の罵倒には、凄まじい迫力があった。

かくして花子虚は泣く泣く別途、二百五十両を工面して獅子街に家を買い、李瓶児ともども引っ越したけれども、憤懣やるかたなく、鬱々としているうちに熱病にかかり、あっけなく死んでしまう。李瓶児は潘金蓮のようにみずから手を下したわけではないが、とどのつまり、こうして夫を追いつめ死にいたらしめたのである。

花子虚の死後、西門慶はしげしげと獅子街の李瓶児のもとに通い、李瓶児は潘金蓮の誕生日（一月九日）を祝うとの口実で西門家を訪れ、五人の夫人に豪華な贈り物をするなど、なんとか心証をよくしようと懸命になる。また、彼女は、西門慶が買い取った花子虚の屋敷を大々的に改造し、豪華な庭園を造ると聞くや、こっそり手元に留めておいた大量の高価な香料や香辛料を費用の一部にしてほしいと、西門慶に差し出す。そうまでして、ひたすら西門家に迎えられることを切望する李瓶児に対し、西門慶は花子虚の百日供養（三月十日）をすませ、その二か月後に位牌を焼いたら、必ず彼女を家に迎え入れると約束する。かくて、李瓶児の住まいを暗に予定に入れながら、西門慶は改造工事に着手する。

しかし、李瓶児の「輿入れ」はすんなり運ばなかった。共犯者を装う潘金蓮は賛成したものの、正妻の呉月娘は体面をはばかって猛反対した。この説得に手間取るうち、大事件がおこる。西門慶の娘（西門大姐）の嫁ぎ先、陳家は、北宋末の四悪人の一人で、重臣の楊戩（ようせん）の親類だった。この楊戩が弾劾されて、舅の陳洪（ちんこう）も逮捕されそうになり、慌てて西門大姐と夫の陳経済（ちんけいざい）が西門慶のもとに逃げこんで来た。のみならず、姻戚の西門慶まで逮捕されかねない事態になったため、泡を食った西門慶は急遽、番頭を都に走らせ、つてをたどって、高官に莫大な賄賂をばらまき、辛くも罪を免れることに成功する。

西門慶がこの事件に忙殺されるうち、たちまち月日が経過する。事情のわからない李瓶児は、待てどくらせど迎えに来ず、顔も見せない西門慶にいらだち、病気になってしまう。衰弱した李瓶児は貧乏医者の蔣竹山（しょうちくざん）のおかげでようやく回復したが、西門慶に絶望した反動もあり、蔣竹山の求婚を受けたのをもっけの幸いとばかりに、電光石火、彼を婿に迎えた。また、蔣竹山に生活力がないため、李瓶児は資金を出してやり、獅子街の自宅の表を改造して薬屋を開かせたのだった。

一方、逮捕を免れ、一件落着した西門慶は、李瓶児が蔣竹山を婿にとったいきさつを知るや、激怒する。そこで、二人のゴロツキを使って殴りこみをかけさせ、三十両の借金を踏み倒したなどとあらぬ言いがかりをつけて、蔣竹山を役所に突き出させた。西門慶の意を受けた県役人にこっぴどく痛めつけられた蔣竹山は、李瓶児に哀願して三十両出してもらい、ようやく放免されたが、いいかげん、うんざりしていた李瓶児は、これですっかり嫌気がさしてしまう。この結果、「あんたはやっぱり赤の他人だわ。私が熱病にかかり、あんたに三十両の薬代を払ったと思うことにするから、さっさとここから出て行って」（第十九回）と怒鳴りつけ、即座に蔣竹山を離縁してしまう。

この後、李瓶児は西門慶との復縁をはかり、まずは首尾よく話がまとまったため、かねての念願どおり、第六夫人として西門家に入り、花子虚の屋敷を壊して新築した別棟に住むこととなる。李瓶児にはまだかなりの個人資産があったので、運びこんだ道具類も多く、獅子街の自宅もそのままにしておくという、余裕ある輿入れであった。

花子虚が死去したのが前年の十一月末。李瓶児が花子虚の位牌を焼き、西門家に入る準備を整えたのが、翌年の五月十五日。その直後に、西門慶の身に大事件がふりかかり、一か月後の六月十八日には、音沙汰のない西門慶に、業を煮やした李瓶児が蔣竹山を婿に迎える。約二か月後に、彼女は早くも蔣竹山を離縁、間髪を入れず、八月二十日に西門家に入ったのだから、なんとも凄まじい早業である。

　ちなみに、この日付けはすべて『金瓶梅』に明記されたものだが、ことほどさように、『金瓶梅』の作者は年月日に神経質にこだわりながら、物語世界を展開してゆく。さらに、登場人物の年齢にも過敏であり、金銭についても実に記述がこまかい。年齢や日付けをことさら克明に記述するのは、男女関係のもつれを描く「話本（わほん）」や「擬話本（ぎわほん）」の短篇小説において、物語世界のリアリティを高めるために、しばしば用いられる手法である。やや数字狂的な傾向のある『金瓶梅』の作者は、この常套的手法を格段に強化して用いているといえよう。

　それはさておき、西門家に入った当初は西門慶が李瓶児をこらしめるべく、辛く当たるなど、二人の仲はしばらくギクシャクした。しかし、なんといっても二人は「相思相愛」であり、わだかまりが消えるのに、そう時間はかからなかった。李瓶児はもともと西門慶に夢中であり、西門慶も李瓶児に一目惚れだった。しかし、西門慶は結果的にみれば、李瓶児の資産を十二分に利用したともいえる。李瓶児が輿入れした時点で、西門慶の手元には、彼女から預かった莫大な花子虚の財産がまだそうとう残っていたと思われるが、これをもとに、やはり不正な手段で手に入れた他の資金を加えて、西門慶はまもなく本業の薬屋のほか、屋敷の一部を改造して質屋を開き、ますます商売繁盛となる。

これにともない、第五夫人潘金蓮の住居の二階は薬の倉庫、第六夫人李瓶児の住居の二階は質草の倉庫となった。風雅な庭園を造って悦に入っているのとはうらはらに、いかにも新興成金商人らしい、美意識皆無の住宅構造というほかない。

李瓶児は夫の花子虚や婿にした蔣竹山に正面きって立ち向かい、罵倒の名手潘金蓮も顔負けの、口汚い罵詈雑言を浴びせかけるなど、強烈な毒性を発散する女性だった。しかし、彼女は西門慶の第六夫人になったとたん、まるで憑き物が落ちたようにものわかりよく、やさしくなる。この豹変ぶりは、彼女がエネルギー過剰の西門慶をいとおしむ理解者だった（あるいはそうありたいと願った）ことを、示すものといえよう。

これに対し、西門慶の共犯者たらんとした潘金蓮は、第五夫人となってからも、小者と密通騒ぎをおこし、そのほとぼりもさめないうちに、今度は西門家に同居し、西門慶の商売を手伝うようになった娘婿の陳経済に興味をもち、親しくなるなど、その毒性は強まりこそすれ、いっこうに衰える気配はなかった。李瓶児が西門慶をそれなりに愛したのに対し、相手が誰であれ、潘金蓮には愛などという感情の持ち合わせはなかったのである。

宋恵蓮事件と潘金蓮

李瓶児も西門家に入り、これで西門慶も少しは身持ちがおさまるかと思いきや、またぞろ新しい対象に飛びつき、波紋を巻きおこす。今度の相手は、使用人の来旺の再婚相手、宋恵蓮（二十四歳）だった。宋恵蓮は男性関係が複雑で、彼女のほうも来旺とは再婚だった。危険な魅力のある宋恵蓮が他の使用人の女房とともに、西門家で家事を手伝っているところを、西門慶が見かけ、妙な気をおこしたものだから、ややこしいことになった。西門慶は長期出張中の来旺の留守を狙って、宋恵蓮に衣装やちょっとした小遣いを与え、誘いをかけると、宋恵蓮は待ってましたとばかりに、あっさりなびき、たちまち二人は深い仲になる。概して、色情狂の西門慶が性懲りもなく、次から次へと飛びつく女性のうち、拒否する者は皆無であり、こぞってむしろ得たりや応と積極的に、西門慶を受け入れ、彼に関わってゆこうとする。妓女は論外としても、潘金蓮も李瓶児もそうであり、彼が死ぬまで繰り返されるこのパターンは、滑稽感さえ覚えさせる。『金瓶梅』が同時代の読者に「世情滑稽小説」として読まれたという説があるが、さもありなん、である。

最初に、西門慶と宋恵蓮の関係に気づいたのは、やはり潘金蓮だった。このとき、潘金蓮は当初、またも共犯者のポーズを装い、事をあらだてず、成りゆきを観察する態度をとる。しかし、宋恵蓮は西門慶との関係をいいことに、日に日にのさばりだし、身につける衣装や装身具も派手になる一方だった。たとえば、次のように。

> 頭には真珠をはめたヘアバンドをつけ、金灯籠のイヤリングをピラピラさせ、着物の下には紅い紬（つむぎ）のズボンに、ぬいとりをした膝あて、広袖のなかには香茶木犀丸（こうちゃもくせいがん）を入れ、香入れを三つも四つも身につけている。（第二十三回）

キンキラキンで香料まみれ、なんとも派手ないでたちである。それだけなら、潘金蓮も悪趣味な女だと、嘲笑するだけですんだかもしれない。しかし、宋恵蓮は表向きはひたすら潘金蓮に恭順の意を示しながら、陰湿なかたちで対抗心を示し、潘金蓮の鼻柱を叩き折ろうとした。足が小さいのが自慢の宋恵蓮は、自分の靴の上から、わざと潘金蓮にもらいうけた彼女の靴をはいて歩き、何度も上の靴がぬげそうになるさまを見せつけたのも、その一例である（当時、女性は纏足しており、足が小さいほど珍重された）。宋恵蓮はま

盗み聞きもする大トリックスター潘金蓮

た、西門慶に向かって、潘金蓮を再婚の女だとあげつらい、せせら笑ったこともある。戦闘精神にあふれた潘金蓮がこんな宋恵蓮を許すはずもなく、目にもの見せる機会を待った。

その機会は意外に早くおとずれる。まもなく宋恵蓮の夫来旺が長期出張からもどり、料理担当の第四夫人、孫雪娥から西門慶と宋恵蓮の一件を聞かされた（冷や飯食いの孫雪娥は来旺と、これを機に深い仲になる）。孫雪娥に煽動されたせいもあり、激怒した来旺は泥酔して、西門慶と潘金蓮の武大殺しを暴露し、西門慶を痛烈に罵った。これを知った潘金蓮は、来旺を放置しておくのは危険だと判断し、西門慶に告げて彼を処分させようと図る。ところが、西門慶が宋恵蓮に確認したところ、彼女は来旺が主人の悪口など言うはずがないと強く否定し、彼が目障りなら、また遠方に出張させてほしいと哀願した。宋恵蓮は西門慶と深い仲になりながら、夫の来旺にその事実を知られることを恐れ、また、来旺の身に禍がふりかかることを案じて、必死でかばおうとしたのである。

これ以後、来旺を追いはらおうとする潘金蓮となんとかかばおうとする宋恵蓮が、西門慶を間にはげしい綱引きを演じた。このときの西門慶はだらしないことおびただしく、潘金蓮と宋恵蓮の間を行ったり来たりして、ころころ態度を変えるばかりだったが、けっきょく潘金蓮が攻め勝つ。この結果、来旺は身に覚えのない拐帯（かいたい）の罪を着せられ逮捕、拷問されたあげく、流刑に処せられてしまう。これを知った宋恵蓮は悲嘆に暮れ、自殺をはかるが未遂に終わる。西門慶がそんな宋恵蓮に執着し、腫れ物にさわるように気づかうさまを見て、潘金蓮はさらに態度を硬化させ、来旺をめぐって対立関係にある孫雪娥と宋恵蓮の双方をそそのかし、激突させた。孫雪娥と罵りあい殴りあった宋恵蓮は深い衝撃をうけ、その直後、ついに縊死するにいたる。

宋恵蓮は派手好みの見栄っ張りだったが、もろいところがあり、西門慶と来旺の二人を平然と操るような度胸はなかった。『金瓶梅』世界において、西門慶や潘金蓮が体現する「悪の論理」を前にたじろぐ、神経のもろい人間は自滅するほかない。花子虚しかり、宋恵蓮しかりである。ともあれ、『金瓶梅』世界を揺り動かす、毒性に満ちたトリックスター潘金蓮は、こうして侮りがたい宋恵蓮を翻弄して追いつめ、排除することに成功したのだった。

盛りの李瓶児、上昇する西門慶

前半ほぼ三分の一にあたる第三十回は、『金瓶梅』世界の一つの大きな節目である。

ここで、まず李瓶児が西門慶にとって最初の男児、官哥を生む。ときに政和六年（一一一六）六月二十三日（第五十九回で官哥が死亡したときの記述による）。李瓶児が西門家に入った十か月後のことだった。宋恵蓮のことなど、その死と同時にきれいさっぱり忘れ果てた西門慶は、むろん狂喜し、李瓶児のもとで夜を過ごすことが多くなる。

こうなると、おさまらないのが、潘金蓮である。官哥が生まれ、家中がわきかえったときは、悔し涙にかきくれ寝こんでしまったものの、立ち直り早く、「あん畜生め（西門慶を指す）、これからさきずっと、けつまずいて足を折り、私の部屋に入って来るな」（第三十一回）と西門慶を呪詛し、李瓶児に烈々たる敵愾心を燃やして、虎視眈々と逆襲の機会をうかがう。官哥が生まれつき刺激に弱い虚弱児だったことも、潘金蓮にとってもっけの幸いであり、冗談にまぎらせながら、いきなり高く抱きあげ、官哥にショックを与えたりしながら、じりじりと攻勢を強める。

潘金蓮のいらだちはさておき、官哥の誕生と時を同じくして、西門慶にいま一つ、朗報が飛びこんでくる。かねてより西門慶は、四悪人の筆頭で、北宋王朝の実力者蔡京に豪勢な付け届けをつづけてきた。この年も、贅を凝らした誕生祝いを届けたところ、恩にきた蔡京は西門慶に金吾衛副千戸の官職を与え、清河県提刑所の理刑（県レベルにおける裁判や処罰を担当）に任命したのである。ありていにいえば、鉄棒（かなぼう）引きの地方ボスが賄賂攻勢で県警察部長にのしあがったようなものだ。ともあれ、念願の官職を得た西門慶は文字どおり天にも昇る喜びようだった。これ以後、西門慶は中央官界から地方官界にわたり、官僚との交際に忙殺されるようになる。

長男官哥の誕生、任官に加え、李瓶児の所有する獅子街の家を改造して糸屋を開店するなど、商売のほうも順風満帆であり、新興商人西門慶の富と行動範囲は膨らみつづけた。一方、潘金蓮の焦りをよそに、李瓶児との関係性は睦まじく安定していたにもかかわらず、西門慶の女狂いもまたぶりかえす。今度の相手は、獅子街の糸屋のために、新しく雇い入れた使用人、韓道国（かんどうこく）の妻、王六児（おうろくじ）だった。

淫蕩な王六児はかねて韓道国の弟で無頼漢の韓二（かんじ）と不倫関係にあった。これに気づいた物見高い近所の不良少年どもがやっかみ半分、結託して現場に踏みこみ二人を縛りあげて、県役所に突き出し密通罪で告発しようとした。慌てた韓道国が西門慶の取り巻き、応伯爵を通じて泣きついたところ、職権を乱用し、白を黒と言いくるめることなど、お手の物の西門慶は、王六児と韓道国はお咎めなしとし、逆に手を下した若者たちを痛めつけたのだった。この醜悪な事件が、西門慶と王六児の因縁のはじまりとなる。

まもなく、西門慶のためになにかと便宜をはかってくれる蔡京の執事翟謙(てきけん)から、西門慶のもとに若い側室を世話してほしいと依頼がある。媒婆(メイポ)を使ってあれこれ物色したすえ、けっきょく西門慶は韓道国・王六児夫婦のひとり娘韓愛姐(かんあいしゃ)(十五歳)に白羽の矢を立て、開封の翟執事のもとに送りこむこととする。かくして、韓道国が娘に付き添い、開封の翟家へ向かった不在の間に、西門慶と王六児は深い仲になるのである。

自殺した宋恵蓮と同じケースだが、王六児は宋恵蓮よりはるかにしたたかだった。韓道国が旅からもどるや、王六児はなんと得意満面で西門慶とのいきさつを、洗いざらい夫に語って聞かせる。これ以後、彼らはグルになり、王六児の舌先三寸で獅子街の糸屋の近くに家を買わせるやら、ひっきりなしに無心するやら、西門慶を絶好のカモにして、たかりつづける。この下劣な欲望の塊たる王六児と色情狂の西門慶の関係は、エログロナンセンスというほかない。

こうして家の内部では李瓶児に密着し、外では王六児と乱痴気騒ぎを演じるかたわら、西門慶は理刑になった祝いに、県知事から贈られた美少年召使いの書童(しょどう)とも男色関係を結ぶなど、まさにたがのはずれた、性欲オバケというほかないありさまだった。やがて、ただでさえ化け物じみた西門慶の欲望をさらに膨張、増幅させる出来事がおこる。西門慶はたまたま出会った異相のインド僧から、百数十粒の媚薬と強精効果のある重さ二銭(約八グラム)の軟膏ひと塊をもらいうけたのである(第四十九回)。ただし、これらはいずれも劇性であり、媚薬は一回に一粒、軟膏は二厘(約一ミリグラム)が使用限度だということだった。これ以後、西門慶はこれらの薬を常用して人工的に肉体の強度を高め、無際限に快楽に溺れる日々を送るようになる。つまるところ、このインド僧の媚薬を得た時点で、彼は文字どおり「欲望器械」「性欲機械」となったのである。こうして媚薬に依存するようになったことは、西門慶の大きな転換点だったといえよう。

総じて、官哥の誕生、西門慶の任官から媚薬の獲得まで、『金瓶梅』世界の第三十回から第四十九回までは、公私ともに西門慶の絶頂期であった。商売のほうも、薬屋、質屋、糸屋の経営に加え、中央官界とのコネを生かして利潤の大きい塩の売買にも手を広げ、回船業から高利貸等々まで、あっというまに多角経営者にのしあがる。もっとも、これもまた明確かつ合理的な商業戦略による成長ではなく、行き当たりばったり僥倖にめぐまれて、イモヅル式に膨張しただけのことであり、けっして西門慶自身の積極的ですぐれた才覚によるものではないことが、注目される。

中央、地方を問わず、官界との交際もはなばなしく、官僚たちを自邸に招いて豪勢な宴会を催し、妓女や楽師を呼んで鳴り物入りで接待することもしばしばだった。宴会の料理も孫雪娥をチーフとし、自家でまかなうのが通例であり、これまた山海の珍味や美酒をこれでもか、これでもかと並べ立てた、成金趣味まるだしの凄まじい物量作戦だった。

こうした盛りだくさんのご馳走は、いわば豊かさのバロメーターであり、官僚たちの接待のみならず、西門慶はほとんど連日連夜、さまざまな形で宴会をもよおし、贅沢な食生活を誇示したのだった。次にあげるのは、西門慶が取り巻きの応伯爵に、「軽食」をふるまったさいのメニューである。

> まもなく書童（下男）が卓を出して食事のしたくにとりかかると、画童（下男）が漆塗りの四角い盆に入れた四皿のつまみを持ってきたが、どれも内も外も模様のある凝った小皿であり、一皿はおいしいナスの香料漬、一皿は各地産の甘味噌、一皿は香りのよい蜜柑の味噌漬け、一皿は紅いタケノコの粕漬だった。つづいて大きな四つの碗に入った料理が出たが、一碗は羊の頭の丸焼き、一碗は焼き家鴨の塩煮、一碗は白菜にワンタンを入れた卵スープ、一碗は山芋のダンゴだった。（第四十五回）

軽食とはいえ、なんともこってりと濃厚そうな食事である。西門慶と応伯爵はこれをお粥とともにぺろりと平らげたあと、さして間をおかず、新たに加わった二人のお客とともに、鵞鳥、家鴨、鶏、豚足などを使った料理を食べながら、酒宴をもよおすのである。気のおけない取り巻き連中との飲食でさえ、このありさまなのだから、官僚を接待するさいの宴会料理の豪勢さのほどが知れようというものだ。

西門慶のみならず、呉月娘をはじめとする夫人たちもそれぞれの思いを抱えながらも、有力者の夫人や親類の女性たちを招き、はなやかに妓女を侍らせながら、やれ誕生日だやれ祭りだと、これまたひっきりなしに宴会を開き、美酒・美食に酔いしれたのだった。

潘金蓮の逆襲、李瓶児の退場

官哥を生み、西門慶にとって特別な存在となった李瓶児に対し、潘金蓮は憤懣やるかたなく、あることないこと呉月娘に告げ口して、李瓶児に悪感情をもつように仕向けるなど、李瓶児を心身ともに痛めつけ、小刻みに攻勢を加えつづけた。また、西門慶の娘婿の陳経済との仲もなかなか進展しないままだったが、たまたま西門慶が、蔡京に誕生祝いを届けるために上京したすきに、すばやく事を運び、念願を果たしたのだった。陳経済との関係は、李瓶児に傾斜する西門慶を目のあたりにし、立つ瀬がなくなる不安をつのらせた潘金蓮が、こういうかたちで彼に報復したと見ることもできる。しかし、それよりも何よりも、潘金蓮は欲望過剰のタイプであり、この陳経済との関係もまた、抑えがたい欲望の暴発という面が強い。このように目前の対象に、計算も見通しもなく、やみくもに引きつけられる潘金蓮の習性は、最後まで変わらない。

一方、潘金蓮が暴走している間に、西門慶は豪華な贈り物が功を奏し、蔡京と面会したさい、養子分にとりたてられた。蔡京にはおそらく星の数ほど、こんな養子がいたことだろうが、それでも西門慶にとっては、対世間的に有利この上ない資格を得たことになる。

意気揚々と帰宅した西門慶はある日、呉月娘とともに李瓶児の部屋に官哥のようすを見に行く。このとき、西門慶はまだ赤ん坊の官哥に、「坊や、大きくなったらやっぱり文官になれよ。おまえのおやじみたいに武官の出身ではだめだよ。羽振りはよくても、尊敬されないからな」（第五十七回）と、言って聞かせる。コネを作り、ようやく官僚制度の端に繫がった、西門慶らしい実感のこもった言葉である。しかし、これをもれ聞いた潘金蓮は、まだ乳飲み子に何がわかるかと激怒し、ますます李瓶児と官哥に敵意を強めた。

かくして、久しく体調を崩している李瓶児と虚弱児の官哥に、精神的苦痛を与え、安眠させないために、犬を叩きのめして鳴かせるやら、自分付きの召使いの秋菊を理不尽に折檻して、悲鳴をあげさせたりするなど、潘金蓮はあの手この手で、彼らを圧迫しはじめる。さらにまた、李瓶児と官哥が猫を怖がっていたため、潘金蓮は愛猫の雪獅子（ゆきじし）に紅い絹につつんだ肉を見せては、これに飛びつかせ、紅いものを見たら飛びつくよう、ひそかに訓練をつづけた。こうして訓練された雪獅子は、ある日、李瓶児の部屋に入りこんだところ、たまたま官哥が紅い上着を着ていたために、勢いよく飛びつき引っ掻いた。虚弱児の官哥はこのショックで激しいひきつけを起こし、そのまま回復せず、ついに死んでしまう。ときに政和七年（一一一七）八月二十三日、わずか一年二か月の短い命だった。官哥を失った李瓶児は悲歎にくれて食事も喉をとおらず、みるみるうちに衰弱してゆく。

『金瓶梅』の著者は、この官哥の死に関して、潘金蓮には明確な殺意があったとし、次のように記している。

ことわざにも「きれいな花には棘があり、人の心にも毒がある」という。潘金蓮は、李瓶児が官哥を生んでからというものは、西門慶が何でも彼女の言いなりになるため、毎日、妍（けん）を競い寵を争って、内心つねに嫉妬のほむらを燃やし不平満々だった。そこで、わざとこんな陰謀をめぐらして、猫を訓練し、必ずや官哥を脅かし死なせようとしたのだ。そうすれば、李瓶児への愛を衰えさせ、西門慶をふたたび自分のものにできると思ったのだ。（第五十九回）

こうして、まず官哥を亡き者にした潘金蓮は元気溌溂、聞こえよがしに李瓶児を罵るなど、なおも攻撃の手をゆるめず、執拗に彼女を追いつめる。潘金蓮の猛攻に加え、しばしば先夫の花子虚が夢にあらわれるため、李瓶児はこれに悩まされておちおち眠ることもできず、日ごとに衰弱してゆく。潘金蓮は武大を殺したことなど、まったく気に病むことなく、あっけらかんとしたものだったが、李瓶児のほうは花子虚を死にいたらしめたことに、深い罪の意識があり、それが夢のかたちであらわれたのである。

日に日に深刻度をます李瓶児の病状を案じた西門慶が、あれこれ手を尽くしたにもかかわらず、李瓶児は下血がとまらず、呉月娘に潘金蓮にはくれぐれも警戒するように言いのこし、また、西門慶に身をつつしむように懇々と言い聞かせ、別れを惜しみながら、この世を去った。ときに政和七年（一一一七）九月十七日、享年二十七歳。官哥の死去から、まだ一か月もたっていなかった。李瓶児が西門慶と出会ったときから死にいたるまで、わずか四年たらず。この間、李瓶児は基本的に西門慶ひとすじであり、西門慶の第六夫人となり官哥を生むや、かつての魔性や毒性をすっかり失い、やさしい女に変身した。そんな彼女を特別な存在としていとおしんだ西門慶は、官哥についで彼女を失うと、手放しで歎き悲しみ、盛大な葬儀を営んで、ねんごろに供養したのだった。

さて、潘金蓮はこうして首尾よく最大のライバル李瓶児を排除することに成功した。しかし、実のところ、『金瓶梅』世界において、李瓶児の登場から退場まで、潘金蓮がしだいに不安にとらわれ、嫉妬と悪意をつのらせて、ついに官哥を死なせ、そのショックで李瓶児を衰弱死させるプロセスが、そう明確にたどられているわけではない。おりおりに挿入されるエピソードで、ときどきの潘金蓮の反応は描かれているものの、脈絡が明確でないため、官哥に殺意を抱きトリックを操作する場面も、唐突の感を免れない。

作者が、先にあげたようなコメントを付与したのも、おそらくこのままでは説得力に欠けるという自覚があったためであろう。目の前にたちふさがる敵を排除するためには、手段を選ばぬ潘金蓮の悪意の軌跡を、手加減せずにくっきりと描きだすことができていれば、『金瓶梅』世界の恐るべき華麗なトリックスター潘金蓮のイメージが、もっと鮮明に浮き彫りにされたものと思われ、この点が惜しまれる。

西門慶の退場

李瓶児の死後、西門慶は深い喪失感にとらわれ、しばしば彼女をしのんで泣いた。しかし、その喪失感の反動もあり、また、媚薬のせいもあって「欲望器械」と化した、乱行ぶりはますます激しくなった。李瓶児をしのんで、彼女の部屋の位牌の前で寝泊りしているうちに、官哥の乳母だった如意（にょい）と深い仲になったかと思うと、妓女の鄭愛月（ていあいげつ）にうつつをぬかし、また、媒婆（メイポ）の手引きで、高級官僚だった王招宣の寡婦、林太太（りんタイタイ）と情を交わしたりと、まったく応接に暇のない慌しさだった。ちなみに、王招宣家は少女時代に潘金蓮が召使いとして奉公していたところである。

西門慶の関わる女性たちは、だいたい階層の低い妓女や使用人の妻、李瓶児や潘金蓮のような接触しやすい人妻ばかりであり、深窓の夫人や令嬢は高嶺の花で、彼の範疇には入らない。しかし、林太太だけはランクの高い階層に属しているのだが、これがまた、極め付きの淫女であり、西門慶に関わる女性はどうしてこうも、上から下まで感覚の壊れた女性ばかりなのかと、暗澹とした気分にさせられてしまう。

こうして西門慶は手当たりしだいに女性に飛びつく一方、家庭内の恒常的な関係性では、やはり潘金蓮の比重がましてくる。李瓶児を排除した潘金蓮の思いどおりの展開になったわけだが、ここで潘金蓮の最後の敵として浮上してくるのが、正妻の呉月娘である。呉月娘は出入りの尼僧から懐妊薬を手に入れ、これが功を奏して、まもなく出産の身であった。

呉月娘は、李瓶児の遺言もあり、西門慶との良好な関係をかさに着て、目に余る振舞いの多い潘金蓮に対し、ついに堪忍袋の緒が切れて、「あんたは人をひとり殺したんだから、私だけが邪魔なんでしょう」（第七十五回）などと、さんざん罵倒する。潘金蓮も負けじと罵り返し、床を転がりまわって暴れ、死ぬの離縁してくれのと泣き叫び、あわや殴りあわんばかりの情勢となる。バランス感覚にすぐれた孟玉楼がとりなし、なんとかその場はおさまったものの、呉月娘と潘金蓮の間に入った亀裂は、時の経過とともにますます深くなる。潘金蓮には西門家に入った当初の呉月娘に対する気兼ねや殊勝さは、すでに跡形もなく、呉月娘に対しても、持ち前の闘争心をむきだしにし、正面から立ち向かうなど、西門家内部の人間模様もすっかり様変わりしたのである。

家内部の不協和音をよそに、西門慶は蔡京の引きで昇進し、高級官僚との交際にいっそう忙殺され、また女性関係もますます乱脈の度を深めたために、さすがに疲労困憊し、身体の不調を覚えるにいたる。そんなある夜、疲れきって潘金蓮の部屋に行ったところ、潘金蓮から一回一粒が限度の媚薬をなんと三粒も飲まされ、過度の淫欲の暴発によって、翌朝から枕もあがらぬ重症となってしまう。病勢はつのる一方であり、ついに重和(ちょうわ)元年(一一一八)一月二十一日、死去した(第七十九回)。李瓶児の死に遅れること五か月、享年三十三歳であった。けっきょく西門慶が『金瓶梅』世界に登場し退場するまでの時間は、わずか五年にすぎない。付言すれば、臨月だった呉月娘は西門慶の死去したその日に、ちょうど息子(孝哥(こうか))を産んだ。

見てのとおり、疲労困憊した西門慶の背中を押し、死にいたらしめたのは潘金蓮である。このとき、西門慶の所持する媚薬は四粒しか残っておらず、潘金蓮はその三粒を西門慶に飲ませ、最後に残った一粒は自分が飲んだ。欲望器械と化した西門慶にとっては、薬の切れ目が命の切れ目だったことになる。潘金蓮は武大、宋恵蓮、官哥、李瓶児と、自分の行く手に立ちふさがる者を次々に抹殺したあげく、とうとう彼女の立脚点を保証するパートナーたる西門慶まで死なせてしまった。そのはげしい攻撃精神は敵味方、損得利害を超えて、すべてを焼き尽くさずにはおかなかったのである。こうしたヒロイン像は、文言（ぶんげん）、白話を問わず、従来の小説のなかにけっして見られなかったものといえよう。

西門慶の死は大きな波紋を呼ぶ。機を見るに敏な取り巻きの応伯爵は、たちまち第二の西門慶ともいうべき張二官（ちょうじかん）なる人物に乗り換え、口銭をとって西門慶の夫人や使用人を張二官に斡旋しようとする。これに乗って、まず妓女上がりの第二夫人李嬌児がちゃっかり金品を持ち出したうえで、張二官の第二夫人におさまった。使用人も火事場泥棒よろしく、使用人の韓道国が布地の売却代金千両を着服し、妻の王六児ともども首都開封の娘（蔡京の執事翟謙の側室となった韓愛姐（かんあいしゃ））のもとに逃げこんだのを手始めに、店の金を着服する者、逃げ出す者があいつぐ。利益を求めて群がった者たちは、利益が見こめなくなるや、クモの子を散らすように去ってゆくのだ。こうして根底のないまま増殖しつづけた西門慶の多角経営は破綻し、呉月娘は西門慶の遺言をうけて、屋敷の門前にある質屋と薬屋だけを残して、他の店をすべてたたみ、生活の引き締めにかかる。

潘金蓮の退場

西門慶が死んだのは、『金瓶梅』第七十九回である。この後、第八十回から最終回の第百回までのつごう二十回は、主要登場人物のその後の姿を描写し、『金瓶梅』世界は終幕を迎える。

ことあるごとに、『金瓶梅』世界を騒がせてきたトリックスター潘金蓮は、西門慶が死んだとたん、嬉々として娘婿の陳経済と戯れ、お気に入りの召使い春梅を巻きこんで、乱痴気騒ぎを繰り広げる。彼らのスキャンダラスな関係に長らく気づかなかった呉月娘に告げ口し、真相を暴露したのは、潘金蓮がいつもうっぷん晴らしに折檻していた召使いの秋菊だった。潘金蓮はこういうかたちで、秋菊に報復されたのである。『金瓶梅』の作者は、早い時点からおりおりに潘金蓮の秋菊虐待の描写を挿入して伏線を張るなど、まことに巧みな語り口で物語を展開させている。いずれにせよ、この事件が潘金蓮凋落の契機となった。

かねて潘金蓮に含むところのあった呉月娘は、このスキャンダルを機に、まず潘金蓮と一心同体の春梅を身一つで追放し、媒婆(メイポ)の薛嫂(せつそう)に引き渡して売りに出す。別れにさいし、潘金蓮が涙にくれたのとは対照的に、春梅は涙ひとつこぼさず、逆に潘金蓮を慰めると、ふりかえりもせず、西門家の門を出て行った。まことにふてぶてしくも気丈な態度である。春梅は『金瓶梅』のタイトルに織りこまれるほど、重要なキャラクターなのだが、ここまでの展開では、毒食らわば皿まで、西門慶や陳経済と結びつくことも辞さない、潘金蓮のまたとない伴走者として描かれているだけで、『金瓶梅』世界における役割がいま一つ明確でないきらいがある。実のところ、春梅の存在が比重をますのは、『金瓶梅』の終幕段階であり、幕引き役として鮮烈にして悲惨な輝きを放つ(後述)。

それはさておき、春梅が追放されたあと、陳経済も呉月娘を怒らせて、大騒動のあげく追い出され、まもなく潘金蓮自身も呉月娘の命令でかの王婆に引き渡され、売りに出される。さらに、呉月娘は潘金蓮が他家へかたづくさいに受けとる結納金(身代金)を、これまでの代償として自分に渡すようにと、王婆にきびしく申しつける。西門家の主は今や正妻の呉月娘であり、醜聞をおこした弱みのある潘金蓮にもはや抵抗の余地はない。

しかし、王婆の家に引き取られた潘金蓮は、次なる嫁ぎ先（買い手）がきまるのを待つ間に、早くも王婆の息子王潮と深い仲になるなど、この期に及んでも、あいかわらずの無軌道ぶりだった。そうこうするうち、事のしだいを知った陳経済があらわれ、潘金蓮を引き取るべく王婆と交渉し、その言い値の百十両（呉月娘に渡す結納金百両に王婆の手数料十両を加えた額。むろん大幅にサバを読んだ金額である）を工面するために、開封の両親のもとへと向かう。

陳経済が旅立ったあと、潘金蓮の年貢の納め時がくる。武大の弟、かの豪傑武松が恩赦で無罪放免となり、清河県に帰還したのである。武松は潘金蓮の消息を知るや、復讐する決意を固め、周到な計画を立てる。武松はまず王婆に潘金蓮との縁組を申し入れ、たまたま持ち合わせていた言い値の結納金百両と手数料五両を支払って、王婆をゆだんさせた。強欲な王婆にしてみれば、いつもどってくるかわからない陳経済を待つより、目の前の現金が大事という計算だったのだ。潘金蓮もまた愚かしくも、「私はやっぱりこの人と結婚する運命にあったのだわ」と、すぐその気になる能天気ぶりだった。

婚礼の当日、花嫁姿であらわれた潘金蓮と彼女に付き添う王婆を、武松はたちまち血祭りにあげ、首を斬り落として、凄惨な復讐を遂げた。かくて、武松は家捜しして王婆に渡した百五両のうち残っていた八十五両（二十両は結納金だと称して呉月娘に渡したもの。王婆はこの残った八十五両をそっくりいただこうとしていたのだ）を奪い返し、後をも見ずに逃亡し、やがて梁山泊に入る。

『水滸伝』から西門慶と潘金蓮のエピソードをとりだし、彼らを生きのびさせることで開幕した『金瓶梅』の物語世界は、こうしてふたたび『水滸伝』世界に回収されたのである。潘金蓮の死を描く『金瓶梅』第八十七回では、潘金蓮の享年は三十二歳だったと記す。潘金蓮は西門慶と出会った時点で二十五歳だったとされるから、わずか七年しかたっていないことになる。

この間、西門慶は商売や官職の獲得に、はたまた女性関係において、次々に触手を伸ばし、膨張と増殖を繰り返したあげく、欲望器械と化し、ついに潘金蓮に葬り去られた。かたや、潘金蓮は、みずからのよって立つ基盤たる、西門慶との関係に障害となる存在に次々と攻撃を加え抹殺した果てに、ついに西門慶を滅ぼして、みずからの基盤そのものを失い、破滅するにいたる。物語構造からみれば、『金瓶梅』世界の中心に位置し、欲望のまにまに多くの人物と関係する西門慶に対して、潘金蓮はことあるごとに異議を申し立て、はげしく物語世界を攪乱するトリックスターの役割を担いつづけたことになる。この大トリックスター潘金蓮の破壊力は根底的であり、中心人物西門慶を滅ぼし、さらにはみずからを破壊するまでやまなかったのである。

ただ、『金瓶梅』世界における潘金蓮像は、終始一貫、こうしたみずからの行為に無自覚的であり、したがってそこには、まったく内的葛藤もみられない。無自覚かつ無葛藤だという点では、中心人物西門慶も同様である。このために、西門慶にも潘金蓮にも、人間存在の限界性をはるかに超越した、一種、「超人」的なイメージがつきまとう。『水滸伝』の物語世界では、権力欲、金銭欲、性欲等々、人間のもろもろの欲望をすっぱり断ち切った梁山泊軍団の豪傑たちが、社会悪に立ち向かう姿が爽快に描かれている。これは、プラスイメージの超人たちの力の爆発、エネルギーの燃焼を描いた一種の「神話」にほかならない。だとすれば、これを裏返し、豪傑たちが捨象した、もろもろの醜悪な欲望のブラックホールを暴いてみせた『金瓶梅』世界は、西門慶や潘金蓮のような欲望の化身が、マイナスイメージの超人として出没する、一種の「暗黒神話」だといえよう。

西門慶、潘金蓮と主要人物を退場させたあと、『金瓶梅』の著者は、残された者たちのその後の生の軌跡を、みじんの感傷もない酷薄な筆致でたどり、この「暗黒神話」を完結させる。

『金瓶梅』世界の閉幕

『金瓶梅』世界の最終段階（第八十八回から第百回まで）は、潘金蓮の腹心だった春梅と西門慶の娘婿、陳経済を中心に展開される。

呉月娘に追い出された春梅はやがて高級官僚の周守備（しゅうしゅび）に転売された。きれいで利発な彼女は周守備に愛され、まもなく第二夫人となった。守備の正妻は仏教に帰依し、俗事に無関心だったため、家の中のことは、すべて春梅の思いのままであった。そんなとき、春梅は潘金蓮が呉月娘に追い出されて、王婆の家にいることを知り、守備に泣きついて王婆に身代金を払い、潘金蓮を周家に迎えようとする。しかし、時すでに遅く、身代金を持った守備の使者が王婆のもとに到着したとき、潘金蓮は殺害されたあとだった。春梅は潘金蓮の亡骸を引き取り、周家の菩提寺の永福寺の一隅に手厚く埋葬したのだった。その後、春梅は身ごもり、周守備にとって最初の男の子を生み、半年後、正妻が病没したため、堂々と正夫人となり、何不足のない豊かな生活を送る。こうして春梅は、あっというまに西門家の召使いから、権勢をふるう高級官僚の正夫人へと上昇したのである。『金瓶梅』第八十九回に、清明節（陰暦の春分から十五日め、陽暦では四月五、六日ごろ）に、呉月娘、孟玉楼ら、西門家の人々が、西門慶の墓参りをすませたあと、春景色を楽しみながら散策するうち、たまたま永福寺に立ち寄り、潘金蓮の墓参に来た春梅とばったり出くわす場面がある。このとき、春梅はまだ懐妊中の第二夫人だったが、以下にあげるような、華麗な変身ぶりに、呉月娘らは仰天するばかりだった。

（呉月娘や孟玉楼らが僧房の簾のかげからのぞき見たところ）轎から出てきたのはやっぱり春梅だった。以前よりずっと背丈がのび、顔は満月のようであり、念入りに化粧し、頭に冠をのせ、真珠や翡翠をちりばめた鳳釵をなかばたらし、模様入りの真紅の上着に、青緑色の地に金を散らした幅広のスカート、歩めばチリンチリンとなる佩玉をつけている。まったく以前とはうってかわった姿かっこうだった。

やがて正夫人となり、ますます安定した春梅は、気持ちも大らかになり、呉月娘の経営する質屋に問題がおこって裁判沙汰になり、窮状に陥ったとき、夫の周守備に頼んで、

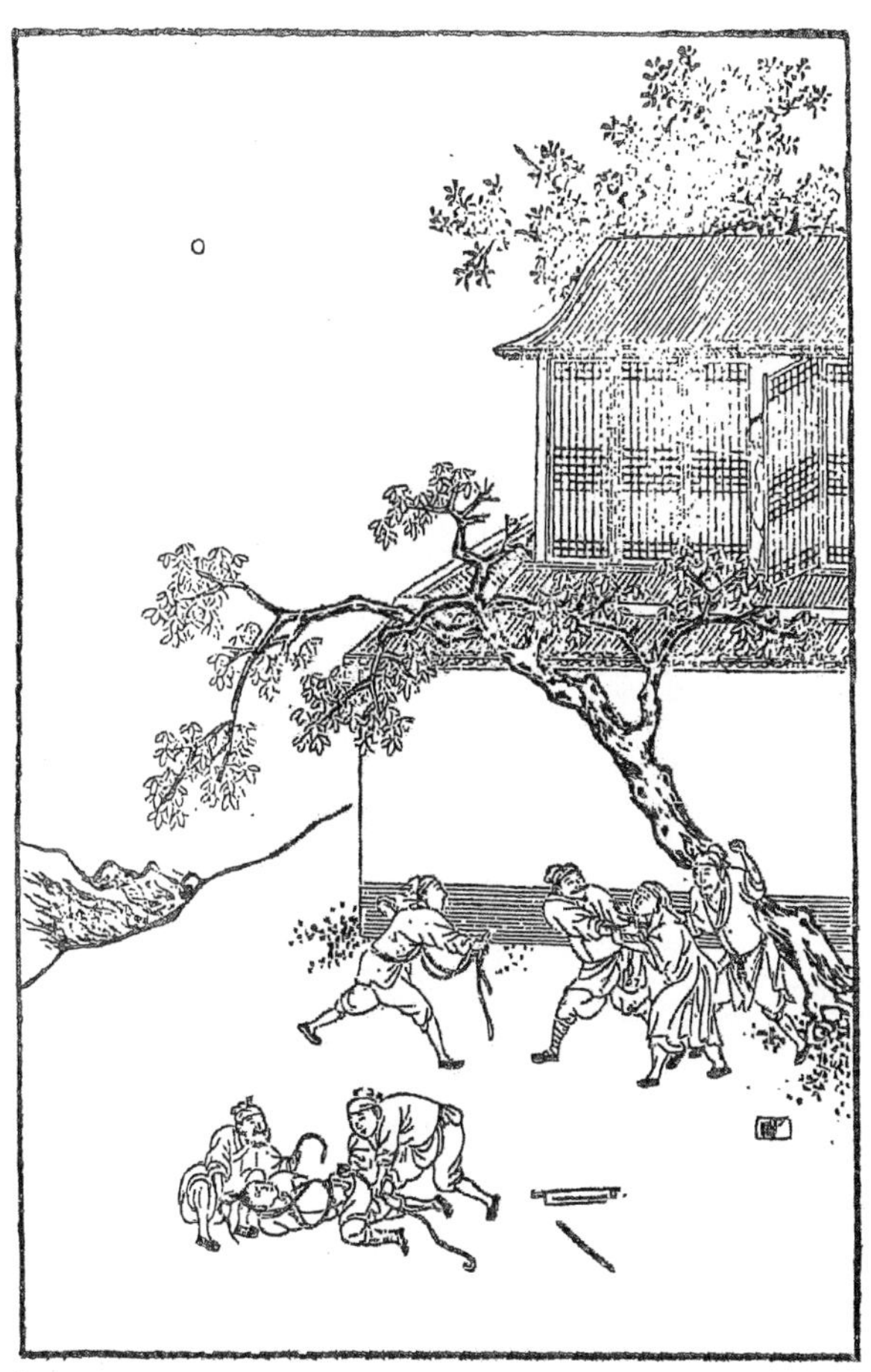

終盤の中心人物陳経済が第九十二回では罠にはめられる

呉月娘のために便宜をはかった。恩にきた呉月娘は春梅を西門家に招き、お礼の宴を催す。大家の奥方らしく大勢のお供を従え、美々しく着飾って、悠然とあらわれた春梅は、かつての李瓶児や潘金蓮の住まいの跡を見て歩く。彼女の目に映った光景は、庭も築山も荒れ放題、李瓶児のいた部屋には壊れた椅子やテーブルが転がっているだけ、潘金蓮の部屋もがらんどうという、蕭条たるものだった。まさに夢のあとである。

これは第九十六回に描かれた場面だが、こうしてみると、『金瓶梅』世界における春梅には、西門慶や潘金蓮の退場後、『金瓶梅』の舞台たる西門家の衰亡を見とどける証人としての位置づけ、役割が付与されていることがわかる。

春梅が西門家を訪れたとき、呉月娘以外の夫人は、すでに誰もいなかった。李嬌児が鞍替えし、潘金蓮が追放されたあと、しばし残っていたのは第三夫人の孟玉楼と、第四夫人の孫雪娥だった。このうち、孟玉楼は先にあげた清明節の日に、県知事の息子李衙内(りがだい)に見初められて、正式に嫁ぎ、すでに新たな生活に入っていた。しかし、性格的にねじれたところのある孫雪娥は惨憺たるありさまだった。孫雪娥は宋恵蓮の夫であった来旺と再会してよりをもどし、金品を持ち出して駆け落ちしようとしたところを逮捕され、来旺は流刑、孫雪娥は官売の憂き目にあう。この情報を得た春梅は故意に孫雪娥を買い入れて、料理女としてこき使い、長年のうっぷんを晴らしたのだった。

実は、優雅な貴夫人として呉月娘の招きに応じた春梅自身も、何かと因縁の深い陳経済の行方がつかめないため、内心、はげしく動揺していた。ちなみに、春梅は、呉月娘に救いの手をさしのべるよりさきに、落魄した陳経済を救うために、彼の正体を知る孫雪娥に難癖をつけ虐待を加えて家から追い出し、売りに出した。この結果、孫雪娥は女衒の手に落ち、とうとう女郎にまで身を落とす羽目になった。呉月娘には大らかなところを見せる春梅も、恨みのある孫雪娥には徹底的に残酷だったのだ。孫雪娥の存在は、この後も春梅と陳経済に絡み、彼らの行く手に禍の影を投げかける。

不穏な要素を抱えながら、春梅が表面的には順風満帆、豊かな生活を享受しつづけたのとは対照的に、陳経済は転落の一途をたどった。西門家を追い出されたあと、潘金蓮の身代金を調達すべく、開封の両親のもとへ向かったところ、すでに父は死去していた。もともと資産家のことゆえ、難なく金を引き出して王婆のもとへ取ってかえしたところ、すでに潘金蓮は殺害されており、後の祭りだった。

その後、陳経済は清河県の自家で、開封から移り住んだ母、および呉月娘から言い含められた妻の西門大姐とともに暮らしはじめた。生計を立てるため、母を脅迫して資金を出させ、綿布屋を開くが、遊び癖が身につき、真剣にやる気がないため、うまくゆかない。局面を打開すべく、また母から大枚五百両をむしり取り、綿布の仕入れに向かうが、途中で繁華な港町、臨清（山東省西部）の遊郭の女郎、馮金宝に入れあげ身請けするなど、遊びほうけて、仕入れなど忘れはて、すってんてんになってしまう。

その後、だらしのない息子に腹を立てた母が憤死したのち、陳経済は千両の遺産を手に入れるが、たまたま手元にあった簪をネタに孟玉楼をゆすろうなどと妙な考えをおこしたために、逆に李衙内・孟玉楼夫妻に訴えられ、逮捕・拘留される。ようやく釈放されたときには、遺産をつぎこんで仕入れた絹織物は、根こそぎやくざ者の相棒、楊大郎に持ち逃げされていた。これを知った妻の西門大姐は陳経済をこっぴどく罵り、大喧嘩のあげく、首をくくって死んでしまう。陳経済と西門大姐はずっと不仲であり、女郎の馮金宝が同居してからは、なおのことイザコザが絶えず、ついに最悪の事態にいたったのである。

呉月娘は激怒して、陳経済と馮金宝を虐待罪で告発し、逮捕された陳経済は死刑の判決を受ける。慌てた陳経済は必死で百両を工面し、これを県知事につかませて辛くも死罪を免れ、無罪放免となる。馮金宝はこのとき棒刑に処せられ、もとの廓に強制送還された。

これ以後、陳経済は転がる石のように身を持ち崩した。家も売り、住むところもなくなった彼は乞食小屋にもぐりこんで、乞食の頭目の男色の相手までし、物乞いをして日々を送るようになる。そんな彼をみかねた父の旧友が手をさしのべ、臨清の道観（道教寺院）に送りこみ、身の立つようにはかってくれる。道士となった陳経済は、またまた兄弟子の男色の相手をつとめて、その口ききで道観の商売にたずさわるようになる。少しゆとりができると、また悪い癖が出て、遊郭に出入りするうち、事件に巻きこまれ、またまた逮捕されてしまう。三度目の逮捕である。

このとき、周守備の正夫人となった春梅が事情を知り、陳経済を母方の従弟（春梅のほうが一つ年上）だと称して、守備に頼みこみ釈放させる。しかし、守備の屋敷には召使いとして孫雪娥がおり、すぐ陳経済を家に連れてくるわけにはいかない。そこで先述したとおり、孫雪娥を追い出す工作をしている間に、陳経済の行方がわからなくなったのである。

実は、春梅の消息を知らされないまま釈放された陳経済は、清河県に舞いもどり、しばらく乞食暮らしをつづけた。そのうち、土木作業員の頭目（かつての男色相手）とめぐりあい、この男と同居しながら寺の工事に従事するようになる。このとき、春梅に懇願された周守備の命を受け、陳経済の行方を捜していた守備の部下、張勝が陳経済を発見、守備の屋敷に連れて行ったのだった。これを機に、陳経済はどん底暮らしから浮かびあがり、守備屋敷に住みこんで、事務を担当するようになる。

付言すれば、貴公子が女性問題によって躓き、乞食にまで身を落とすというストーリー展開は、唐代伝奇の「李娃伝」に見られるものである。しかし、乞食になったばかりか、落ちぶれ果てたすえに、男色を身すぎ世すぎの手段にするなどという話柄は前代未聞であり、「李娃伝」のパロディーというほかない。『金瓶梅』の作者のきわどいブラックユーモアというべきであろう。

それはさておき、陳経済と春梅はもともと深い仲であり、二人がよりをもどすのに、時間はかからなかった。そうとは知らず、陳経済を春梅の従弟だと思いこんだ周守備の好意で、陳経済はやがて裕福な呉服屋の娘と結婚した。結婚後も夫婦で守備屋敷に住み、従来どおり事務処理にあたる一方、絹織物の持ち逃げ犯、楊大郎から弁償金をとり、臨清で大きな酒楼を経営するなど、陳経済は一転して上昇気流に乗る。

このころ、開封に政変がおこったため、西門慶の死後、売上金を持ち逃げした韓道国・王六児夫婦と蔡京の執事、翟謙の側室だった娘の韓愛姐の三人が、臨清まで逃げて来る。ここで、彼らは酒楼経営者の陳経済とめぐりあい、陳経済と韓愛姐はたちまち深い仲になる。陳経済も西門慶そこのけ、春梅、新妻に加えて韓愛姐にまで手をのばすとは、なんとも忙しいかぎりである。もっとも、韓愛姐自身はほんの短い間柄だったにもかかわらず、陳経済にすべてを賭け、彼の死後も再婚を拒否して尼になるなど、あくまでも陳経済を思いつづけて生きたのだった。

さて、韓愛姐と出会ってまもなく、陳経済の命運が尽きるときがくる。その原因になったのは、今は臨清の女郎に身を落とした孫雪娥だった。孫雪娥はひょんなことから周守備の配下、張勝と深い仲になった。おりしも、陳経済は張勝の親類にあたる臨清のヤクザ者の排除をはかり、ひそかにこの男を支える張勝の身辺調査をしたところ、孫雪娥の存在が浮かんでくる。これをネタにまず張勝を追放するにかぎると考えた陳経済は、さっそく孫雪娥を毛嫌いする春梅に告げ口した。ところが、なんとその一部始終を張勝に立ち聞きされ、逆上した張勝は匕首で陳経済を刺し殺してしまうのである。ちなみに、春梅は張勝が匕首を取りに行ったすきに、偶然、その場から立ち去り、無事だった。

けっきょく張勝はその場で捕縛され、怒った周守備の手で棒殺された。また、累をこうむり逮捕されることを恐れた孫雪娥も首をつって死んだ。西門家にいたときから陰険な性格で嫌われ者だったとはいえ、孫雪娥の後半生は不運の連続であり、悲惨というほかない。

陳経済が刺殺されたのは、『金瓶梅』世界の終幕に近い第九十九回である。西門慶の死後、潘金蓮との密通事件がもとで、呉月娘に追い出されてこのかた、陳経済は見てのとおり、はげしい転変を繰り返した。ここに浮き彫りにされるのは、怠惰で淫蕩で狡猾で強欲な、典型的小悪人の支離滅裂、なんとも救いようのない姿である。西門慶を小型にしたような、この欲望まみれの陳経済を最終段階のトリックスターとして位置づけ、彼に救いのない地獄めぐりをさせることによって、物語世界終幕の合図としたところに、『金瓶梅』の作者の深いニヒリズムがうかがえる。

物語時間において、陳経済が二十七歳で死んだのは、北宋末の靖康(せいこう)元年（一一二六）、女真族の金軍の侵攻によって混乱が深まり、徽宗(きそう)が退位し欽宗(きんそう)が即位した年にあたる。昇進を重ねた周守備は金軍の猛攻をくいとめるべく、翌靖康二年、山東軍の総司令官として軍勢を率いて出撃したものの、あえなく戦死してしまう。その死後、すでに六歳になっていた春梅の生んだ長男金哥(きんか)が朝廷から正式に後継者として認定される。

周守備の正夫人にして後継者の実母たる春梅は、周家の実力者として悠然と君臨できる強い立場にあった。にもかかわらず、春梅は、周守備の在世中から、まず陳経済、陳経済の死後は使用人の美少年周義と深い関係になり、守備の死後は、ますます放縦となって周義との関係に溺れたあげく、結核にかかって吐血、ついに絶命するにいたる。ときに二十九歳。陳経済の死後、わずか一年のことだった。呉月娘に招かれて西門家を訪れ、夢のあとを確認する役割を果たすや、春梅は、欲望の化身として生き破滅した西門慶、潘金蓮、そして陳経済のあとを追って自己破滅し、みずから欲望の渦巻く暗黒神話の枠のなかに入っていったのである。

色に狂ったあげく、血を吐いて息絶える春梅の凄惨な最期をもって、『金瓶梅』世界は基本的に幕を下ろす。過剰エネルギーをなんのビジョンもなく暴発させ、欲望に焼かれて身を滅ぼした者たちの姿を、仮借なく描きだした『金瓶梅』世界には、何の救いもない。盛り場育ちの講釈から生まれた超人的な英雄・豪傑の物語たる『三国志演義』や『水滸伝』のベクトルを転換させ、長篇小説に新たな地平を開いた『金瓶梅』は先行作品の『水滸伝』を裏返し、もう一つの暗黒神話を築くことに終始した。これを踏み台としながら、新たな神話的枠組みを設け、精緻な物語世界を構築したのは、次にとりあげる『紅楼夢』である。

最後に、細部にこだわり、懇切に登場人物の「それから」を書きとどめた『金瓶梅』の作者は、西門慶の正妻呉月娘のその後についても、ぬかりなくこう記している。呉月娘の生んだ、西門家の跡取り息子孝哥は、北宋末の戦乱の渦中で迫られて出家し、かねて因縁のある僧侶の弟子となって行方不明となったため、呉月娘は使用人夫婦を養子にして薬屋をつづけ、平穏な生涯を送った、と。読者にわずかな安堵を与えるための結末だが、『金瓶梅』世界の発散する猛毒、救いのなさは、これによって解消されるどころか、いっそう強まるばかりだというほかない。

第五章

情——『紅楼夢』

男女のエロス的な関係性を大胆かつ露骨に描き、中国白話長篇小説に新たな地平を開いた『金瓶梅』が著されてから約百五十年後、これを踏み台としながら、はるかな高みを志向し、比類なく精緻な物語世界を構築した大長篇小説が出現した。十八世紀中頃の清代中期、曹雪芹（そうせっきん）（?—一七六三）によって著された、中国白話小説の金字塔『紅楼夢（こうろうむ）』である。『紅楼夢』の物語世界は、新興商人西門慶を中心人物にすえ、ギラギラした成金趣味におおわれた『金瓶梅』のそれとは截然と異なり、精神的にも物質的にも極度に洗練された、レベルの高い「大貴族」、賈（か）家を舞台として繰り広げられる。

『紅楼夢』の作者曹雪芹は、この「大貴族」賈家さながらの家系の出身だった。その先祖は、清王朝を立てた満州族が、中国本土をめざして南下を開始した当初に降伏し、「包衣（ポーイ）（満州語で奴隷の意）」として清政権に組みこまれた漢民族の一員である。「包衣」は皇帝にとっては奴隷だが、対社会的には皇帝の腹心として力をふるい、その地位はきわめて高かった。

とりわけ曹家は、曹雪芹の曾祖母が清王朝の第四代皇帝、康熙帝（一六六一―一七二二在位）の乳母だったため、破格の厚遇をうけた。曾祖父の曹璽が江南の絹織物生産を統括する「江寧織造」に任命されたのをかわきりに、三代四人が五十年にわたりこのポストを世襲したのである。南京を本拠とする「江寧織造」は、反清感情の強い江南の情報を把握し、皇帝に報告する特殊な任務をも担っていた。皇帝と直結するこの重要なポストを世襲したことは、曹家にはかりしれない富と力をもたらした。

曹雪芹の祖父曹寅（一六五八―一七一二）の時代、曹家は極盛期をむかえる。曹寅は「江寧織造」にあわせ、莫大な利を生む江南の塩業を総括する「両淮巡塩監察御史」を兼務して、途方もない財を築き、江南に行幸した康熙帝を四度も南京の自邸に迎えて、盛大に歓待した。また、教養の高い曹寅は文化的パトロンとしても屈指の存在であり、康熙帝の命をうけて、四万八千九百余首の唐詩をおさめた『全唐詩』、音韻別に分類した大辞書『佩文韻府』の編纂・刊行の総責任者となったほか、みずから資金を提供して、続々と大部の書籍を編纂・刊行した。

この偉大なる曹寅が死去した十年後、最大の庇護者だった康熙帝がこの世を去り、息子の雍正帝（一七二二―一七三五在位）が即位するや、曹家の命運はいっきょに明から暗に切り替わる。厳格な引き締め政策を断行した雍正帝は、雍正五年（一七二七）、公金使いこみのかどで曹寅の後継者らを摘発、全財産を没収したのである。かくして、一朝にして曹家は完全に没落してしまう。

幼かった曹雪芹も華麗な生活から、いっきょに貧窮のどん底に突き落とされた。以後、彼は無位無官の貧しい暮らしをつづけながら、『紅楼夢』を書くことに没頭した。一場の夢と消え去った賈家の繁栄から没落の過程を、文学的幻想世界でたどり直すことに、生涯を賭けたのである。しかし、骨身を削って推敲に推敲を重ね、書き直しを続行するうち、疲労困憊して病死し、『紅楼夢』はついに未完のまま終わった。現行の『紅楼夢』百二十回のうち、曹雪芹の手になるのは第八十回までであり、後四十回は、曹雪芹の構想をもとに、高鶚（こうがく）が執筆したとみなされている。

もっとも、曹雪芹の構想をもとにしたとされるわりには、高鶚の手になる後四十回は、第八十回までの展開と矛盾や齟齬をきたしている箇所も多く、やはりこの部分は別人による「続作」とみなしたほうが妥当である。したがって、本稿では曹雪芹の手になる第八十回までを、主たる対象としてとりあげることとする。また、胡適（こてき）の『紅楼夢考証』以来、『紅楼夢』を曹雪芹の自伝だとする説が流布し、作品と作者を重ね合わせて論じる向きも多い。しかし、たしかに曹雪芹自身の体験を踏まえて著されているとはいえ、『紅楼夢』の物語世界は、あくまで明晰な方法意識によって組み立てられた文学的幻想世界にほかならず、作者の伝記的事実と短絡させてみても、ほとんど意味がないと思われる。

『紅楼夢』には種々の系統の写本があるが、ここでは、もっとも原型に近いとされる、いわゆる「庚辰本（曹雪芹の親類と目される脂硯斎がコメントをつけた『脂硯斎重評石頭記』）」を底本とし、後四十回を付したテキストにもとづいて話をすすめてゆきたいと思う。

『紅楼夢』世界の構造

『紅楼夢』世界には、あらかじめ神話的な枠組みがほどこされている。天上世界に警幻仙姑という女神がおさめる「太虚幻境」なる夢幻境があった。あるとき、仙姑に仕える神瑛侍者が煩悩のとりことなり、下界に降りたいという気をおこす。すると、かつて侍者が甘露をそそいでくれたおかげで延命し、仙女に変身した神秘な植物、絳珠草も侍者とともに下界に降りたいと言いだす。ともに下界に降りて、侍者がそそいでくれた甘露にみあうだけの涙を流し、恩返しをしたいというのである。警幻仙姑は両者の願いを聞き入れ、他の仙女ともども下界へ降下させることとする（第一回）。かくして、神瑛侍者は太虚幻境の住人である証の「通霊宝玉」を口に含んで、賈家の貴公子、賈宝玉として生まれ変わり、絳珠草がその従妹の林黛玉になったのをはじめ、他の仙女たちもそれぞれ賈家につながる存在として生まれ変わったというものである。

こうした神話的な枠組みを設定したうえで、『紅楼夢』の物語世界は、天上世界から降下した、霊妙な少年少女の生活舞台となる賈家に焦点をしぼる。時代も場所も明記されないが（いちおう長安とされる）、ここで賈家は開国の元勲の子孫だとされる。賈家の一族は始祖賈演（寧国公）の子孫で、四代目の賈珍（物語のはじまる時点で、三代目にあたる賈珍の父、賈敬は存命しているが、すでに隠居して神仙術に凝っている）を当主とする「寧国府」と、賈演の弟賈源（栄国公）の子孫で、三代目の賈赦を当主とする「栄国府」とに分かれている。両家の壮麗な屋敷は隣接しており、ひんぱんな往来があるが、『紅楼夢』世界は主として後者「栄国府」を舞台として展開される。

賈家のグレート・マザー

寧国府と栄国府をあわせて、数十人にのぼる賈一族、および数百人の使用人の頂点に立つのは、もっとも上の世代に属する、栄国府の当主賈赦の母賈母（史太君）である。賈母の権力には絶大なものがあり、母の力、祖母の力をもって、一族の男たちを圧倒する。『紅楼夢』の中心人物賈宝玉は、賈母の二男賈政の息子であり、最愛の孫だった。

賈宝玉は容貌も頭脳もすぐれた少年だが、はなはだ風変わりなところがあった。徹底した少女崇拝者だったのである。「女の子は水でできた身体だけど、男は泥でできた身体だ。ぼくは女の子を見ると、すっきりするけど、男を見ると汚くて臭くてぞっとする」（第二回）と公言し、「金陵十二釵（賈家の本籍地、金陵〔南京〕出身の十二人の美女。林黛玉、薛宝釵、史湘雲、賈元春、賈探春、賈迎春、賈惜春、王熙鳳、李紈、賈大〔巧〕姐、秦可卿、妙玉を指す）」と呼ばれる美しい姉妹や従姉妹たち、さらには侍女たちと遊び戯れ、士大夫にとって必須の教養である、儒教原理の精髄「四書五経」になど、目もくれない。

謹厳な父の賈政はそんな柔弱な賈宝玉にいらだち、その性根を叩きなおそうと、いつも辛くあたった。だから、賈宝玉が母の王夫人（賈政の正夫人）付きの侍女と問題をおこしたと、賈環（宝玉の異母弟）にふきこまれたときなど、腹立ちのあまり、宝玉を息たえだえになるまでぶちのめした（第三十三回）。このとき、宝玉を溺愛する賈母は逆上して賈政をきびしく叱責し、果ては宝玉を連れて金陵に帰ると息まき、慌てた賈政がどんなに詫びても許さなかった。

賈宝玉の庇護者賈母はまた、病的なまでに鋭い感性をもつ孫娘林黛玉の強力な庇護者でもあった。林黛玉は、賈母の娘賈敏（賈赦、賈政の妹）のひとり娘だが、幼くして母の賈敏がこの世を去ったため、父の林如海（巡塩御史として揚州に在任）のはからいで、祖母の賈母のもとに送りとどけられた（林如海もその後まもなく死去）。次にあげるのは、林黛玉がはじめて賈母の住む栄国府に姿を現したときの描写である。

> 人々は林黛玉がまだ小さいのに、立ち居振る舞いや話しかたに俗っぽさがなく、身体つきや顔つきは風にもたえられそうにないほど弱々しいのに、身のこなしがおのずとすっきりと垢ぬけしているのを見て、すぐ彼女が腺病質であることがわかった。
> （第三回）

賈母は、見るからに薄幸そうなこの孫娘林黛玉をいとおしみ、幼いうちは、宝玉とともに起居させて、あふれるような愛情をそそいだ。一方、賈宝玉と林黛玉は初対面のとき、おたがいに「どこかで会ったことがあるような」と既視感にとらわれる。これはむろん、前世の太虚幻境における神瑛侍者と絳珠草としての関係性を示唆する設定である。深い縁の糸に結ばれた彼らはときとして、はげしく衝突しながらも、しだいに相手に対する思いを深めてゆく。

ちなみに、賈母は林黛玉のみならず、一族の娘から侍女にいたるまで、少女たちの頼もしい庇護者でもあった。たとえば、好色な賈母の長男賈赦が、賈母付きの侍女鴛鴦を側室にしようと画策し、これを嫌った鴛鴦が賈母に直訴したことがある。このとき、賈母は激怒して、邢夫人(賈赦の正夫人)を痛烈に罵倒し、ただちにとりやめさせたのだった。

このように大いなる力を発揮し、立場の弱い少年や少女を敢然と庇護する賈母は、まさしく賈家の大地母神、グレート・マザーにほかならない。グレート・マザー賈母を頂点とする『紅楼夢』世界の構造は、世代の上の者を尊重し、祖母や母の意向を重視する伝統中国の慣習を巧みに逆用したものである。賈家の内部を舞台とする『紅楼夢』の物語世界において、男性はいたって影がうすく、女性、とりわけ未婚の少女たちが溌剌とした輝きを放っている。この文学的逆転の大きなポイントは、こうした賈母の存在にあるといえよう。

賈母はここぞというときに怒りを爆発させ、一族の男たちをぐうの音も出ないほどやりこめることを辞さない反面、一族の女性を集め、芝居や宴会ににぎやかに遊び興じることも大いに好んだ。そんなときの賈母には、明朗闊達な少女を思わせるものがあった。もともと賈母は金陵の四大家（賈、史、薛、王）の一つ、史家の出身だが、少女時代ははねっかえりのお転婆娘だった。あるとき、賈家の奥方や少女たちがうちそろって、邸内を流れる川のほとりの亭（あずまや）で宴会をもよおしたさい、賈母は少女時代を回想してこう語っている。

「私が子供のころ、実家にもこんな亭がありました。『枕霞閣（ちんかかく）』といったかしら。私はそのころちょうどこの子たち（賈家の少女たちを指す）と同じくらいの年ごろで、毎日、妹たちと遊びに行っていました。ところがある日、なんと足をすべらせて池に落ち、溺れ死にしそうになったところを、ようやく助けられはしたけれど、杭にぶつかって頭に怪我をしてしまいました。今も鬢（びん）の付け根に指先くらいの穴があいているのは、そのときの傷痕なんですよ。水をくぐったし、おまけに風邪もひきこ

んだから、みんなとても生きられないと思ったようだけど、なんとすっかりよくなったんですからね」。（第三十八回）

いかめしいグレート・マザーであると同時に、活発な少女の躍動する精神を失わずにいたからこそ、賈母は少女たちのまたとない理解者にして庇護者でありえたといえよう。『紅楼夢』世界には、賈母の庶民版ともいうべき、劉姥姥（りゅうラオラオ）という老女が登場する。初登場は『紅楼夢』世界の開幕まもない第六回である。劉姥姥の娘婿、王狗児（おうくじ）の祖父はかつて役人だったことがあり、同姓のよしみで王夫人や王熙鳳（おうきほう）（王夫人の姪。賈母の長男賈赦の息子、賈璉（かれん）の妻）の実家、王家の親戚筋に加えてもらったといういきさつがあった。時うつり代かわり、孫の王狗児は都の郊外で農業に従事していたが、ある年、生活に窮してにっちもさっちもゆかなくなる。見かねた姑の劉姥姥は、賈家の栄国府を訪れ、ゆかりのある王夫人に援助を乞うことを思いつく。

孫の板児（はんじ）を連れ栄国府を訪れた劉姥姥は、旧知の大物使用人の妻を通じて、首尾よく邸内に入ることができた。実際に応対したのは王夫人にかわって、家政をとりしきる王熙鳳だったが、王熙鳳は率直で飾り気のない劉姥姥に好感をもち、あっさり大枚二十両を貸し与えた。シビアな性格の王熙鳳が即座に心を許したのも道理、劉姥姥はユーモア感覚たっぷり、天衣無縫ともいうべき明るい性格の持ち主だった。この最初の栄国府訪問のさい、生まれてはじめて振り子時計を見た劉姥姥の描写には、そんな彼女の特徴がよくでている。

劉姥姥はカッチンカッチンという音を耳にしたが、麺の粉をふるいにかける音とよく似ているので、思わずきょろきょろと見まわした。すると、部屋のなかの柱に箱がかけてあり、下に分銅のようなものがぶらさがっていて、ひっきりなしに揺れ動いているではないか。劉姥姥は内心思った。「これはなんの玩具だろう。いったいなんに使うんだろうか」。（第六回）

ここには、異次元にさまよいこんだような、劉姥姥の仰天ぶりがみごとに描き出されている。王熙鳳のおかげで二十両を手にした劉姥姥一家は窮状を脱し、以後、まずは順調な日々を送るようになる。そのお礼をかね、お土産の野菜を山ほどもって、劉姥姥はその後、もう一度、栄国府を訪れる（第三十九回―第四十二回）。

このとき、劉姥姥は賈母と意気投合したのみならず、賈家の少女や侍女たちの人気者となり、大歓待をうける。無心にはしゃぎ、『紅楼夢』世界をつかのま、ざわめかせる劉姥姥の姿には、別世界から到来したトリックスターの趣がある。人の世の裏表を嫌というほど知りながら、他人の思惑など気にもとめず、正邪を本能的に区別して、あるがままに明るく大らかに生きるという点で、賈母と劉姥姥には明らかに共通性がある。この二人の俗世を突き抜けた老女を活写したことにより、『紅楼夢』世界は格段に厚みをましたというべきであろう。

危険な魅力のトリックスター

グレート・マザー賈母を頂点とする、賈家の女性群は二つのグループに分けられる。一つは既婚の女性たちのグループであり、いま一つは未婚の少女たちのグループである。伝統中国において家政をとりしきるのはもともと女性の役割だが、使用人まで入れるとゆうに数百人をこえる賈家ほどの大所帯になると、よほどの手腕がなければ、うまく動かしてゆくことはできない。この役割を担うのは、前者、既婚の女性たちのグループである。

賈家の既婚者グループのトップに立つのは、栄国府の当主賈赦の妻邢夫人だが、狭量かつ陰険で、賈母の覚えもめでたくない。このために、実際に家政の総責任を担ったのは、賈母の二男賈政の妻（賈宝玉の母）王夫人だった。しかし、王夫人は管理能力に欠けるところがあり、山積する問題に対処しきれず、けっきょく賈赦の長男賈璉（かれん）の妻（賈母の長孫の嫁にあたる）、王熙鳳（おうきほう）がその役割を代行することになる。

王夫人の姪でもある王熙鳳（彼女たちの実家の王家は、賈家とともに先にあげた金陵四大家の一つ）は口八丁手八丁の機敏な女性であり、海千山千のすれた召使いも彼女には一目おかざるをえない。機知縦横、はなやかな雰囲気をふりまきながら、歯に衣きせずものを言う彼女は、「鳳辣子（フォンラーズ）（凄腕の鳳ちゃん）」と呼ばれ、賈母の大のお気に入りでもあった。先にあげたように、賈母が少女時代のお転婆ぶりを語り、怪我をしたいきさつを披露したときも、即座に王熙鳳は次のように語って、巧みに賈母を喜ばせ、その気分を浮きたたせた。

「そのとき生きていらっしゃらなかったら、今とてもこんな大きな幸いをお受けに

艶麗でありながら凄腕の大トリックスター・王熙鳳

なれませんでしたわ。おばあさまがお小さいころから、福運に恵まれていらっしゃったことが、よくわかります。神さまのお使いがぶつかってその穴（鬢の怪我のあとを指す）をあけ、福運を盛りこんだのですわ」。（第三十八回）

これを聞いた賈母は、「この猴児（おさるちゃん）は図に乗って、私を笑いものにするんだから。そのよくまわる口を引き裂いてやりたいくらいだよ」と笑いながら、機転のきく王熙鳳に大満悦したのだった。

賈母の絶大な信頼を受けた王熙鳳は、のびのびと辣腕をふるい、賈家を差配するが、そんな彼女の実力がいかんなく発揮されたのは、寧国府の当主賈珍の長男賈蓉（かよう）の妻、秦（しん）可卿（かけい）の葬儀のさいである（第十三回―第十四回）。このとき、王熙鳳は多数の使用人をグループ分けして仕事の分担をきめ、責任を果たせなかった者を委細かまわず処罰した。この断固たる態度に、使用人一同ふるえあがり、盛大な葬儀は一糸の乱れもなく進行したのだった。

ただ、王熙鳳には辣腕がこうじて、ほとんど悪辣に近くなる側面もあった。すぐれた経済感覚をもつ彼女は、賈家の奥向きの会計をまかされたのをいいことに、侍女たちの給金を動かし、高利貸しにまわして利ザヤをかせいだり、縁談や裁判沙汰などの口聞きをし、高額な手数料をとったりして、自分の「梯己」をふやしたのも、その一例である。彼女のこうした隠し金は莫大な金額にのぼったとおぼしい。

このように恐るべき凄腕の持ち主とはいえ、その実、「金陵十二釵」の一人に数えられるように、王熙鳳はまだ二十歳そこその若さであり、夫の賈璉との間に大姐（のちに巧姐と改名。名付け親は劉姥姥である）という幼い娘がいるものの、人の心をときめかせる艶麗な美女だった。だから、賈家一族の傍系にあたる賈瑞という若者が、身のほど知らずにも彼女に懸想し、接近してきたこともあった（第十二回）。大いにプライドを傷つけられた王熙鳳は、親しい賈蓉らの応援を得て、賈瑞に糞尿を浴びせかけるなど、徹底的に追いつめ、さんざんな目にあわせた。これがもとで、賈瑞は重病にかかり、ついにあえなく絶命してしまうのである。この事件における王熙鳳は、まさに酷薄というほかない。

愛するにせよ憎むにせよ、王熙鳳ははげしい感情をあらわに示し、抑制することができない面があった。伝統中国の大家庭では、正夫人は夫の女性関係に寛容であるのが、「美徳」とされる傾向がある。しかし、王熙鳳にはそんな美徳など問題外だった。嫁ぐときに実家から連れてきた、腹心の侍女平児（へいじ）を夫賈璉の側室に据えることだけは、なんとか容認したものの、賈璉が他の女性と関わることを、けっして許さなかったのである。賈璉がまた女性関係にだらしがなく、手当たりしだいのありさまだったから、王熙鳳の悩みは尽きず、そのたびに激怒して、ひっくりかえるような大騒動になった。

たとえば、王熙鳳は、賈璉が多情で有名な鮑児（ほうじ）（下男）の女房と密会していることを知るや、ただちに現場に踏みこんで、口汚く女を罵りながらぶちのめしたばかりか、呆然としている平児までも張り倒し、進退きわまった賈璉に頭突きを食らわせてわめきちらす、という荒れようだった（第四十四回）。この修羅場に、やけになって逆上した賈璉は刀をふりまわして大暴れするしまつ。けっきょく、王熙鳳は賈母のもとに駆けこみ、うってかわってしおらしげに助けを求め、賈璉は賈母をはじめ、母の邢夫人や王夫人にきつく叱責されて、すごすご引き下がり、ようやく一件落着となる。ここまで騒ぎが大きくなっては、さすが鉄面皮の鮑児の女房も生きてはおれず、まもなくみずから命を絶つ羽目になった。「鳳辣子（フォンラーズ）」王熙鳳の逆鱗にふれた者の宿命である。

艶麗な美女でありながら、凄腕の家政責任者であり、同時にふがいのない夫への怒りをあらわに爆発させるなど、物語世界をときにはなばなしく、またときに毒々しく揺さぶる王熙鳳は、まさに『紅楼夢』きっての大トリックスターだといえよう。この活力あふれた大トリックスター王熙鳳が前面に出て、物語世界を揺さぶる間は、ちょうど賈家の栄華の時と重なる。やがて、王熙鳳は流産がもとで体調を崩し（第五十五回）、しだいにかつての鋭い機敏さを失い、はなやかな貌を見せなくなる。これとともに、賈家もまた下り坂へと向かうのである。

少女たちの世界と賈宝玉

グレート・マザー賈母と辣腕の王熙鳳の絶妙の連繋によって、賈家が輝いていた時期、少女たちは優雅で自由な生活を謳歌し、少女崇拝者の賈宝玉も彼女たちとともに至福の時をすごした。賈宝玉と少女たちの舞台となったのは、栄国府の奥に広がる大庭園、「大観園」である。

大観園は宝玉の姉で、宮中に入って貴妃（皇后につぐ高位の妃）となった元春が、その年の元宵節（旧暦一月十五日、上元の日の祭り。灯節ともいう）に「省親（里帰り）」することになり、これを迎えるために、莫大な費用を投じて造営された（第十七・十八回）。大観園には、そびえたつ築山、巨大な白い石の群れ、うねうねとくねる小道がしつらえられ、また処々に清流がめぐらされていた。山をのぼり水を渡って散策すれば、景色がいつしか変化し、要所要所にそれぞれ独特の風格を帯びた美しい建物が出現する。

からっと開けた地点にそびえたつ「正殿」、無数の青竹に白壁、すっきりと垢ぬけた造りの「瀟湘館」、入り口に真紅のひめ海棠が植えられ、室内の造作もすこぶる精巧にして豪華な「怡紅院」、蘅蕪をはじめ、おびただしい香草が植えられた艶麗な「蘅蕪苑」、杏の花が群がり咲く、素朴な田舎家ふうの「稲香村」など、大観園に立つ建物はまさに多種多様、変化に富む趣向が凝らされていた。

元春妃の里帰りはわずか数時間にすぎず、まもなくこの粋を凝らした大庭園に賈家の少女たちと賈宝玉が、それぞれ数名の侍女（宝玉付きの侍女だけは十数名）を引き連れ、各自のキャラクターにふさわしい建物に移り住むことになる（第二十三回）。貴公子宝玉は豪華な怡紅院、尖鋭で繊細な林黛玉はすっきりと瀟洒な「瀟湘館」、林黛玉と対照的にバランス感覚抜群、大人びた薛宝釵（賈宝玉の母方の従姉）はかぐわしい「蘅蕪苑」、宝玉の亡兄賈珠の寡婦で、貞淑な李紈は田舎家ふうの「稲香村」というぐあいである。

大観園に住むのは、賈母の強力な後押しを受けた賈宝玉をのぞいて、未婚の少女と寡婦にかぎられる。ちなみに、さきにあげた顔ぶれのほか、賈漣の異母妹迎春（げいしゅん）、宝玉の異母妹探春（たんしゅん）、寧国府の当主賈珍の妹惜春（せきしゅん）（賈家の「三春」と呼ばれる）、有髪の若き尼僧妙玉（みょうぎょく）なども、やはり大観園に住むメンバーだった。この男の気配を払拭した少女の園には、天上世界の夢幻境、太虚幻境を思わせるものがある。つまるところ、大観園は太虚幻境を地上に移し変えたものであり、先述したとおり、ここに住む賈宝玉は女神である警幻仙姑の侍者（神瑛侍者）、少女たちは下界に降り立った仙女の生まれ変わりなのだ。はじめて「大観園」を目にした宝玉が、「どこかで見たような」と既視感にとらわれるのは、そのことを暗示する。

　物語展開において、大観園に住む唯一の少年、賈宝玉の位置と役割には、複雑微妙なものがある。少女崇拝者の貴公子賈宝玉は一見、それぞれ魅力的な少女たちをつなぐ中心に位置するようでありながら、その実、究極的には少女たちの世界に入りこめず、外側から賛嘆の眼差しをそそぐばかりなのだ。大観園に住む少女たちが詩社を結成し、詩作の腕を競ったときも、林黛玉と薛宝釵の作品が群をぬいた出来栄えだったのに対し、賈宝玉の作品は拙劣きわまりなく、最下位になってしまう。しかし、このときも、宝玉は美と才を兼ね備えた少女たちの後塵を拝することに、ひたすら喜びをおぼえたのだった。

じっさい、林黛玉や薛宝釵は読書量も詩文を作る能力も、宝玉をはるかに上まわっていた。あるとき、最愛の林黛玉にやりこめられ、悲観した宝玉が、悟りの境地を求めて禅僧もどきの「偈（げ）」を作ったことがある。たまたま、これを手に入れた林黛玉はさっそく薛宝釵と史湘雲（ししょううん）（賈母の実家、史家の娘。賈母は従祖母にあたる）に見せ、三人そろって宝玉のもとに出向き、からかって禅問答をしかけた。たちまち宝玉は絶句し、「そんなに鈍い頭で禅をしようなんて」と、三人の少女は手を打って大笑いする。こうしてさんざんな目にあわされながら、宝玉は憤慨するどころか、禅にまで精通する彼女たちの知性と教養に感歎したのだから、まさに「痴（しれもの）」というほかない（第二十二回）。

このように、賈宝玉は知的センスあふれる少女たちのまえで、トンチンカンな失態を演じ、一座をわきたたせる道化的なトリックスターの役割を担うことが多い。また、賈宝玉は、最愛の少女林黛玉をはじめとして、侍女も含めて美しい少女なら誰にでも関心をもち、見境いなく好意を寄せる性癖の持ち主だが、その関心のありようにほとんどセクシュアルな要素は認められない。彼はただひたすら、今このとき、純粋に少女として輝いている存在を賛嘆するだけなのである。ちなみに、警幻仙姑は夢のなかで太虚幻境を訪れた宝玉に向かって、あなたは「意淫（いいん）」の人だと告げている（第五回）。

失態を演じ、少女たちをわきたたせる
道化的トリックスター・賈宝玉

こうした賈宝玉の姿は、大勢の女性たちと手当たりしだいにセクシュアルな関係をむすぶ『金瓶梅』の中心人物、西門慶の対極に位置するものである。また、西門慶と関わる女性たちも「淫蕩な」潘金蓮（はんきんれん）を嚆矢として、およそ知性のかけらもない者ばかりだ。『紅楼夢』は、男女の関係性に焦点をあて、女性群像を描いた『金瓶梅』を踏み台にして生まれた作品であることは、論をまたない。しかし、『紅楼夢』がこの踏み台によりながら、はるか高みに跳躍しえた鍵は、セクシュアルな要素を捨象して、ひたすら純粋少女を賛嘆する賈宝玉という存在を設定したことにあるといえよう。社会的に有為な存在たれと説く伝統中国の基礎理念、儒教的な男性原理を否認する賈宝玉にとって、妻として母として既成の社会システムに組み込まれる以前の少女だけが、憧憬の対象だったのである。かくして少女崇拝者賈宝玉の賛嘆の眼差しのもと、少女たちはますますのびやかに、その魅力あふれる貌を開示する。

輝く少女たち

大観園に住む賈家ゆかりの少女たちのうち、めだって鮮明に描かれているのは林黛玉、薛宝釵、史湘雲、賈探春の四人である。作者はこの四人の少女を実にきめこまかに描き分けている。

先述したとおり、林黛玉は賈母のひとり娘、賈敏の遺児であり、高級官僚の父林如海もまもなく他界したため、栄国府に身を寄せ、賈母の庇護の下に成長した。賈宝玉とは幼いころからともに育ち、ときの経過とともに、たがいになくてはならない存在となってゆく。

林黛玉は、儒教的な立身出世主義を軽蔑して、四書五経など毛嫌いし、変人扱いされる賈宝玉の最大の理解者でもあり、宝玉もそんな林黛玉を全面的に信頼していた。林黛玉以外の少女たちは、常識的な薛宝釵や同じタイプの襲人（しゅうじん）（宝玉付きの筆頭侍女）はむろんのこと、快活で自由奔放な史湘雲さえ、俗っぽい男性訪問客と面談することを忌避して、ひたすら少女たちと遊び暮らすことを望む賈宝玉を見かね、苦言を呈することがあった（第三十二回）。このとき宝玉は、「黛玉さんはこれまでそんなくだらないことなど、言ったことがない」と史湘雲に逆ねじを食わせ、これをもれ聞いた林黛玉も、「あなたが私の知己である以上、もちろん私もあなたの知己というわけだわ」と、心を揺さぶられたのだった。

ただ、こうして根源的に深く理解しあっているとはいえ、林黛玉には、すでに両親を失い、全面的に賈家に頼らざるをえないという引け目があり、これがもともと過敏な彼女の神経をなおさらとぎすまし、他人の言動、とりわけ八方破れの宝玉の言動に、しばしば過剰に反応しがちだった。かてて加えて、彼女にはやはり大観園に住む薛宝釵の存在が重くのしかかっていた。

賈宝玉の母方の従姉にあたる薛宝釵の実家は、手広く商売を営む豪商だが、できの悪い兄の薛蟠（せつはん）が事件をおこしたため、薛蟠を引き連れ、母（宝玉の母王夫人の妹）ともども栄国府に身を寄せるにいたった。しかし、資産のない林黛玉と異なり、裕福な薛宝釵は賈家にいっさい経済的負担をかけず、生活費用はすべて自前でまかなっていた。

家族もいれば資産もある薛宝釵は、この意味で財産のない孤児の林黛玉に比べ、圧倒的に有利な立場にあった。さらにまた、賈宝玉が生まれたとき、口に含んでいた通霊宝玉に刻まれていた文字と、薛宝釵が幼いときから身につけている金のネックレスに彫りつけられた文字が照応していることから、両者の間には将来むすばれる宿命の「金玉縁（きんぎょくえん）」があると取りざたされていることも、林黛玉の不安と恐れをつのらせた。しかも、いつも神経をとがらせ、他人の欠点や失敗を許容できない非妥協的な林黛玉とは対照的に、薛宝釵は万事にほどを心得た調和型であり、上下を問わず、賈家の人々の受けもたいへんよかった。

宝玉自身はそんな薛宝釵の魅力も十分認めていたものの、究極的には林黛玉に夢中であり、林黛玉もまた暗に宝玉の思いをはっきり感じとっていた。にもかかわらず、彼女はともすれば、とりとめのない宝玉の態度にいらだって怒りを爆発させ、涙にかきくれるのだった。

たとえば、宝玉にさる筋から縁談がもちこまれたときのこと（第二十九回）、この一件は賈母も乗り気がせず、あっさり断ってけりがついた。しかし、将来の対象として林黛宝しか考えられない宝玉は、嫌な気分がなかなかぬけないまま、たまたま病床に臥していた林黛玉の見舞いに出向いた。ところが、林黛玉はそんな宝玉の気持ちに気づかないふりをするばかりか、薛宝釵との金玉縁の話をもちだして、宝玉の神経を逆なでする。怒った宝玉は「こんなもの叩きこわしてやるまでだ」と、通霊宝玉を床に叩きつけ、驚いた林黛玉は大声で泣くやら、むせかえって、のんだばかりの薬湯をもどすやら、たいへんな騒ぎになった。あげくのはては、宝玉のために通霊宝玉に付けてやった、手作りのふさまで切り落とすしまつ。

林黛玉はこれ（宝玉付きの襲人がなだめたことを指す）を聞くや、病気も忘れ、起き上って通霊宝玉をひったくると、さっとハサミをつかんでふさを切ろうとした。襲人と紫鵑（しけん）（林黛玉付きの侍女）があわてて取り返そうとしたときには、すでにふさはいくつにもハサミが入れられたあとだった。林黛玉は泣きながら、「むだな骨折りだったのよ。このかたにはちっとも珍しくないものだし、もっといいのに付け替えてくださるかたがいらっしゃるんだから」と言うのだった。（第二十九回）

このときは、賈宝玉と林黛玉に加えて、侍女の襲人と紫鵑も泣きだし、四人そろって大泣きするという、混乱ぶりだった。たがいに相手を大切に思いながら、その思いを素直に伝えることができず、気持ちがすれちがい、些細なことでいがみあう賈宝玉と林黛玉。彼らのこうした関係性は、恋愛心理の原型を浮き彫りにしたものといえよう。また同時に、いたって意地悪で気難しく、人の憐憫や同情を潔癖に拒否し、事態をあいまいにすることをはげしく拒否する林黛玉の姿には、否定の精神の結晶ともいうべき趣がある。この尖鋭そのものの純粋少女、林黛玉の攻勢をまともにうけながら、賈宝玉はあくまで彼女を誰よりも大切な存在として思いつづけるのである。

もっとも、ことあるごとに感情をたかぶらせて涙にかきくれるとはいえ、林黛宝はきわめて聡明にして快活な面もあり、少女たちの世界でも一目も二目もおかれていた。ただ、生来の病身が時の経過とともにますます顕著となり、衰弱して病床に臥す日がふえ、少女たちとの交遊も思うにまかせぬようになってゆく。

短命を予感させる病身にして、いたいたしく痩せ細り、肉体を感じさせない否定精神の美しい結晶たる、この純粋少女林黛玉こそ、作者曹雪芹がもっとも力をこめて描いた人物像であり、賈宝玉のみならず、世の「紅迷（ホンミー）（『紅楼夢』マニア）」を魅了してやまないイメージにほかならない。

ものわかりよく、ほどを心得て、極力、他人と摩擦しないようつねに心がける、賢明な調和型の薛宝釵は、林黛玉と何から何まで対照的な少女だった。体つきも、極端な痩身の林黛玉とは対照的に、むっちりと豊満であり、そのふくよかな白い腕に見ほれた賈宝玉がつい、「この腕が黛玉ちゃんの身についていたら、もしかしたらちょっと触ることもできたかも知れないが、あいにくこの人の身についているんだものなあ」（第二十八回）とあらぬ思いにふけるほど、ゆたかな魅力があった。このとき、宝玉の妄想を察知した林黛玉がすかさず、からかい半分、ハンカチをまるめて彼に投げつけたところ、みごと目元に命中、宝玉はあまりの痛さに飛び上がったのだった。

もっとも、薛宝釵自身はみずからの豊満さをむしろ厭わしく思っていたふしがある。だから、彼女が暑がりのため、夏の芝居見物は遠慮したいという話をしたとき、配慮に欠ける賈宝玉は思わず、「みんながお姉さまを楊貴妃になぞらえるのももっともですね。そんなにふとっていらっしゃったら、なるほど暑がりになられるはずですね」と、口走ってしまう（第三十回）。これを聞いた薛宝釵はかっと逆上するが、持ち前の自制心を発揮して怒りをぐっと抑え、冷笑しながら、宝玉の弱みをつく皮肉をやつぎばやに浴びせかける。このとき、薛宝釵を「ふとっている」と評した宝玉の言葉を聞き、胸のすく思いを味わった林黛玉にも、宝釵の舌鋒するどい皮肉が向けられ、絶句する一幕もあった。なかなかどうして、薛宝釵とて、いつも唯々諾々と協調と調和をもって、事足れりとするわけではないのである。

付言すれば、林黛玉は、苦痛で眉を顰(ひそ)めると、なおさら美しいとされた春秋時代の伝説の美女西施(せいし)になぞらえられ、「顰児(ピンアル)」と呼ばれていた。いうまでもなく、豊満な楊貴妃と痩身の西施は中国の美女の二大典型であり、薛宝釵と林黛玉の対照的な風姿は、基本的にはこの二つのタイプにのっとったものである。

それはさておき、賈宝玉をはさんで、林黛玉が薛宝釵を一種のライバルとして意識していたのは確かだが、薛宝釵のほうにはそんな意識はほとんどなかったといってよい。薛宝釵はそんなめんどうなことに関わる情熱を、あらかじめ抑制しきっているのだ。賈宝玉の言葉に一瞬、激怒したことからも明らかなように、ときとして、彼女もはげしい心の揺れをおぼえる局面がなかったわけではない。もともと薛宝釵は生まれたときから、高熱の出る「熱毒」の持病があり、熱を下げるために、複雑な工程をへて調合される「冷香丸（れいこうがん）」という特効薬を飲まねばならなかった（第七回）。この冷香丸の服用による解熱は、本来の自然な感情や情熱の流露を人工的に抑制し、つねに冷徹に醒めつづけようとする薛宝釵の生のありようを暗示するものだといえよう。

しだいに警戒心をゆるめ、心を開くようになった林黛玉に向かって告げた、薛宝釵の次の言葉は、彼女がいかに醒めた現実認識の持ち主であったかを端的に示している。この会話の前日、宴会の余興に少女たちが「酒令（しゅれい）（命令者をきめ、その命令に従って順番に詩句などを作り、命令に背いたものは罰杯を飲むというゲーム）」を楽しみ、腕を競った。このとき、林黛玉は「雑書(ざっしょ)」とされる戯曲の、元曲(げんきょく)『西廂記(せいしょうき)』(王実甫(おうじつほ)作)と明曲(みんきょく)『牡丹亭還魂記(ぼたんていかんこんき)』(湯顕祖(とうけんそ)作)の文句を引用した。薛宝釵はこれに違和感をおぼえ、「雑書」など読むべきでないと、注意したのである。

「……詩を作ったり文字を書いたりすることは、もともと私たちの本分でもないし、けっきょく男の人の本分でもありません。男の人は書物を読んで道理を知り、国を支え民を治めてこそ、りっぱなのです。でも今はそんな人がいるなんて聞いたこともありませんわ。書物を読むと逆にいっそう悪くなるのです。これは書物がその人を誤らせたのですし、残念ながらその人も書物を踏みつけにしたことになります。だから、そんな人はむしろ農作をしたり商売をしたほうが、大した害にもならないのです。あなたも私もひたすら糸を紡ぎ針を手にしたほうがよかったのに、あいにく文字を知ってしまいました。知ってしまった以上は、まっとうな書物だけ選んで読むことがかんじんです。雑書を読んで感化されたら、もう救いようがなくなります」。(第四十二回)

紋切り型の女道徳を説いているようでありながら、男性についても一片の幻想もない、なんとも醒めきり、しらけきった発言である。その実、薛宝釵は先述したように、読書量も詩文を作る能力も、林黛玉に勝るとも劣らないばかりか、驚くべき博学多識だった。たとえば、画の上手な惜春が大観園図をかくことになったとき、薛宝釵は紙、画筆、絵具について、とうとうと博識のほどを披瀝し、賈宝玉や少女たちを驚嘆させた（第四十二回）。ただ、薛宝釵自身は、このように何でもこなしはするけれど、何事にも情熱をもって打ちこむことがなく、すべてをさりげなくやりすごすというのが、基本的なポーズであった。それは、けっして自己主張せず、もっぱら協調と調和を旨とする、人間関係における姿勢と、明らかに共通するものである。

感情や情熱を抑制して、しらじらと醒めきっている薛宝釵の生きかたは、喜怒哀楽を過剰なまでに率直にほとばしらせ、身を細らせてゆく林黛玉の生きかたと、これまた鮮やかな対照をなす。この二人の少女を対置することによって、『紅楼夢』は、異質なものがあるいは葛藤し、あるいははるかに共鳴しながら動いてゆく、躍動性に富んだ物語世界を構築することができたといえよう。

林黛玉と薛宝釵という、少女世界の二つの中心的存在は、見てのとおり、それぞれ内面的にそうとう複雑に屈折しており、彼女たちと向き合うとき、賈宝玉のみならず、読者も一種、緊張した身がまえを余儀なくされる。これに比して、賈母の従孫にあたる史湘雲は底抜けに明朗闊達であり、その言動は爽快きわまりない。史湘雲は早くに両親をなくし、叔父に育てられた。しかし、同じ孤児とはいえ、ともすれば、よるべない身の上を歎いて涙にくれる林黛玉とは異なり、史湘雲は快活でおしゃべり、とっぴな言動で人の度肝をぬき、笑いを巻きおこした。彼女は当初、叔父の屋敷からときおり、短期的に大観園に滞在するだけだったが、叔父が地方勤務になったため、途中から（第四十九回以降）、大観園の蘅蕪苑で、薛宝釵と同居することになる。

このとき、たまたま薛宝釵の兄薛蟠が長期不在であったため、その側室の香菱もやはり蘅蕪苑に同居していた。香菱は数奇な身の上の少女であった。もともとれっきとした士大夫の家に生まれながら、幼少のころに誘拐され、転変をへて薛蟠の側室になったのである。愚かな薛蟠に似つかわしくない、聡明な美少女の香菱は知識欲も旺盛であり、薛宝釵と同居するや、林黛玉の教えを乞いながら詩作に熱中し、朝から晩まで詩のことしか頭にないというありさまだった（まもなく少女たちの詩会にも参加）。そこに、これまた熱中癖のある史湘雲が加わったものだから、たいへんなことになる。二人はそれこそ昼夜をいとわず、やれ杜甫がどうだ、それ李商隠がどうだと、にぎやかに詩人論に花を咲かせたのである。

これには薛宝釵も音をあげ、史湘雲にむかって、「こううるさくては、ほんとにがまんできないわ。……香菱さん一人でもいいかげんうるさかったのに、あいにくまたあなたみたいなおしゃべりがふえてしまったんだもの」（第四十九回）とこぼし、彼女たちを「獃香菱（イカレの香菱）」「瘋湘雲（パーの湘雲）」と呼んで、からかった。

史家の血統なのか、おしゃべり史湘雲には従祖母（祖母の姉妹）賈母に似た八方破れの豪快さがあった。変装が得意で賈母の衣装を身につけ、人々を驚かしたかと思うと、詩会の席上、大笑いして椅子ごとひっくりかえったこともある。極め付きは、賈宝玉の誕生パーティのさい、真昼間から騒ぎすぎて酔いがまわり、庭園のベンチで眠りこんでしまった場面である。

（少女たちがそっと見に行くと）史湘雲は岩かげの石造りのベンチに横たわり、ぐっすりといい気分で眠りこんでいた。四方から芍薬の花びらが全身に舞い落ち、顔から

襟もとまで、かぐわしい花が乱れ散り、手にした扇子も地面にずり落ちて、なかば落花に埋もれている。（第六十二回）

落花に埋もれて熟睡する史湘雲。上から下まで、複雑な人間関係が網の目のように張りめぐらされた大所帯の賈家の内部、およびそれぞれ異なった位相にある少女たちの間に、天衣無縫の史湘雲はつかのま風穴をあけ、さわやかな風を送り込む存在だといえよう。

賈探春は、今までとりあげた林黛玉、薛宝釵、史湘雲が親族とはいえ、別姓であるのに対し、まさしく賈家内部の少女である。ただ、彼女は賈母の二男賈政の娘であり、賈宝玉の妹であるとはいえ、実母は賈政の側室趙氏だった。侍女あがりの趙氏は品性下劣な女性であり、同母弟の賈環もこれに輪をかけた陰険姑息な少年であった。毅然とした性格の探春は、人々の顰蹙を買うこの母と弟にいつも悩まされた。しかし、彼女はその負い目をバネにかえて、積極的に生きてゆこうとする。

探春は頭脳明晰で教養が高く、詩文を作る能力も林黛玉や薛宝釵に比べれば、ややひけをとるものの、むろん水準以上であり、少女たちの詩会の常連だった。かてて加えて、探春には、他の少女には見られないすぐれた実務能力があった。だから、王熙鳳が流産して身体を壊し、賈家の家政の管理・運営にあたることができなくなると（第五十五回以降）、王夫人（賈政の正夫人。宝玉の母）のはからいで、探春が李紈（宝玉の亡兄賈珠の妻）および薛宝釵とともに代役を果たすことになる。三人体制とはいえ、なにぶん李紈は温厚な性格で、海千山千の使用人たちへの抑えがきかず、薛宝釵は他家の出身で万事ひかえめだったため、いきおい探春が前面に出て、差配をふるうことになる。

探春は、若い彼女を世間知らずだとみくびり、ごまかそうとする、古株の使用人連中を、初手からびしびし締めあげ、ふるえあがらせたうえで、栄国府の経費節減に着手する。大観園の造営に大枚費やしたのを手始めに、しだいに経済状況が悪化し、屋台骨が傾きかけた栄国府ひいては賈家全体にとって、大観園を使用人に管理させ、庭師に払う費用を浮かすとか、侍女たちにわたす化粧品代の節約をはかるとか、探春が李紈・薛宝釵の協力をえて、次々にうちだした細やかな節減プランは、さほど実際的な効果をあげたとはいえない。しかし、たるみきった使用人に衝撃を与え、引き締めるにはそれなりに、効果があった。

実務家としての探春の何者も容赦しない敏腕ぶりを誰よりもよく知っていたのは、かの王熙鳳だった。腹心の平児（へいじ）から探春の活躍ぶりを聞いた彼女は、探春は自分よりずっと教養も高いから、いっそう手きびしいはずだと言い、しめしをつけるために、まっさきに自分を血祭りにあげるに相違ないとまで言いきる。巧妙な手口で、侍女たちの給料まで運用して利ざやをかせぎ、梯己（へそくり）をふやしてきた王熙鳳は、探春がとっくにそのカラクリを見抜いており、これを機に摘発することを恐れたのである。じっさいには、探春はそこまでやらず、やがて王熙鳳が回復すると、しだいに探春はしりぞき、往年の機敏さを失ったとはいえ、熙鳳がまた家政担当として復帰するにいたる。いずれにせよ、探春の手きびしさには、怖いもの知らずの王熙鳳さえ、おびえさせる迫力があったということだ。

断固として不正を認めない探春のきびしさは、庶出だという出生の負い目によって、いっそう拍車がかけられた。正統ならざる出身なるがゆえに、けっして後ろ指をさされまいと、自分にも他人にも甘えを許さず、プライド高く手きびしい態度をとろうとするのである。次の場面には、そんな探春の特徴がよくでている。

王熙鳳の復帰後の話だが、大観園に春画の描かれた香袋が落ちており、その落とし主を特定するため、王夫人の命令で、王煕鳳が古株の女使用人を引き連れ、大観園の各所に住む侍女たちの所持品検査をおこなったことがある。このとき、探春の住む「秋爽斎」にも捜索隊がやって来たが、激怒した探春は自分の所持品を調べることは許すが、侍女については断じて認めないと、王煕鳳に向かって言い放つ。もてあました王煕鳳が探春をなだめて、そのまま立ち去ろうとしたとき、何を勘違いしたのか、王善保なる使用人の女房（自分も使用人として賈家に仕えている。もともとは邢夫人付き）が探春を甘くみて、なれなれしい素振りを示す。

……彼女（王善保の女房）は他の人々をかきわけて進み出ると、探春の上衣の襟をひっぱって、わざとちょっとまくり、へらへら笑いながら言った。「お嬢さまのお体まで、私がひっくりかえしてみましたが、やっぱり何も出てまいりませんでした」。王煕鳳はこのようすを見て、あわてて言った。「おかみさん、さあ行きましょう。バカな真似をしてはいけません」。その言葉が終わらないうちに、「ピシャリ」と音がしたかと思うと、その女房の頬にはやくも探春の平手打ちが飛んでいた。かっとなった探春は、その女房を指さしながら、詰問した。「あんたはいったい何者なの。よくもまあ私の

服に手をかけられたものね」。（第七十四回）

使用人が小姐（シャオジエ）（お嬢さん）の着ている服になれなれしく触れるなどということは、無礼千万、あってはならないことである。庶出ということもあって、なめてかかったこの使用人の行為に、探春は激怒し、痛烈な平手打ちをもって報いたわけだ。

探春は、この場面からうかがえるように、馴れ合いを潔癖に拒否してあくまで筋を通し、ここぞというときには、怖（お）めず臆せず怒りを爆発させた。このように、まともに現実と向き合い、怒る能力をもつ探春は、過敏な激情の人林黛玉、醒めたリアリスト薛宝釵、天衣無縫の史湘雲とはまた異なる、すぐれた資質の少女にほかならない。

少女崇拝者にして道化的トリックスターの賈宝玉は、「女の子は水でできた身体」だとひたすら賛嘆の眼差しでみつめつつ、彼女たちのまわりを右往左往するしか能がないけれども、当の少女たちはそれぞれ宝玉の予想をこえた硬質の芯の強さをもち、固有の輝きを放ちながら、今このときを生きている。中国古典小説の流れのなかで、これほど多様にしてレベルの高い少女像は、いまだかつて描写されたことがなく、この一事をもってしても、『紅楼夢』の作者曹雪芹の構想力がいかに傑出していたか、うかがい知ることができる。

『紅楼夢』世界に登場する少女たちは、今あげた林黛玉らのような小姐(シャオジエ)グループと侍女グループの二つに分けられる。中心になるのはむろん前者、小姐グループだが、物語構造において、後者、侍女グループも重要な役割を担っている。

侍女にも、主人の側近くに仕える上級侍女から、水汲みなどの雑用に従事する下級侍女にいたるまで、厳密なランク付けがあった（給金にも差がある）。彼女たちのなかには、下級侍女から上級侍女へとなんとか這い上がろうと、チャンスを狙う者も多く、地位の安定した小姐の世界には見られない、世俗的な葛藤も多々あった。こうした侍女の世界において、ほとんど賈母の娘分のような鴛鴦(えんおう)、王熙鳳の腹心の平児(へいじ)、賈宝玉の筆頭侍女の襲人(しゅうじん)、これにつぐ晴雯(せいぶん)、林黛玉の忠実無比の侍女紫鵑(しけん)などは、一級侍女のなかでも、他の追随を許さぬ存在である。

このうち、鴛鴦、平児、紫鵑はそれぞれの女主人と一心同体であり、文字どおり苦楽をともにする存在だった。たとえば、ひたすら林黛玉の身を案じる紫鵑は、黛玉が賈宝玉と結ばれることを切望するあまり、黛玉はまもなく江南に帰る予定だとウソをつき、宝玉の反応を見て、本心を確かめようとしたことがある（第五十七回）。ところが、薬がききすぎ、これを聞いた瞬間から、宝玉は狂乱状態に陥り、部屋に飾られた模型の船を見ても、「黛玉さんを迎える船がきている」と泣き叫ぶしまつ。いかに宝玉が林黛玉をかけがえのない相手だと思っているか、これで明らかになったものの、この宝玉の乱れぶりには、林黛玉ひとすじの紫鵑もさすがに責任を感じ、黛玉の意を受けて宝玉が回復するまで、看病にあいつとめたのだった。

この紫鵑のように女主人にひたむきに仕える侍女のケースと、異性たる賈宝玉に仕える襲人や晴雯のケースには、微妙な差異がある。

宝玉の筆頭侍女、襲人はいわば優等生であり、少女崇拝者で奇矯な言動の多い賈宝玉をいつもたしなめ、同じ優等生タイプの薛宝釵の評価も高かった。実は、『紅楼夢』世界が開幕してまもない第六回において、賈宝玉は襲人と「はじめて雲雨の情を試みた」、すなわちセクシュアルな関係を結んだという叙述がみえる。しかし、その後、恒常的にそうした関係がつづいたことをうかがわせる記述はなく、時の経過とともに賈宝玉は侍女のうちではむしろ晴雯（後述）に傾斜してゆく。もっとも、賈宝玉は晴雯もまた純粋少女の一人として賛嘆したのであり、けっしてセクシュアルな対象としたわけではない。

こうした宝玉自身の思いとは別に、万事にそつのない襲人は宝玉の母王夫人のおぼえもめでたく、将来の側室候補として、はやばやと給金を側室並みに引き上げられるという、優遇措置をうける。

襲人につぐ宝玉の侍女晴雯は、はなやかな美貌の持ち主であり、また刺繡などの手仕事にもすぐれた才能をもっていた。しかし、つねに侍女としての分際を守ろうとする襲人とは対照的に、不羈奔放、気に入らなければ主人の賈宝玉に立ち向かうことも辞さなかった。こうした晴雯のイメージには、林黛玉と深いところで共通するものがある。晴雯もまた病身であり、林黛玉との類似性はますます強い。しかし、実際には、やはり同じタイプの薛宝釵と襲人がひそかに共鳴し、おりおりに話し合う機会もあったのに対し、林黛玉と晴雯はほとんど没交渉だった。いかにも独立不羈、わが道を行く二人らしい疎遠ぶりだったといえよう。

それはさておき、晴雯の持ち前の反抗精神が鮮烈にほとばしったのは、先にあげた大観園に住む侍女たちの所持品検査がおこなわれたときである。探春が王善保の女房に平手打ちをくわせるさきに、捜索隊はまず宝玉の住む怡紅院（いこういん）で立ち入り検査を実施した。このとき、しゃしゃり出て検査にはげんだのは、やはりかの王善保の女房だった。

……襲人はやむなく率先して自分の櫃や箱を開け、ひとしきり検査させたが、すべて日常品ばかりだった。（王善保の女房は）これは置いて、また別の侍女のものを検査し、次々に一つ一つ検査していった。晴雯の櫃の番になると、「これは誰のさ。どうして開けて検査させないのかい」と言った。襲人らが晴雯の代わりに開けようとしたとき、晴雯が髪をたばねただけのかっこうで飛びこんで来たかと思うと、ガラッと音をたてて櫃の蓋を開け、両手で底をもってひっくりかえし、床めがけて、いっさいがっさい中身をぶちまけた。王善保の女房もさすがに鼻じろみ、調べてはみたものの、不正なものなど何もなかった。（第七十四回）

この晴雯のふるまいには、探春の平手打ちに劣らぬ、はげしい怒りがこめられている。実はこの直前、もともと晴雯に反感をもっていた王善保の女房は、王夫人に向かって、晴雯はけばけばしくて横柄だなどと、悪口をいい、これを真に受けた王夫人が晴雯を呼びつけて叱責するという一幕もあった。あれやこれやで、王夫人の心証を害した晴雯は、ほどなく病床からひったてられて追放され、やはり賈家に仕える従兄のもとに身を寄せたものの、まもなく重態となり絶命したのだった（第七十七回）。

少女崇拝者賈宝玉にとって、小姐（シャオジエ）であれ侍女であれ、少女であることに変わりはなく、階層を無化して彼女たちと共生することを願った。しかし、小姐はともかく、それぞれ俗のしがらみをかかえた侍女たちはそんな宝玉の思いこみを理解せず、唯一、その思いにこたえた晴雯は、けっきょく排除され、不幸な最期を遂げたのである。

王善保の女房が口をきわめて晴雯を罵り、追いつめた事件が端的に示しているように、総じて、世故に長けた古株の女使用人たちは、若くて美しい侍女たちに根深い反感をもっており、両者の間にはいざこざが絶えなかった。しかも、侍女のなかには、古株使用人の縁者も多く、これが事態をなおさら複雑にした。とどのつまり、侍女たちは、世俗の外に飛翔しようとする賈宝玉や林黛玉ら小姐グループと、俗の俗なる利権争いに血道をあげる古株使用人階層との間に挟まれ、たえずしたたかな俗の側から侵蝕される存在だったのである。ここでは、賈宝玉の少女幻想などまさしく夢のまた夢にすぎない。

『紅楼夢』の作者曹雪芹は、幻想空間たる大観園を取り囲む、使用人たちの俗にまみれた世界をも冷徹な筆致で克明に描きこみ、その醜悪さをあぶりだしている。この醜悪さと対置されることによって、地上の太虚幻境、大観園の少女世界がいっそう透明な美しいものとして、浮き彫りにされるのである。

『紅楼夢』世界の終幕

グレート・マザー賈母を頂点とする『紅楼夢』世界が、もっともはなやいだ雰囲気につつまれたのは、貴妃となった元春が里帰りした元宵節（第十七回・十八回）から、翌年の元宵節（第五十三回、第五十四回）までの一年である。この間、大観園に移り住んだ賈宝玉と少女たちは、ときに大騒動を演じながらも、のびやかに解放された日々を送る。

しかし、先述したように、二度目の元宵節の直後、王熙鳳が流産して体調を崩し、家政担当をしりぞいたのを境に、雲ゆきがあやしくなり、賈家凋落の兆しがあらわになる。賈家の屋台骨が揺らぎはじめていることを、誰よりも鋭く察知していたのは、王熙鳳だった。王熙鳳は、探春が自分の代理として家政を担当することになったとき、腹心の侍女平児に、探春の手きびしさを指摘すると同時に、こう述懐している。

「おまえも知ってのとおり、私はここ数年、どれだけ節約の手を打ってきたことか。

この家の者で、かげで私を怨んでいない者などないでしょうよ。私もここまでくれば、虎の背中に乗ったようなもので、わかっていても、急に手綱をゆるめるのもむずかしいのよ。それに、この家では支出ばかりがかさんで、収入はほんの少しというありさま。(中略)早めに節約の計画を立てなければ、もう数年ですっからかんになってしまうわ」。(第五十五回)

荘園からの上がりは年々、目減りする一方であり、当主たちは先祖のおかげで名目的に高い官職を占めているものの、ほとんど実質的収入は見こめない。こんなジリ貧状態であるにもかかわらず、大観園造営に莫大な費用をかけたものだから、賈家の財政状況はまさに火の車、悪化の一途をたどるばかりとなる。それを王熙鳳の辣腕でなんとかやりくりし、使用人の動揺も抑えてきたというのが、実情だったのである。

王熙鳳が病気でやむなく一線をしりぞいたあと、探春のがんばりも空しく、邸内で賭博が横行するなど、しだいに使用人の間に亀裂と荒廃が広がる。大観園の侍女たちの所持品検査が実施されたのも、その副産物である。荒廃した気分は、使用人階層のみならず、賈家一族の男たちの間にも蔓延してゆく。賈母の二男(賈宝玉の父)賈政だけは謹厳そのものであり、また地方勤務も多かったため、荒廃とは無縁だった。しかし、寧国府の当主賈珍が賭博に手を染め、王熙鳳の夫の賈璉が問題の多い女性にうつつをぬかすなど、賈家一族の男たちは退廃と堕落をかさね、日に日に収拾不能の混乱が深まるばかり。

こうして上も下も崩れだすと同時に、大観園の少女世界も苛酷な現実にさらされるようになる。晴雯が追放され病死したのにつづき、やや影はうすかったものの、やはり大観園の少女世界の一員だった迎春（栄国府の当主、賈赦の娘）もまた不幸な結婚をする羽目になる。こうして輝く少女たちが一人また一人と大観園を去って散り散りになり、その多くが不幸となる暗い予感を濃厚に漂わせながら、曹雪芹の手になる『紅楼夢』世界は第八十回で幕を下ろす。おそらく病身の林黛宝は賈宝玉と結ばれることなく短い生涯を終え、少女たちはそれぞれ嫁いで輝きを失い、曹雪芹の家（曹家）と同様、賈家もまた全面的に崩壊したものと推定される。しかし、曹雪芹はそこまで描ききることなく、筆をおかざるをえなかった。輝く少女たちはこうして世の辛酸をなめつくしたあげく、ふたたび天上世界の太虚幻境に帰っていったのであろうか。この神話的な救済の枠組みがなければ、『紅楼夢』世界が暗示する結末は、あまりに無惨というほかない。

トリックスターという観点からみれば、処々で言及したように、賈家の栄華のときに前面に躍り出て、縦横無尽に辣腕を発揮し、あるいははなばなしく、あるいは毒々しく、物語世界を揺さぶり攪乱する王熙鳳が、『紅楼夢』世界前半における最大のトリックスターであることは論をまたない。また、中国白話長篇小説における中心人物の定石どおり、中心人物でありながら、その実、みずからは陰となって少女たちを輝かせる賈宝玉が、同時にすぐれた少女たちの間を右往左往する、道化的トリックスターとしての役割を演じているのも、確かである。ただ、『紅楼夢』の物語世界には、賈母をいただく賈家一族から、枝葉末端の使用人に至るまで、幾重にも重層化された複雑膨大な人間関係が網の目のように張りめぐらされている。このため、王熙鳳や賈宝玉がトリックスターとして活躍する局面は限られており、とても物語世界全体を揺さぶるにはいたらない。これは、これまでとりあげてきた四篇の長篇小説とは異なり、『紅楼夢』世界がいかに豊穣であるかを逆証明するものといえよう。

それかあらぬか、『紅楼夢』には詩文や書画はむろんのこと、建築、調度、器物、料理、衣装等々について、薀蓄の限りを傾けた、驚くべき詳細な記述が見られ、この面では百科全書的な様相を呈している。緊密な物語構造、多種多様な人物像の描き分け、雅俗混淆、複雑多岐にわたる人間関係の周到にして緻密な描写、そして百科全書を思わせる網羅的な知識。『紅楼夢』はまさしく盛り場の講釈からはじまった、中国白話長篇小説の究極の到達点であり、空前絶後の傑作だといえよう。

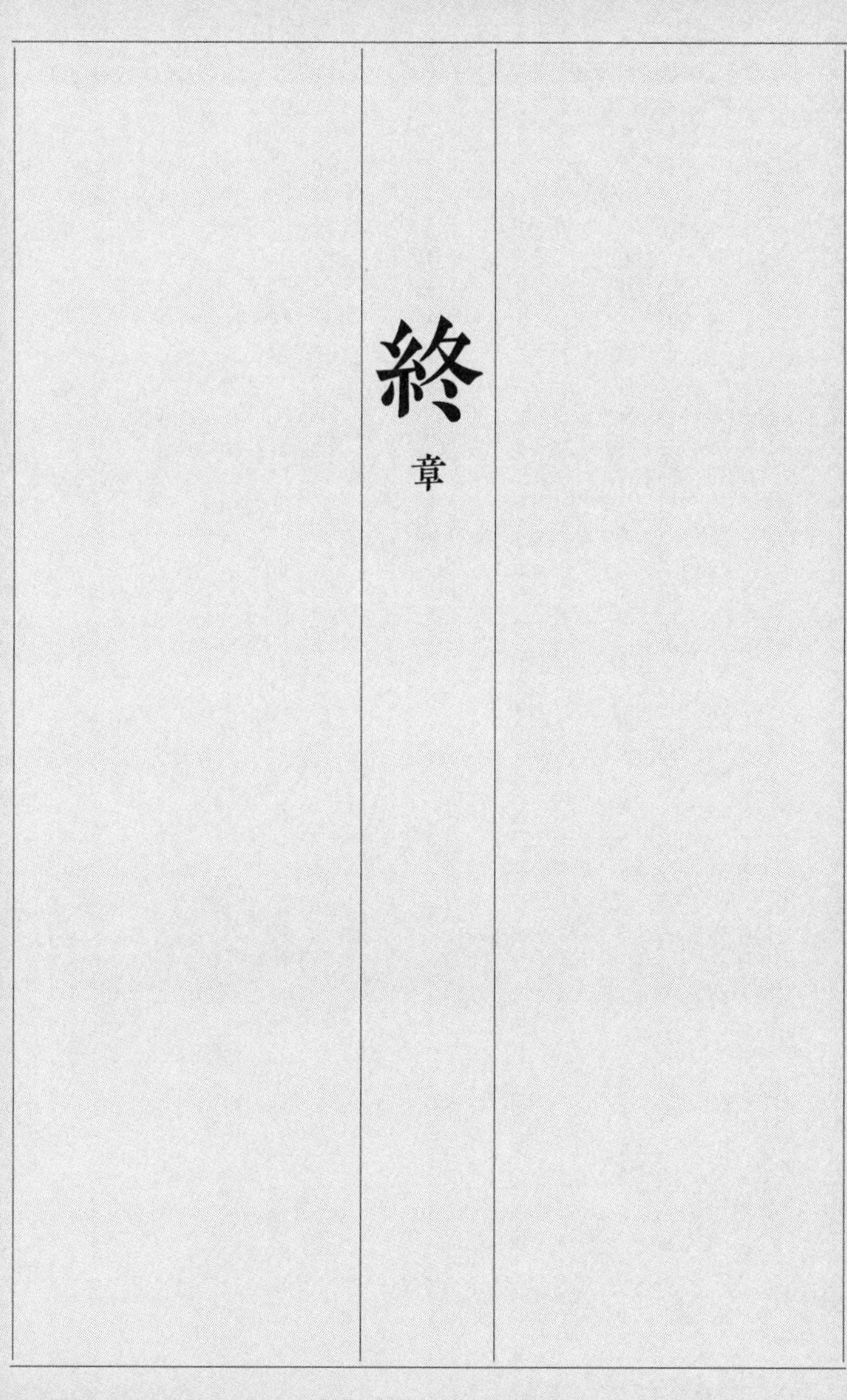

終章

本書では、中国の五大白話長篇小説、すなわち『三国志演義』『西遊記』『水滸伝』『金瓶梅』『紅楼夢』について、物語世界を揺り動かし、活性化させるトリックスターに焦点をあてながら、検討してきた。

トリックスター像の変遷

第一章でとりあげた『三国志演義』における最大のトリックスターは曹操である。実のところ、『演義』の成立にさきだち、語り物や芝居の分野で伝承されてきた三国志物語では、劉備の義弟張飛がいたるところで騒動を巻きおこす、強くて愚かなトリックスターとして活躍する場合が多い。語り物の三国志物語の様相を今に伝える『新全相三国志平話』や元曲の三国志劇などに描かれる張飛像がこれにあたる。

『三国志演義』の著者と目される羅貫中は、多種多様の三国志物語を収集し、これらを正統的な歴史資料と照合しながら整理・集大成して、堂々たる歴史長篇小説に仕立てあげた。この過程で、『演義』世界を根底から揺り動かす大トリックスターの役割は、中心人物劉備と一心同体の張飛から、善玉の劉備と対立する悪玉の曹操へと変換された。

悪玉、姦雄の曹操は狡猾な詐術を弄して、『演義』世界を毒々しく揺さぶりつづける一方、大事な場面で大ポカをやり、道化的としかいいようのない、ぶざまな醜態をさらすこともまれではない。『演義』は、このように狡猾にして滑稽な曹操を、大トリックスターとして位置づけることによって、善玉と悪玉が対立し葛藤する物語構造を鮮明に確定しながら、物語世界をダイナミックに活性化させてゆくのである。

第二章でとりあげた『西遊記』も『三国志演義』と同様、長らく伝承されてきた、民間芸能の語り物や芝居を母胎とする作品である。『西遊記』のトリックスターは、物語世界の開幕当初においては、天界を向こうにまわして大暴れを演じる超能力スーパー猿、孫悟空にほかならない。しかし、孫悟空は三蔵法師の従者となるや、その「西天取経」の旅の途中、次々に出現する妖怪変化と果敢に戦いつづけ、誠心誠意、三蔵に尽くす真面目なスーパー猿へと変貌する。

こうして孫悟空が悪戯精神にあふれたワル猿トリックスターから、真面目な猿へと変貌したあと、『西遊記』世界でトリックスターの役割を担うのはブタのオバケ、猪八戒である。八戒は好色にして度はずれの大食漢のうえ、怠け者で嘘つきであり、おまけにいつも上手をゆく孫悟空に嫉妬し、三蔵法師に告げ口をしては、隙さえあればその足をひっぱろうとする。猪八戒はこのように愚かな道化であると同時に、抜け目のない狡猾な面もあるなど、まさしくずるくて滑稽なトリックスターとして、『西遊記』世界をざわめかせる。

孫悟空から猪八戒へと、トリックスターの役割が移行されたのも、民間芸能の「西遊記物語」が整理、加工され、波乱万丈の大長篇小説『西遊記』として再編成される過程での操作だと思われる。

こうしてみると、『三国志演義』と『西遊記』はいずれも民間芸能を母胎としながらも、長篇小説化されるさいに、著者によってかなり思いきった加工や作り変えがおこなわれたとおぼしい。この二つの作品において、上記のように、全体構造に配慮しながら、長篇小説の文法に合わせて、トリックスター役を変換していることに、歴然とその加工のあとをみることができる。

ちなみに、『三国志演義』が成立したのは十四世紀中ごろの元末明初だが、『西遊記』

が成立したのは、これよりはるかに遅れた十六世紀中頃の明代中期である（民間芸能の世界における伝承は、『演義』や『水滸伝』に劣らず古いけれども）。ずるくて滑稽なトリックスター猪八戒にはなかなか複雑な面があり、むしろ爛熟した文化や社会の産物だともいえよう。

第三章でとりあげた『水滸伝』もまた、盛り場で演じられた民間芸能の語り物や芝居を母胎とするが、『三国志演義』や『西遊記』に比べ、はるかに濃厚に民間芸能の雰囲気を残している。『水滸伝』世界の最大のトリックスターは、殺人器械ともいうべき純粋暴力の化身、黒旋風李逵（こくせんぷうりき）である。当たるを幸いなぎ倒す李逵のイメージには、『三国志演義』にさきだつ『三国志平話』や元曲の三国志劇の張飛や、『西遊記』冒頭七回の「大鬧天宮」のくだりで描かれる孫悟空のイメージと共通するものがある。

つまるところ、委細かまわず大暴れをして、物語世界をひっくりかえす大騒ぎを演じる、めっぽう腕っぷしの強い無法者の、張飛、孫悟空、李逵は、うっぷん晴らしを求める聴衆や観客をどっとわかせる、民間芸能、盛り場演芸の花形だったといえよう。しかし、盛り場演芸の「三国志語り」や「西遊記語り」が時を経て、整備、加工されて長篇小説化される過程において、むしろ単純な暴力型トリックスターの張飛や孫悟空は、あるいは影がうすくなり、あるいは役割が変わってゆく。

これに対して、『水滸伝』だけは、長篇小説化したあとも、依然として、盛り場演芸の「水滸語り」さながら、暴力型トリックスターの李逵が、物語世界を攪乱する凄まじい迫力を保ちつづける。『水滸伝』は語り口においても、『演義』や『西遊記』よりずっと講釈師の語りの臨場感を残しているが、トリックスター李逵の位置づけを見ても明らかなように、物語展開じたいにおいても、種々の「水滸語り」をそのまま取りこんでいる部分も多いと考えられる。

言い換えれば、『三国志演義』や『西遊記』が民間芸能の伝承を周到に整備、加工して、完成度の高い長篇小説を作りあげたのに対して、『水滸伝』はきっちり自己完結するにいたらず、未完成の余地を残しているということになろう。『水滸伝』に百回本のほか、百二十回本や七十回本といった異本が多いのも、このためだと思われる。

このある意味で未完成の『水滸伝』を糸口としてヒョウタンからコマ、中国古典小説の流れを大転換する『金瓶梅』が生まれたのだから、なんともおもしろいというほかない。

第四章でとりあげた『金瓶梅』は、『三国志演義』『西遊記』『水滸伝』が、北宋以来の民間芸能を母胎として集大成されたのとは異なり、単独の著者によって構想され、著された長篇小説である。先行する三作が、長い時間帯にわたる、不特定多数の講釈師の語りの集積から生まれたのに対し、十六世紀末の明末に誕生した『金瓶梅』にいたってはじめて、中国古典白話長篇小説は最初から単独の著者の手で「書かれたもの」となったのだ。

『金瓶梅』は、このように白話長篇小説が「語られたもの」から「書かれたもの」へと大転換する分水嶺に、忽然と出現した巨篇なのだが、この大転換にさいし、『金瓶梅』の作者は、『水滸伝』の挿話を踏み台にして、新たな物語世界を展開するという離れ業をやってのけた。踏み台としたのは、『水滸伝』の第二十三回から第二十七回まで、五回にわたって描かれる、虎退治で勇名を馳せた豪傑武松が、不倫を犯し実兄の武大を殺害した兄嫁の潘金蓮(はんきんれん)と、その不倫相手の西門慶(せいもんけい)を血祭りにあげた事件である。『金瓶梅』の作者はこの事件に着目し、もしこのとき潘金蓮と西門慶が殺されなかったらという仮定にもとづいて、新たな物語世界を構築したのだった。

こうして幕を開けた『金瓶梅』の物語世界では、『水滸伝』において簡単に抹殺された不倫の男女、西門慶と潘金蓮がふてぶてしく生きのび、彼らを中心に色と欲に狂う、錯綜した人間関係、男女関係がこれでもか、これでもかと執拗に描かれる。この意味で、最初に「書かれたもの」として出現した白話長篇小説『金瓶梅』は、先行する「語られたもの」を母胎とする『三国志演義』『西遊記』『水滸伝』が、大いなる男たちの血わき肉躍る戦いや冒険や反逆を壮快に描きあげるのとはおよそ対照的な作品だといえよう。それは、先行する三作がすっぱり捨象した、色欲や金銭欲など、欲望に取りつかれたグロテスクな男女の姿をえんえんと描くことに終始するのである。これはまさに、語られるべき内容ではなく、書かれるべき内容にほかならない。

ちなみに、トリックスターの面からみても、『金瓶梅』は画期的な作品である。ここでは、「淫蕩な悪女」の潘金蓮が何かにつけて騒動をひきおこし、物語世界を攪乱するトリックスターの役割を担っている。潘金蓮のみならず、『金瓶梅』には、先行する三作ではほとんど前面に出てこなかった女性のキャラクターが大挙して登場し、多様な貌を見せながら、物語世界を展開させ、さしもの性欲オバケの中心人物たる、新興商人西門慶を圧倒せんばかりのはなばなしい動きを示す。

エロス的な男女の関係性に焦点をあてた展開といい、女性トリックスターの設定といい、多様な女性キャラクターの描き分けといい、書かれた白話長篇小説『金瓶梅』は、

『水滸伝』を踏まえて出発しながら、従来の語り物から生まれた白話長篇小説とは、截然と区別される新たな地平を切り開いたというべきであろう。もっとも、賢明な作者は欲望過多の西門慶を衰弱死させ、潘金蓮を武松に殺害させて、基本的に『金瓶梅』世界の幕を下ろす。『水滸伝』から生まれた物語を、ふたたび『水滸伝』世界に回収させるという仕掛けである。形の上では、こうして回収されたものの、『金瓶梅』が成し遂げた中国小説史上の転換は比類なく大きく、決定的なものであった。

第五章で取り上げた『紅楼夢』は、『金瓶梅』を踏み台としながら、これを徹底的に浄化し、精緻きわまりない物語世界を構築した、中国古典白話長篇小説の金字塔ともいうべき作品である。この作品は、『金瓶梅』が著されてから約百五十年後、十八世紀の中頃の清代中期、曹雪芹によって著された。先行する「四大奇書」すなわち、『三国志演義』『西遊記』『水滸伝』『金瓶梅』の作者がすべて不確定もしくは不明であるのに比して、ここにいたってはじめて、白話長篇小説のジャンルにおいても、作者の名や履歴がいささかなりとも明らかになったのである。

『紅楼夢』は、レベルの高い「大貴族」賈家を舞台に展開される。数十人にのぼる賈家一族および数百人の使用人の頂点に立つのは、もっとも上の世代に属する賈母(史太君)

である。グレート・マザー賈母の権力には一族の男たちを圧倒する、絶大なものがあった。この賈母を頂点とし、あらかじめ男女の比重を逆転させた『紅楼夢』の物語世界においては、多種多様の女性キャラクターがいきいきと活躍し、男性はいたって影がうすい。

実質的に大所帯賈家の家政を差配したのは、賈母の長孫の妻王熙鳳（おうきほう）だった。すこぶる有能な王熙鳳は賈母の後押しを受けて、存分に辣腕をふるうが、いかんせん、彼女の夫（賈璉（かれん））は女性関係にだらしがなく、激情家の王熙鳳は夫が問題をおこすたびに逆上して、大騒ぎを巻きおこす。この辣腕の家政責任者にして、激情家の王熙鳳こそ、ことに前半の『紅楼夢』世界をはなばなしく揺さぶるトリックスターにほかならない。

グレート・マザー賈母が君臨し、トリックスター王熙鳳が前面に出て大活躍する時期は、賈家の栄華の時と重なる。この時期において、賈母最愛の孫（二男の息子）賈宝玉（かほうぎょく）と、賈家一族の少女たちは、賈家の栄国府に造られた大観園を舞台に至福の時をすごす。ちなみに、賈宝玉は容貌も頭脳も並みはずれて秀でた少年だが、賈家に身を寄せる父方の従妹の林黛玉（りんたいぎょく）をはじめ、大勢の姉妹や従姉妹たち、さらには侍女にいたるまで、魅力的な少女たちとともにすごすことに、無上の喜びをおぼえる少女崇拝者だった。この少女たちの多くは知的センスにあふれており、勉強嫌いの宝玉は彼女たちの前で失態を演じ、失笑をかうこともしばしばだった。

この中心人物であると同時に道化的トリックスターでもある賈宝玉のイメージは、大勢の女性と次々にセクシュアルな関係を結ぶ『金瓶梅』の中心人物、西門慶の対極に位置するものだ。『紅楼夢』は、たしかに男女の関係性に的をしぼり、多様な女性キャラクターを描いた『金瓶梅』を踏み台にして著された作品である。しかし、『紅楼夢』がこの踏み台によりながら、はるか高みに跳躍しえた最大のポイントは、セクシュアルな要素を捨象し、ひたすら純粋少女を賛美する賈宝玉という存在を設定したことにあるといえよう。

もっとも、『紅楼夢』は賈宝玉のキャラクターの設定のみならず、基本的な物語構造から細部描写にいたるまで、全面的かつ根底的に『金瓶梅』をはるかにしのぐ完成度の高さを示している。また、グレート・マザー賈母を筆頭とする夫人群像や、林黛玉を中心にそれぞれ固有の輝きを放つ少女群像を鮮明に描き分けているのはむろんのこと、卑俗な利害関係に右往左往する賈家の使用人たちの姿をも冷徹にえぐりだしている。『紅楼夢』はまさしく上層から下層まで、複雑な人間関係が絡み合った、賈家という一つのない。

「社会」の全体像を提示しているのである。このように複雑に組み立てられた『紅楼夢』世界では、王熙鳳や賈宝玉がある局面ではトリックスターとして活躍するとはいえ、『水滸伝』の李逵や『金瓶梅』の潘金蓮のように、物語世界全体を揺さぶるにはいたらない。

『紅楼夢』の物語世界は大観園の至福の時が過ぎ去り、賈宝玉の願いも空しく、純粋少女たちも散り散りとなり、やがて賈家が全面崩壊する暗い予兆を漂わせながら、幕を下ろす。

盛り場演芸の雰囲気を濃厚にとどめる『水滸伝』から、「書かれたもの」として最初の白話長篇小説『金瓶梅』が生まれ、この小説史の流れを大きく転換させた作品をたたき台としながら、これを徹底的に浄化し、想像を絶する複雑にして精緻な物語世界を構築した『紅楼夢』が誕生した。『水滸伝』『金瓶梅』『紅楼夢』は明らかに連続性があり、またこの三作を通じて、語り物から生まれた中国の白話長篇小説が飛躍を重ね、文学的精度を高めてゆくさまが如実に見てとれる。李逵から潘金蓮へ、さらに潘金蓮から王熙鳳および賈宝玉へと移ってゆく、三作のトリックスター像は、とりもなおさず、こうした小説史の変遷を端的に示しているといえよう。

五大小説の枠組み

本書でとりあげた五大白話長篇小説は、実のところ、物語世界の枠組みに深い共通性がある。その枠組みは、天界や地底などの異界に身を置く者が、何らかの理由で下界（人間世界）に降り、波乱万丈の経験を経たのち、ふたたび異界に帰ってゆく、というものだ。この枠組みのなかで、それぞれの物語世界が展開される仕掛けなのである。

もっとも、歴史長篇小説化した『三国志演義』だけはこの枠組みを用いていない。しかし、第一章で述べたように、『演義』に先行する講釈師のタネ本、『新全相三国志平話』には入話（まくら）として、冥界でおこなわれた裁判の結果、被告である前漢王朝の高祖（こうそ）（劉邦（りゅうほう））と妻の呂后（りょこう）、原告である創業の功臣、韓信（かんしん）、彭越（ほうえつ）、英布（えいふ）、および証人の蒯通（かいとう）を下界に降し、それぞれ三国時代の主要人物に生まれ変わらせるという、英雄転生譚が置かれている。語り物世界における三国志語りでは、おそらく、こうした枠組みが広く用いられていたと考えられる。

こうした枠組みをとりわけ明確な形で示しているのは、『西遊記』『水滸伝』『紅楼夢』である。『西遊記』では、中心人物の三蔵法師をはじめ、従者の孫悟空、猪八戒、沙悟浄から、お供の白馬にいたるまで、そろいもそろって天界からの追放者であり、罪業を償うために、十四年あまりにわたって苦難にみちたイニシエーションの旅をつづけ、めでたく天界に回帰するという、物語展開になっている。ちなみに、孫悟空の場合は、天界から追放されたのみならず、五百年にわたって五行山の地底に閉じこめられていたのだから、天界から地底を経て、下界に出現したことになる。

『水滸伝』では、梁山泊に集った百八人の豪傑はもともと百八人の魔王（三十六の天罡星(てんこうせい)と七十二の地煞星(ちさつせい)）であり、高僧によって数百年もの間、龍虎山の深い洞窟の地底に封じこめられていた。この魔王たちがある日、解き放たれ、一瞬のうちに天空の彼方に散り散りに飛び去るが、やがて下界において再生し、百八人の豪傑となって、ふたたび梁山泊に集結する。梁山泊軍団は反乱軍から、招安を受けて朝廷軍となり、悲劇的終末を迎えたあげく、中心人物の宋江と大トリックスターの李逵は毒殺され、地底に埋葬される。地底の異界から出現した者が、地底に回帰するという筋書きである。

付言すれば、このように地底に封じこめられていた魔王が解放され、梁山泊の豪傑になったとする『水滸伝』の設定と、五行山の地底に封じこめられていた孫悟空が解放され、三蔵法師のお供をして西天取経の旅をつづけたとする『西遊記』の設定とは、これまた形のうえでは、大いに共通性があるといえよう。

『水滸伝』を糸口として著された『金瓶梅』においては、天界や地底の異界を枠組みとする操作は行われていない。しかし、先述したとおり、『水滸伝』の登場人物、武松、潘金蓮、西門慶の挿話を利用して、新たな物語世界を切り開いた『金瓶梅』は、武松に潘金蓮を殺させ、けっきょく『水滸伝』世界に回帰することによって幕を下ろす。『水滸伝』から出て『水滸伝』に帰るというわけだ。この意味で、『金瓶梅』は異界ならぬ『水滸伝』を枠組みとして用いているというべきであろう。

『西遊記』や『水滸伝』にもっとも顕著な形で見られるように、語り物を土壌として生まれた白話長篇小説は上記のような枠組みを用いて、物語世界を展開させるのが常套的な手法であったといってよい。それは、おそらく『三国志平話』がそうであるように、語りの現場でおこなわれた長篇物、連続物の講釈師の語り口を踏襲したものなのであろう。

中国白話長篇小説の最高傑作『紅楼夢』は、こうした語り物から生まれた長篇小説の枠組みのパターンを意識的に用いて、物語世界を展開している。すなわち、『紅楼夢』

世界の中核に位置する賈宝玉と林黛宝をはじめとする少女たちは、もともと警幻仙姑という女神のおさめる天界の夢幻境「太虚幻境」に住む者たちだった。彼らは下界に降りてみたいと願い、これを許した仙姑のはからいで、賈家につながる存在としていっせいに生まれ変わったというものだ。だから、賈宝玉と少女たちの住む賈家の大観園は太虚幻境を地上に移し変えたものにほかならないのである。

こうして下界に降り立った霊妙な少年少女たちはしばし楽しい時をすごすものの、しだいに賈家が斜陽になるとともに、苛酷な現実にさらされるようになる。第八十回で未完のまま終わった曹雪芹の手になる『紅楼夢』は、彼らのほとんどが不幸になる暗い予感を漂わせながら終幕となる。曹雪芹は彼らのたどった運命を追跡しきることはできなかったけれども、おそらく彼らは浮世の荒波に翻弄されたあげく、また天界の太虚幻境に帰って行ったのであろう。こうして天界から下界に降下し、また天界に回帰するという、中国の長篇小説の伝統的なパターンを意識的に踏まえながら、『紅楼夢』は空前絶後の堅牢にして華麗な物語世界を構築したのだった。

以上のように、本書でとりあげた白話長篇小説はおおむね天界や地底などの異界を枠組みとして想定し、異界的存在がしばしば下界（人間世界）へと出現し、さまざまなドラマを繰り広げるというかたちで物語を展開させてゆく。この枠組みは言い換えれば「虚構の枠組み」にほかならず、いわゆる「現実」とは別の次元で物語が始まり、転変をへて終結することを暗示する仕組みだといえよう。この虚構の枠組みの内部に広がる一種、夢のような空間で、曹操、張飛、孫悟空、猪八戒、李逵、潘金蓮、王熙鳳、賈宝玉等々、中国の白話長篇小説の大トリックスターは、縦横無尽に活躍し、物語世界を根こそぎ揺さぶって、衝撃を与えつづけるのである。

参考文献（原文と翻訳）

第一章　三国志演義

『三国演義』全二冊　人民文学出版社　一九五七年　北京第二版

＊

『三国志』全八冊　小川環樹・金田純一郎訳　岩波文庫　一九五三年―七三年
『三国志演義』全二冊　立間祥介訳　平凡社　中国古典文学大系　一九六八年
『三国志演義』全七冊　井波律子訳　ちくま文庫　二〇〇二年―〇三年

第二章　西遊記

『西遊記』全三冊　人民文学出版社　一九五五年　北京第一版

＊

『西遊記』全二冊　太田辰夫・鳥居久靖訳　平凡社　中国古典文学大系　一九七一年―七二年
『西遊記』全十冊　中野美代子訳　岩波文庫（改版）　二〇〇五年

第三章　水滸伝

『水滸伝』（百回本）全三冊　人民文学出版社　一九七五年　北京第一版

＊

『水滸伝』（百二十回本）全三冊　駒田信二訳　平凡社　中国古典文学大系　一九六七年―六八年

『水滸伝』（百回本）全十冊　吉川幸次郎・清水茂訳　岩波文庫　一九九八年―九九年

第四章　金瓶梅

『金瓶梅詞話』全五冊　大安　一九六三年

＊

『金瓶梅』全三冊　小野忍・千田九一訳　平凡社　中国古典文学大系　一九六七年―六九年

『金瓶梅』全十冊　小野忍・千田九一訳　岩波文庫　一九七三年―七四年

第五章　紅楼夢

『紅楼夢』全三冊　人民文学出版社　一九八二年　北京第一版

＊

『紅楼夢』全三冊　伊藤漱平訳　平凡社　中国古典文学大系　一九六九年―七〇年

『紅楼夢』全十二冊　松枝茂夫訳　岩波文庫　一九七二年―八五年

あとがき

中国の古典白話長篇小説では、総じて物語世界を揺り動かし活性化させるトリックスターが重要な役割を果たしている。そこで本書では、トリックスターの役割や動きに着目しながら、五大白話長篇小説、『三国志演義』『西遊記』『水滸伝』『金瓶梅』『紅楼夢』の物語世界について検討した。これらの物語世界を揺り動かすトリックスターとしては、『三国志演義』の曹操、張飛、『西遊記』の孫悟空、猪八戒、『水滸伝』の李逵、『金瓶梅』の潘金蓮、『紅楼夢』の王熙鳳、賈宝玉等々をとりあげた。本書は、こうしたトリックスターがそれぞれの物語において、どのような役割を果たしているかを具体的に探りつつ、これらトリックスター群像の変遷を通じて、「語られたもの」から「書かれたもの」へと移行していった、中国の古典白話小説の流れをたどり直そうと試みたものである。

なお、従来、五大白話長篇小説の特徴を一字に凝縮した、「武」(『三国志演義』)、「幻」(『西遊記』)、「侠」(『水滸伝』)、「淫」(『金瓶梅』)、「情」(『紅楼夢』)を、それぞれの章のタイトルとして用いた。

かねがね私は一度、これらの五大白話長篇小説をまとめて原文で通読したいと思っていた。しかし、なにぶん膨大な分量であり、よほど覚悟しなければ読み通すことはできない。本書を書き下ろすにあたって、すでに全巻を翻訳した『三国志演義』（ちくま文庫、全七巻）をのぞき、残る四篇を読み通し、ついにこの「宿願」を果たすことができた。読みおわったとき、えもいわれぬ達成感があり、ほんとうにうれしかった。こうして一年余りをかけて、物語世界にたっぷり浸りながら次々に読み進み、ノートをとるうち、そうだったのかと改めて納得したことや、意外な発見も数多くあった。そんな私自身の驚きと快楽の読書体験が、いささかなりとも本書に反映されていれば、これにまさる喜びはない。

『三国志演義』翻訳の担当をしてくださった筑摩書房編集部の間宮幹彦さんから、何か書き下ろしをとお話があったのは、もう五、六年も前のことである。そこで、かねての「宿願」もあり、これを機にトリックスターを核とした中国古典小説論を書いてみたいと思ったのだが、準備がたいへんであり、なかなか着手できないまま、時間がたってしまった。この間、間宮さんは機が熟するまで辛抱強く待ってくださった。間宮さんの穏やかな、しかし迫力のある励ましがなければ、とても本書を書きあげることはできなかったと思う。

このように本書の企画段階から、編集構成、仕上がりにいたるまで、すべて間宮さんのお世話になった。ここに心からお礼を申しあげたい。また、すてきな装丁をしてくださった中島かほるさんにもお礼を申しあげたいと思う。

二〇〇六年十一月

井波律子

本書『トリックスター群像　中国古典小説の世界』は、第一〇回「桑原武夫学芸賞」（小社主催）の受賞作です。二〇〇六年一月から二〇〇七年二月までに刊行された単著の単行本の中より一般読者および有識者からのアンケートにより推薦された作品を絞り込み、二〇〇七年五月九日に京都において、選考委員の慎重な審議により決定しました。

文庫化に際し、月刊「潮」二〇〇七年七月号に掲載された著者の「受賞のことば」および、各選考委員の選評を再録いたします。

（編集部）

第一〇回「桑原武夫学芸賞」

受賞作　トリックスター群像　中国古典小説の世界

著者　井波律子

【受賞のことば】

このたび拙著（せっちょ）『トリックスター群像　中国古典小説の世界』が第一〇回桑原武夫学芸賞をいただくことになり、ほんとうに光栄に思っています。

中国古典白話(はくわ)長篇小説では物語世界を揺り動かすトリックスターが重要な役割を担っています。拙著はこのトリックスターを核として五大白話長篇小説、『三国志演義』『西遊記』『水滸伝(すいこでん)』『金瓶梅(きんぺいばい)』『紅楼夢(こうろうむ)』の物語世界を検討しつつ、中国古典小説の流れをたどりなおしたものです。これを書くために全訳した『演義』以外の四篇を改めて通読しました。これはなかなかシンドイ仕事でしたが、今はそれも楽しい記憶になりました。地味な作業を重ねて生まれたこの本を評価してくださった選考委員の先生方に、心からお礼を申し上げたいと思います。

また、私は三十数年前、桑原武夫先生が『論語』の本を書かれたとき、お手伝いをさせていただいたこともあり、その意味でも感慨ひとしおです。ほんとうにありがとうございました。

選考委員　梅原　猛

私は、今年の桑原武夫賞では井波律子氏の『トリックスター群像』のみを推薦しようと選考会に臨んだが、鶴見氏、山田氏も同意見であり、受賞作はすんなり決まった。

中国に五大長編小説があることはよく知られているが、その五大長編小説を読み、それらについて一般の読者に分かりやすく語ることは、今までどのような学者によっても行われていないであろう。井波氏は『三国志演義』を全訳したが、そればかりではなく他の小説をも実に丹念に読み、五大長編小説の登場人物をトリックスターと見て、それらの相互関係についても実に興味深い考察をしている。

この受賞を誰よりも喜んでおられるのは桑原武夫先生であろう。『論語』についての書物を書こうとした桑原先生に、吉川幸次郎先生がチューターとして紹介したのが井波氏であり、桑原先生は、おかげで『論語』に関する本が書けたと井波氏の学力を絶賛しておられた。われわれは公平無私の選考を続けてきたが、ここに初めて桑原先生と関係の深い学者を選ぶことになった。桑原、吉川両先生の嬉しそうなお顔が目に浮かぶようである。


◉うめはら・たけし（哲学者）……一九二五年宮城県生まれ。京都大学文学部哲学科卒。京都市立芸術大学学長、国際日本文化研究センター初代所長を歴任。「梅原古代学」を確立し、さらに日本文化の深層を探る。『梅原猛著作集』（全二〇巻）『梅原猛全対話』（全六巻）など著書多数。

【選評】

選考委員　鶴見俊輔

私が少年のころ手もとに置いた『故事成語大辞典』の編者簡野道明を継ぐ人と思う。用例のもとを中国の口承文芸から広く取ってあるため、広々とした感じがある。『トリックスター群像』は、その口承文芸に活躍する舞台回しの人びとのくりひろげる自由の天地をえがく。

悲劇の忠臣諸葛亮をトリックスターの筆頭にあげたのには、おどろいた。しかし、納得した。こういう新しい見かたに、諸葛亮だけではなく、彼を繰り入れるトリックスターという分類項そのものが活性化される。文化人類学の用語の冒険的拡張である。

日本の文化が欧米学術語からの転用に鞍替えして百年あまり、中国文学からの転用の道が狭くなってゆくのは残念だ。日本文化にとって翻訳は、日本文化そのものの強みであるのに。

◉つるみ・しゅんすけ（評論家）……一九二二年東京都生まれ。ハーバード大学哲学科卒。四六年『思想の科学』創刊同人となり、一貫して反アカデミズムを標榜。大衆と思想史研究に独自の領域を確立。声なき声やべ平連運動で中心的役割を果たす。『鶴見俊輔集』（全一二巻）『鶴見俊輔座談』（全一〇巻）など著書多数。

【選評】

選考委員　山田慶兒

井波律子さんの『トリックスター群像』は、中国の五大長編白話小説（三国志演義・西遊記・水滸伝・金瓶梅・紅楼夢）をとりあげ、物語の構造とその変遷、それぞれの作品のもつ強烈な個性と同時に、そこに共通する特性、連続性をも明らかにした力作である。

主題も性格も異なる五大小説を一つの展開、一つの大きな流れとして捉えるために、井波さんは、物語を活性化させている登場人物に照明をあてるという手法を選んだ。こうして『三国志演義』の曹操と諸葛亮から『紅楼夢』の王熙鳳と賈宝玉にいたる、なんらかの意味で既成の秩序の枠を食み出した、まことに多様な人物が炙り出されてくる。その群像を井波さんはトリックスターと名づけた。

井波さんはトリックスター（トリックを駆使するもの）という概念の適用範囲をぎりぎりまで拡張している。それは大きな冒険である。しかし重要なのはその知的冒険をあえてすることによって、これまで見えなかったものが見えてくる、まったく違った風景が開けてくるということだ。それが発見である。井波さんの仕事は中国古典文学論の世界に新しい生面を開いている。高く評価したい。

◉やまだ・けいじ（科学史家・京都大学名誉教授）……一九三二年福岡県生まれ。京都大学大学院文学研究科修士課程修了。京大人文科学研究所教授、国際日本文化研究センター教授を歴任。『黒い言葉の空間』（大佛次郎賞受賞）『朱子の自然学』『混沌の海へ』など著書多数。

【解説】

「破壊」と「再生」のトリックスター

松浦智子

中国の古典小説は、中国本土の人々だけでなく、日本に住む私たちにとってもなじみ深いものだろう。とくに、本書があつかう五大白話長篇小説『三国志演義』『西遊記』『水滸伝』『金瓶梅』『紅楼夢』は、江戸から現在にいたるまで、日本の文学、文化、社会、ひいては政治、経済にも、はかり知れないほど大きな影響をあたえてきた。たとえば、曲亭馬琴（きょくていばきん）の『南総里見八犬伝』である。『三国志演義』や『水滸伝』オタクの馬琴がオマージュ的につくりあげた『八犬伝』は、躍動する登場人物の魅力もあって爆発的にヒットし、幕末・維新期の「志士」たちの思想や行動原理にすら影響を与えていたことは、複数の研究で指摘されている。

また、五大白話長篇小説のうち、とくに『三国志演義』や『水滸伝』『西遊記』『金瓶梅』については、小説や演劇などから、ラジオ、マンガ、ゲーム、映画、テレビやWeb

のドラマ、アニメといった具合に、新たに登場するメディアに変幻自在に適応し、関連作品が今なおつぎつぎ作られている。その様子は驚異的ですらあり、ここ数年では、現代の渋谷に転生した諸葛孔明が「パリピ（Party People）」となり、売れない歌手を奇策で成功に導く話（『パリピ孔明』）などが、マンガ、アニメ、ドラマで展開されたりもしている。まさか孔明も、死後一八〇〇年たってから、自分が東の島国で「パリピ」軍師になろうとは想像もしなかっただろう。

だが、『三国志演義』や『水滸伝』をもとに、『八犬伝』や『パリピ孔明』のように色んな意味で熱量のたかい作品が、地域や時代を問わずに生み出されてきたのには、それなりの理由がある。それこそが、中国の白話長篇小説に登場する「トリックスター」の存在である。

中国古典をこよなく愛した井波氏は、五大白話長篇小説がかくも長く広く支持された要因の一つが、トリックスターにあることを、その学識から見抜いていた。そのため本書で、「武」の『三国志演義』、「幻」の『西遊記』、「侠」の『水滸伝』、「淫」の『金瓶梅』、「情」の『紅楼夢』を読み解くために、各作中で縦横無尽に動き回るトリックスターを、分析の中軸にすえたのだろう。では、トリックスターとは何か。

トリックスターは、神話学や文化人類学などでもよく使われる語で、「道化者、悪戯者、ペテン師、詐欺師等々の要素を合わせもち、ときには老獪かつ狡猾なトリックを駆使して、既成の秩序に揺さぶりをかけ攪乱する存在」（本書八頁）である。本書の冒頭でも中国神話に登場する蚩尤がトリックスターとして紹介されるように、彼らはもともと古い神話や伝説に登場するものたちだった。

一方、このトリックスターは中国の白話長篇小説とも関係が深い。秩序を破壊し攪乱するトリックスターたちがいないと、長くつづく物語の世界は膠着して活性化せず、話の展開が面白みに欠けてしまうのである。彼らは、白話長篇小説にとって不可欠な存在であった。

中国の白話長篇小説に触れてきた人々は、このことを直感的に理解していたふしがある。中島敦『わが西遊記』の一篇「悟浄歎異―沙門悟浄の手記―」には、沙悟浄の口をかりて孫悟空をこう評する場面がある。

此の男の中には常に火が燃えている。豊かな、激しい火が。其の火は直ぐに傍にいる者に移る。……彼の側にいるだけで、此方までが何か豊かな自信に充ちて来る。彼は火種。世界は彼の為に用意された薪。世界は彼に依って燃やされる為に在る。

中国古典に精通した中島敦のこの文は、『西遊記』における孫悟空の役割を、的確に表現しているだろう。孫悟空はまさに、「火種」となって世界をかき回すトリックスターなのである。

そして、孫悟空が中島敦によってトリックスターとして再描写されたように、諸葛孔明が現代日本のポップカルチャーを攪乱する「パリピ」軍師となりえたのも、彼が『三国志演義』の世界を動かすトリックスターであったからであろう。こうした『西遊記』における孫悟空や、『三国志演義』における孔明のトリックスター像は、本書の第一章、第二章で余すところなく説明されている。

＊＊＊

ではなぜ、五大小説をふくめた中国の白話長篇小説には、トリックスターが多く登場するのか。それには、これらの作品が形作られた過程が関係している。

本書でも説明されているとおり、五大白話長篇小説と一括りにいっても、『三国志演義』『西遊記』『水滸伝』と、『金瓶梅』『紅楼夢』が出現する過程には大きな違いがある。『三国志演義』『西遊記』『水滸伝』は、歴史的事実(の断片)を出発点として、民間の芸能世界で長い時間をかけて育まれ、明代になって小説にまとめられたものであった。専門用語でいえば「世代累積型集団創作」の作品にあたる。一方、『金瓶梅』と『紅楼夢』は、明と清の個人の作者が自らの筆によって描きだしたものであり、西洋近代の「Novel」にちかい作品である。

ただし『金瓶梅』は、『水滸伝』の世界を借りて、それを捻り・裏返したような「スピンオフ」作品ともいえるものである。作中には、蘭陵の笑笑生という作者の意図がかなり多く反映されてはいるのだが(この点については近年大きな研究成果がでている)、『水滸伝』とのつながりがあちこちにある分、民間芸能の世界で育まれた三作品と似た性格をもつ所もすくなくない。

ともあれ、こうした経緯をもつ白話長篇小説とトリックスターの関係を考える際に問題になるのは、「世代累積型集団創作」タイプの作品が、唐宋以降の都市の演芸場や、村祭り、祖先供養などさまざまな場で、人々の願いや祈りといった信仰心なども吸収しながら育ってきた、ということである。

そもそも中国の近世以降の演劇舞台は、神仏や祖先の霊に芸能を捧げるために、どこの地域でもだいたい神殿、仏殿、祠堂などと向かい合うように設計されていた。このこと自体が、中国の芸能と宗教が強くつながっていたことを示しているだろう。
そして、先ほど述べたように、破壊、攪乱によって世界を再創造するトリックスターは、もともと古い神話や伝説に登場するものたちであった。もちろん、神話は祭りや宗教儀礼と本質的につながっているので、都市の芸能や村の祭祀芸能のなかにも、その内容が多く取り入れられてきた。こうした背景をもつ芸能作品が、明代になって文字化されて小説になったのだから、当然そのなかに神話や伝説とセットのトリックスターたちが登場することになる。ここに、白話長篇小説とトリックスターの一つの大きな接点があったわけである。

実際、本書があつかう白話長篇小説から神話的な要素や構造を探そうとすると、めだつものだけでも次のようなものが簡単にみつかる。

たとえば、『三国志演義』の関羽像は、歴史的なものから乖離(かいり)して、水神や剣神的な神話英雄の要素をもっているし、『西遊記』の孫悟空が石から生まれる筋書きは、ユーラシア大陸に古くから広がる「生殖の石」の神話モチーフにもとづくという。また、主人公としては割とボンヤリしたイメージがある『水滸伝』の宋江(そうこう)にしても、九天玄女(きゅうてんげんにょ)という女神から天書を授かっている。なにより『三国志演義』『西遊記』『水滸伝』（やその前段階の作品）は、「天界や地底などの異界に身を置く者が、何らかの理由で下界（人間世界）に降り、波乱万丈の経験を経たのち、ふたたび異界に帰ってゆく」（本書二九三頁）という、民間信仰ともむすびついた転生の神話構造を共通してもつ。

じつは、こうした転生の神話構造は、明清の白話長篇小説の多くに見えるものである。そのため、曹雪芹（そうせつきん）という高級知識人が個人で腕をふるって書き上げた傑作『紅楼夢』にしても、知識階級の洗練された詩文、書画、音楽の教養や、華やかな調度品、飲食、遊戯文化を美しく描きながらも、話の大枠には転生の神話構造が使われている。さらに、その転生話の大事な狂言回しとして、「女媧（じょか）補天（女神の女媧が石で天を補修する）」の神話にかかわる「石（通霊宝玉）」が、作品冒頭で登場しているのである。『石頭記』という『紅楼夢』の原題は、この話にちなんで付けられたものだから、曹雪芹は神話的な構造やモチーフをかなり使っていたことになる。

つまり、知識階級に属す曹雪芹が個人でつくった『紅楼夢』であっても、「世代累積型集団創作」タイプの作品や、それにもとづく「スピンオフ」作品であっても、トリックスターを登場させる力をもつ神話的な構造やモチーフが、不可欠な要素、趣向として用いられていたのである。

ただし、本書も指摘するように、芸能段階の物語にみえるトリックスターと、明代以降に長篇小説として整理された後のトリックスター像には、各作品の受容者層の違いなどにより、その機能やあり方の位相に変化が生じていたと考えられる。このあたりの詳細については、本書の終章をご一読いただきたい。

＊＊＊

と、ここまで、トリックスターと白話長篇小説の関係について述べてみたが、やはりこれだけでは、五大白話小説の全体像は、ぼんやりしたままだろう。その最大の原因は、私の文章のマズさにあるのだが、あえて言い訳をすれば、そこには白話長篇小説が本来的にもつ手強さも関係している。

中国の白話長篇小説を読み解くには、さまざまなハードルがある。まず、とにかく分量が膨大で長い。そのため、井波氏もいうように「読みとおすのにエネルギーと覚悟を要する」（『中国の五大小説』あとがき）し、説明するのにも困難がつきまとう。また、中国の文学や歴史、社会の事情をある程度知らないと、作中の「約束事」が分からないことも多い。読み進めたり説明したりするのには、ある種の「お作法」のような知恵や工夫が求められるのである。さらに、成立の過程が複雑で、とくに版本の問題が異常にややこしい。版本が異なると内容が変わることなどざらであるため、事情はことさら厄介である。だが、中国古典小説をこよなく愛した井波氏は、これらのハードルをものともせず、白話長篇小説にかんする多くの解説書や読解書、訳書などを刊行しつづけてきた。これは、中国の白話長篇小説にはそれだけの面白さがあり、難しさを越えた向こうにある「何か」を翫味し、身体に取りこむだけの価値がある、との強い思いがあったからこそのことだろう。

本書にもそうした思いが詰まっているのだろう。五大白話長篇小説をそれぞれ読み解く際、各作品の成立、版本、作者などにかかわる基礎情報ついては、内容理解をするうえで必須となる要点だけを示し、読者に混乱を与えないよう配慮がなされている。

たとえば、版本の問題にしても、

『西遊記』にはおびただしい数のテキストがあるが、ここでは、もっとも広く流通している、世徳堂本（万暦二十年〔一五九二〕に刊行された、現存する最古のテキスト）をもとにしたテキストによって、話を進めてゆきたい…（本書八〇頁）

といった具合に、作品を内容面から理解するうえで必要最低限の情報だけを開示している。その後、あらすじを示しながら作中のトリックスター像を分析することで、各作品の全体像や、作品間のつながりまでも説明しているのだから、井波氏の筆運びは名人芸というしかない。

こうしたことができたのも、膨大な量の作品を読みつづけていた井波氏が、中国古典の大きな流れを俯瞰(ふかん)的につかめるだけの知識と能力を身につけていたからだろう。なにより技術面の上手さをこえて、氏の文章には文芸への愛情がつまっている。井波氏は、人生をささげて没入した中国文学から、人間が本質的にもつ、色とりどりの感情を体得していたのかもしれない。だからこそ、その文章は読み手の心を惹(ひ)きつけるのだろう。

トリックスターは、古代から現代に至るまで人間社会の奥底に入り込み、さまざまな文芸に顔をのぞかせる悪戯者である。技術が進歩しても、人間の感情が変わらない以上、彼らについて知ることは、複雑な現代を生きる私たちに何らかの「知恵」を授けてくれる可能性さえある。もしそうだとすれば、井波氏はこう望んでいるかもしれない。トリックスターたちとともに五大白話長篇小説の世界を楽しく旅し、「秩序の攪乱や破壊」の後に到来する「世界の再生」から、今を存分に生き抜く力を得てくださるように、と。

（神奈川大学外国語学部中国語学科准教授）

本書は二〇〇七年一月に筑摩書房より単行本化行されたものを、本文の図版を新たに加え、文庫化にしたものです。

井波律子（いなみ・りつこ）

中国文学者。1944年－2020年。富山県生まれ。京都大学文学部卒業後、同大学大学院博士課程修了。国際日本文化研究センター名誉教授。2007年『トリックスター群像　中国古典小説の世界』で、第10回桑原武夫学芸賞受賞。主な著書に『三国志演義』『奇人と異才の中国史』『中国の五大小説』『中国名言集 一日一言』『中国名詩集』『三国志名言集』、『キーワードで読む「三国志」』『水滸縦横談』『史記・三国志 英雄列伝』『読切り三国志』（小社刊）など多数。個人全訳に『三国志演義』（全4巻）『世説新語』（全5巻）『水滸伝』（全5巻）『完訳　論語』がある。

トリックスター群像　中国古典小説の世界

潮文庫　い－11

2023年　9月20日　初版発行

著　者　井波律子
発行者　南　晋三
発行所　株式会社潮出版社
〒102-8110
東京都千代田区一番町6　一番町SQUARE
電　話　03-3230-0781（編集）
03-3230-0741（営業）
振替口座　00150-5-61090
印刷・製本　中央精版印刷株式会社
デザイン　多田和博

ISBN978-4-267-02401-6 C0195
